日本歌人クラブアンソロジー

現代万葉集

2023年版

日本歌人クラブ 編

短歌研究社

はじめに

私自身、毎年楽しみにしている『現代万葉集』の二〇二三年版が、いよいよ刊行となります。今年も、多くの方々より一年を記憶するに相応しい作品が寄せられました。心より御礼申し上げます。

「春」「夏」「秋」「冬」という季節から、「生活」「仕事」「家族」、さらには「災害・環境・科学」「芸術・文化・宗教」まで、項目を選択した上でそのテーマに沿った三首ずつを提出頂き、それらを公平に掲載する『現代万葉集』の編集方法を、私はとても大切なものだと考えています。歌人の皆様が自らの、そして世界の一年を振り返り、その集大成として一冊のアンソロジーが出来上がる。何と意義のあることではないでしょうか。

そのような感慨を抱きつつ、作品の数々を見渡すとき、今年はやはり「戦争」の項目にまず目が留まります。

「国境」は女性名詞とぞ泣き濡《そぼ》ち国境越える母と子の群れ　沖縄　伊波　瞳

たはやすくいのち奪はれゆく日々に鶺鴒はその尾を打ちつづく　宮城　梶原さい子

左手で奏でるピアノ単純な何も持たないてのひらとなる　神奈川　三枝　昻之

いちれつににげるひとらのかたわらをゆきにまみれた戦車がとおる　東京　佐佐木幸綱

侵攻を続ける国はかつて父を捕虜となしたり極寒の地に　神奈川　佐波　洋子

三首目の三枝作は、「戦争」の項目の中に置かれなければ、全く異なる読み方をされるのかも知れません。それが、作り手が短歌を詠み、受け手が読んで鑑賞するということの深み、面白さなのだと思います。

気が早いようですが、是非来年版にも多くの皆様にご参加頂けますよう、切にお願い申し上げます。

二〇二三年十月

日本歌人クラブ会長　黒岩剛仁

目次

はじめに……黒岩剛仁
凡例
1 春……005
2 夏……019
3 秋……027
4 冬……039
5 自然……047
6 動物……063
7 植物……073
8 生活……081
9 仕事……119

10 愛・恋・心 …… 125
11 生老病死 …… 139
12 家族 …… 161
13 教育・スポーツ …… 187
14 旅 …… 193
15 戦争 …… 201
16 社会・時事 …… 225
17 都市・風土 …… 241
18 災害・環境・科学 …… 245
19 芸術・文化・宗教 …… 249
参加者名簿・作品索引 …… 1（巻末）
あとがき …… 上條雅通

装幀　岡 孝治+森 繭
写真　Jenny Rainbow/shutterstock.com
DTP　津村朋子

凡例

＊本書は、①春②夏③秋④冬⑤自然⑥動物⑦植物⑧生活⑨仕事⑩愛・恋・心⑪生老病死⑫家族⑬教育・スポーツ⑭旅⑮戦争⑯社会・時事⑰都市・風土⑱災害・環境・科学⑲芸術・文化・宗教の順で構成した。

＊項目は、原則として作者の指定に従った。

＊作品の配列は各項目別で、作者名は読みの五十音順にし、氏名には読み仮名と都道府県名を付した。

＊作品の言葉遣い・漢字・仮名遣いその他は、作者の表記法を尊重し、歴史的仮名遣い・現代仮名遣いの両方を許容した。

＊名簿欄には氏名、都道府県名、結社名・所属、作品の掲載頁を記した。

1

春

夫好む菜の花漬けを作りつつ雨降る厨に花だより
聞く　　和歌山　赤松《あかまつ》　伴子《ともこ》
白酒にほんのり頬を紅らめる兄嫁なりき雪洞に映
ゆ
ひなあられ小《ちい》さく甘きが[女+毛]しくて小《ちい》さき頃の小《ち》さ
きしあわせ

*

年明けのキャンパスまたも登校禁止みんな元気か
卒業間近　　岡山　秋山《あきやま》　星華《せいか》
母の日の花小包をあまた積み島島めぐり定期船ゆ
く
鐘楼は威風堂堂軒下に令和のすずめ遊ばせてをり

*

オロチの尾の打ち合うような川の流れ春の疾風が
過ぎてゆくらし　　島根　安部《あべ》　洋子《ようこ》
身の奥のしこりは解けてゆくらしも夕霧動く湖を
過ぎつつ
きらめける銀河ふり仰ぎふり仰ぎ帰路につく夢つ
かの間に覚む

ひと張りの帆のごと揺るる胸内へ火を滑らせてゆ
く鳥もあれ　　鹿児島　有村《ありむら》ミカ子《こ》
花占も水占もこの世のはかな事ミモザ一樹が春を
揺り上ぐ
人界の外を分けゆく爪ならむ朝のひかりに十指塗
り終う

*

こんな日を待っていたのかいないのか雪割桜の蕾
ゆらゆら　　東京　飯田《いいだ》　健之《たけゆき》
信号機の蒼き光が明け方のビニールハウスに時々
届く
白黒テレビの垂直同期乱れても送りバントはきっ
ちり決まる

*

薄明の土手行くバイクの音高く昇る朝日を背負う
て走る　　佐賀　池田《いけだ》みどり
キラキラと風のそよぎに色を織る春の麦穂はしな
やかに立つ
聞かないと言う夫ならば教えない風の囁き昨日の
電話

散らないで日々満開のろう梅はけさぽろぽろと花
のまま落つ　　鳥取　池本《いけもと》　一郎《いちろう》
草は血や肉になるのか春先のオオバンもネコも道
に草食む
セキレイがしきりに地上を啄めりひと日の食に一
日せわしい

＊

氷点下続く厳冬朝の陽の光りの色の柔らかにみゆ
東京　石尾曠師朗《いしおこうしろう》
白梅の一輪咲きて春を見る名のみの春ぞ風まだ寒
し
八王子駅改札口に駅員は山梨の春はいかがと桃枝
配りぬ

＊

立春を過ぎしこのごろわが庭の蕗の薹みて蕾たし
かむ　　広島　石原《いしはら》　豊子《とよこ》
春日照る広島城の堀すみに群れなす鳥の羽ひかり
をり
あたたかき春の日あびて桜草色さかりにて心なご
まん

薹《たう》たちし冬菜の咲かす黄の花に誰ぞくさめを落し
て過ぎぬ　　神奈川　伊田登美子《いだとみこ》
後となり前《さき》となりつつせせり合ふ蝶とゆく道蒲公
英の咲く
ひつそりと野末に御座《おは》す石仏に摘みて参らす蓮華
ひと束

＊

朝一輪曙椿のひらきたり茶室に活けてひとり楽し
む　　鳥取　市場《いちば》　和子《かずこ》
立春の雨は光の粒となり白梅の蕾ほころびゆきぬ
廃線の鉄路のそばの桜木はときを忘れず咲き満ち
ており

＊

そそり立つ八メートルの雪壁を掬ひ飛ばして除雪
車がくる　　岩手　伊藤《いとう》　幸子《さちこ》
三度目のワクチン接種を待つ昼の窓をかすめて鳥
渡りゆく
産直の木小屋に昼の雨そそぎ夕顔の肌ほうとなま
めく

節分に友の訃報が届きたり買物せしが集中できず
神奈川　植木《うえき》　保子《やすこ》

庭の梅満開となりそばに行き春のひざしを共にうけたり

春になりコロナが減りてうれしきがミサイル黄砂で意気消沈す

＊

暮れなづむ峡の傾りに一灯のごと浮かびたる山桜花
富山　上田《うえだ》　洋一《よういち》

わが背戸を流るる雪解水掬ひ一口含めば山の香ぞする

板の間に座り擂鉢でよもぎ擂る母の背中の厨房に顕つ

＊

プランターの中に伸び立つロマネスコ大葉の中に淡き黄の玉
東京　内田《うちだ》　くら

スーパーに緑さやかな春キャベツ季節の息吹求めて帰る

草も木も芽吹き花咲く散歩道マスクはずして空気吸いたり

放課後に近きグランド如月《きさらぎ》の光を溜めて生徒らを待つ
大阪　浦出《うらで》　弘子《ひろこ》

春の陽は落ちつつ光のシンフォニー響《とよ》動もし駅の人々包む

桜散る道来たる人あるらしきエントランスに花びら二片

＊

乾きさる庭や田畑に音立ててしばし降る雨心静まる
栃木　大久保園恵《おおくぼそのえ》

ロウバイの小枝揺すりてシジュウカラ虫を喰らいつつおしゃべりをする

いつくしみ君の育てしバラ一輪気高く咲けり冬日の庭に

＊

それぞれの歩みきし職業《みち》語り合う庭園に梅や桜も紅み増したり
茨城　小河原晶子《おがわらまさこ》

空しくて泣きたい日など散策を少女のようにヘルパーに甘えてみたき

それぞれの個室に個性あり整然と調度品の上にポトスの鉢も

ふくらみ初む沈丁花折りて瓶に挿す部屋にて咲くを密かに願い
陽光に黄色かがやく福寿草雪解け待ちて朝の軒下
福島　加藤《かとう》　廣輝《こうき》

じっくりと時待ちたるか縮み菠薐草瑞々しさ増す
伸びしみどり葉

＊

ぐぐぐつと掻き寄せたりし雪解かし春よとばかり小雨ぱらづく
カーテンを開ければ見ゆる雪消えの庭に鮮やか菊の芽の青
青森　鎌田《かまだ》　保《たもつ》

独りなるくらしとなりてぐぐつと老いてゆくなり過ごす日々

＊

愛子様の成年式のお写真の麗し美し何と称へむ
栃木　神谷《かみや》　由里《ゆり》

そよ風に菜の花が揺れさやも揺れわが庭畑も清明のとき
夫はビール子はにごり酒久しぶり夏のやうなる風入る夕餉

無住家《むじゅうか》の庭に咲きたる白梅《しらうめ》は見る人なけれど精いっぱい咲く
東京　河合真佐子《かわいまさこ》

枯れてなお香りを放つセージの枝かくありたきと空しき願い
ひよどりはみずきに宿り椋鳥は桜に宿ると棲み分けを知る

＊

ぬくもりをほのかに帯びる散歩道　青きつくしに春おしえられ
奈良　川北《かわきた》　昭代《あきよ》

ぷっくりと今年の春が入ってる白木蓮の蕾の中に
やわらかきはこべら摘みて指先の残れる春の土を洗いぬ

＊

うぐひすのささ鳴きのこゑ伝ひくる長閑なるかな梅林の内
群馬　かわすみ暁《さとる》

一面に花は花でも梅の花、後にも先にも一会の友と
やはらかき春の陽差しによろこびて池のめぐりを雀ら踊る

首のべて立つ鷺と影一つらに白じろ長し光る川面
に
鹿児島　菊永《きくなが》　國弘《くにひろ》
こんなにも小さき草が花をつけあらくさを抜く手
をたぢろかす
飛ぶ鳥の明日か明後日《あさて》か玄関の雛つばめ四羽巣立
ちの近し

＊

庭の雪たちまち解けてもちの木の葉に差す光まぶ
しき朝
埼玉　木﨑《きざき》三千代《みちよ》
鉄瓶に湯の沸く音を聞きながら届きし春の旅案内
見る
ようやくにコロナ収まる兆しあり春の日差しの街
賑わいぬ

＊

とうめいな傘の範囲にふる雨のしずくにしっかり
とり囲まれる
北海道　熊谷《くまがい》　淑子《よしこ》
はなかげに居るのはだあれ誘われて是も非もあら
ず桜へ寄れる
ひる三時まえ行く人の影が伸び足にからまりふと
立ち止まる

田植をし腰を反らして空見れば北アルプス連峰残
雪の山
茨城　腰山《こしやま》　佑子《ゆうこ》
残雪の合間に黄なる蕗のとう一すじ続く十和田へ
の道
半世紀仕えし姑《はは》を見送りし肩の荷下ろす雪解けの
今日

＊

如何ほどの夢を抱えて春の朝孫は東京へと翔び発
ちゆけり
宮城　今野《こんの》恵美子《えみこ》
プツプツと薔薇の赤芽の萌え初めるコロナ禍の世
を窺いながら
白々と春は空より溶け初めて芽吹きの木々の競う
がごとし

＊

雨上がりの土手一面に蕗のとう芽ぶくを見たり春
のおとずれ
宮城　齋藤《さいとう》美和子《みわこ》
はこべ草かれ木の上に這いあがり明るき緑ひろげ
る春よ
春風にしだれ桜の枝ゆれて蔵の白壁やさしく撫で
る

まっしろな玉子かかげているごとく白木蓮よ今日はこもり居
千葉　酒井《さかい》　和代《かずよ》

靴底に花びらあまた貼りつきて足音低く身にひびきくる

蛇行する岸辺に群れ咲く菜の花は川面に影おき長き尾を曳く

＊

満ち潮の金屑川の金色のまんまるき日は波に揺れいる
福岡　左座《さざ》　路子《みちこ》

天空に白い帆船の雲うかぶ春一番の過ぎし青空

勢いよく岩のきわより流れ来る冷たい鉱泉両手に溢る

＊

芽吹き初《そ》む欅の木末《こぬれ》に淡月《たんげつ》の残りて懸かる光澄む朝
宮城　佐々木《ささき》絹子《きぬこ》

清々《すがすが》と澄む青空に白藤《しろふぢ》の花は香りを四方《よも》に放てり

また一つ又ひとつ降る柿の花いつしか木下《こした》に花むしろ成る

一本《ひともと》の河津桜は五分に咲きスマホをかざす人ら幾たり
神奈川　佐藤《さとう》エツ子《こ》

夜もすがら吹き荒れし風になぶられて水仙の幾本折れて地に這う

プランターに黄のパンジーのあふれ咲き花芽に宿す露玉光る

＊

半世紀「ドーム」の器に魅せられて生きた証の水差しひとつ
愛知　澤村《さわむら》八千代《やちよ》

満開の菜の花畑に案じつつ年明け羽化す「揚羽」を放つ

春迎う夜空にまぶし星二つ「金」と「木星」デュエット楽し

＊

春惜しみ学徒は去れり遠き世の雨うつ靴の音の高さよ
長野　塩川《しおかわ》　治子《はるこ》

焼野原　生まれた我はつくしんぼ春ごとに見る青空はありや

さめざめと泣いているよな月ありて春の夜　誰れかきっと見ている

霧深くあたりま白くしづまりて西の山よりうぐひすの鳴く
病院につくづく見れば杖つくは爺より婆の方が多かり
春になり村の山並青々と新芽出でたりもくもくとして

兵庫　杉岡《すぎおか》　静依《しずえ》

＊

瓦礫と化し世界に映るアパートにいくさある国の春の淡雪
鳥たちが小枝を揺らして去りてゆく今さらにこの世のいとおしきかな
それぞれの背負う重さで寄りかかる欄干に鴨の親子を見つつ

北海道　鈴木千惠子《すずきちえこ》

＊

雪解けゆく十勝の沃野遠拓《とおひら》く　水平線澄み臨むナイタイの丘
空よりも碧き山脈故郷《やまなみふるさと》の　美《うる》わし残雪旅《たび》遠き大雪山連峰
いと明《あか》き春雷《しゅんらい》の光夜《よ》に目覚め　啓蟄近きと夢見《ゆめみ》喜ぶ

福岡　雪春郷音翠《せつしゅんごうおんすい》

早朝の玉の雫に咲く梅の宿る霊気は紅きに匂う
大観の描く羅浮仙《らふせん》　探したり令和五年も梅は匂えり
苔のつく弓なりの梅香る頃我の心は万葉へ飛ぶ

山口　建部《たてべ》　智美《ともみ》

＊

正月のめでたさわかっているような散歩の犬のはずむ白息
北風にゆれる電線トレモロに初詣での列みな無口なり
初売りの書店でパッと目が止まりルカ・モドリッチの自伝本買う

千葉　田中《たなか》　純子《じゅんこ》

＊

花粉とぶ季節そろりと近づきてほとけの鼻もむずがゆきかな
二分三分さくらは咲き初む催花雨に母の形見の傘をひらきぬ
やうやくにさくらは咲きみちかたはらに影のやうなる人を呼び寄す

千葉　谷光《たにみつ》　順晏《じゅんあん》

放課後の子らの机に残りたるそれぞれの匂ひに夕陽さしをり
沖縄　玉城《たまき》きみ子《こ》
雨あがりの物干竿に雨粒の一列に並び踏んばつてをり
希望とふ花言葉込めガーベラの絵手紙届く春の香乗せて

＊

春宵のわがやに息をしてるのは吾のみなりて神も来ませず
福岡　恒成《つねなり》美代子《みよこ》
一陣の風吹きわたりさはさはと散りゆくさくらけふは清明
那珂川の土手の傾《なだ》りに群生のカタバミのはな御明かしのごと

＊

誰も居ぬ公園囲む雪やなぎこの明るさにどう応えよう
埼玉　仲野《なかの》京子《きょうこ》
山桜はやしの奥の崖に見ゆただ一木の杳《とお》き薄色
咲き初むる八重山吹は母の花わが生日をひそと言祝ぐ

まどろむごと繊毛まとふむさし野の光の春の辛夷《こぶし》のつぼみ
埼玉　中村《なかむら》崇子《たかこ》
芽吹き待つ林の径《みち》に歩を止めぬ仕上がりさうなうぐひすの声
断捨離の気持この頃失せてきつ娘のマグに菜花など挿して

＊

月山の長き雪尾根を雲のゆく赤味帯び来し橅木々を越え
山形　布宮《ぬのみや》雅昭《まさあき》
体傾けスノーシューに行く雪の山踏み出すたびに力湧きくる
産毛のごと芽のふくらめる林檎木の枝を避けつつけふのジョギング

＊

早春の海のふくらむやさしさに今日のちからをふるひたたしむ
沖縄　野田《のだ》勝栄《かつえ》
坂道をよぎりゆく蝶朝影の高さを飛びて春の陽に触る
朝の日のひかる波間に一葉舟《ひとはぶね》泡を曳きつつ今し出でゆく

いづくより鼓の音の聞こえきてみやびにひたる歩《あゆ》みをとめて　静岡　長谷川《はせがわ》ゆり子《こ》

こだはりを持たぬかるさに桜花《さくらばな》風に吹かれて谷を越えゆく

わが謡《うた》ふに合はせて君が打つ鼓日常支《ささ》ふるこの非日常

*

春の日の届かぬ庭に花芽をもつ五つを数ふ鉢の椿に　大阪　春名《はるな》重信《しげのぶ》

目に掛かる二月の庭に日差し受け色取り取りのすみれ雛菊

思ひ出づ土の匂ひを嗅ぎながら田起しを見る友の棚田に

*

柿若葉芽生えてぐんぐん伸び行けば朝夕の大きさ違ふを又詠む　茨城　樋川《ひかわ》道子《みちこ》

鳩の二羽見知らぬ小さき鳥も二羽キウイの枝のこんがらかりに

仲良くも鳩の番《つがひ》は毎年を物置の屋根に並びて静か

満開の花に隠るるレジ袋の存在気付かず人々行き交ふ　東京　平本《ひらもと》浩巳《ひろみ》

風強き冬の枝に留まりしレジ袋そのまま花咲き進む

葉桜の高き枝に見慣れたるレジ袋今日も夕風に動く

*

窯場より持ち帰りたる娘のみやげ手の平に小さき野苺いくつ　島根　福島《ふくしま》伸子《のぶこ》

登校の道にみつけし野苺のほの甘き味韃靼《タタール》海峡の風

道沿ひの山水細く流れゐて学童《とも》と競ひて食みし野苺

*

ノラボウ菜摘めば想ほゆ「のらしねえで働《はたら》げはだらけ」婆ちゃん言ひき　東京　藤井《ふじい》徳子《のりこ》

はじめての絹さやを摘む乙女子の手にあふれたり緑さみどり

防霜の扇風機まはる五月晴みどりの地平狭山茶畑

風景の輪郭をゆるめて咲くさくら　行き着くことの叶わぬ一樹

徳島　藤江《ふじえ》　嘉子《よしこ》

花曇りしだれざくらの咲く寺の住持亡きのち訪うことの無し

残りいる二人離れて暮す日日生きていればよし夜の桜雨

＊

その下に夫を立たせて去年撮りし桜咲きおり絵下《えげ》谷《たに》川の

鳥取　本間《ほんま》　温子《はるこ》

桜花けぶれるごとく咲く山のその裾に病む友が居るなり

梅の咲き桃さき桜咲きにけり　マスクをつけた登校の列

＊

今日あすに東都の桜咲きそろふ初夏の気温と予報士は言ふ

東京　松岡《まつおか》　静子《しずこ》

田安門・千鳥ヶ淵の花盛りテレビに映れば行かずともよし

リハビリの帰り路にて桜台高校の門の桜咲き満つ

湯上りに髪解き放ち如月の春の気配に身をゆだねたり

千葉　松田《まつだ》　和生《かずお》

如月の風に溶け込む蝋梅《ろうばい》の花の香りを身にまといたり

祖母煎じ孫に与えし栴檀《せんだん》の実の取り残されて如月の空

＊

「岩根しぼり」とふ椿紅白に弥栄《いやさか》ゆ賜びし友逝き世は移りつつ

和歌山　松山《まつやま》　馨《かおる》

山肌をほつこりと白く山桜遠近《をちこち》仰ぎゆく墓参の車中

角力場をめぐる桜の咲きあふれ家より眺む春毎の幸

＊

広ごれる若葉のありて渓かげに残雪の白いよよ際立つ

石川　三須《みす》　啓子《けいこ》

悲しめるものにぞ緑かがやくとふ詩をかみしめる独り峠に

生きてゐる確かに雲は生きてゐる眼下にゆつたり息をしてゐる

色のない鋭角的な線と空は何の暗示か春の絵画展

東京　光畑《みつはた》　敬子《けいこ》

山寺から若葉かき分けかき分けて仙山ラインのめざす松島

大空に桜並木をすかせ咲く多摩川土手を帰る学年末

＊

いつよりか折合ひつけて生きてをり白き水仙めぐりに匂ふ

埼玉　森《もり》　暁香《さとか》

園児みな帰りたる庭ほほづきのいろに染まれるきりんと象ら

紅梅のつや増すころか下総《しもふさ》の空を研ぎつつ風わたりゆく

＊

またひとつ失くして口中ひろくなるゆうべゆらゆら明るきミモザ

大阪　山元《やまもと》りゆ子《こ》

風向きの変わりてすんと匂いくるフィトンチッドは建築場より

鳥の歌くりかえし聴きうたを選るみみをすまして、こころすまして

桜《はな》咲けば光の春とぞ歩むなり亡き人たちを道づれにして

東京　結城《ゆうき》　文《あや》

吹かれ来て我に先立つ花びらを道標のやう従きて歩みぬ

テレビに見るポトマック河畔の桜花わが窓の中の桜も満開

＊

五月晴れにはほど遠き五月の日姉より筍の小包み届く

東京　柚木《ゆのき》まつ枝《え》

月光に照らし出される竹の子のひとつひとつに声かけ摘むとふ

あらもう出てきてしまつたの　かはいさうだけどいただきますね

＊

スーパーに求めし折りの七草をつらつらと見ゆ七《なな》日この朝

山梨　吉濱《よしはま》みち子《こ》

名前なき草はあらぬと御声《おんこゑ》のかへりて濯ぐ春のななくさ

七《なぬ》日まりのみなる昭和終《つひ》の年あつあつの粥食めば偲《しの》はゆ

春告ぐる花のたよりとフリージア活けて温もるその甘き香に
主なき庭に紅梅見頃なり風に揺れつつ淋しさうなり
春や春思ふ存分咲く花の垂れ桜に今年も会へた
山梨　渡辺《わたなべ》　良子《よしこ》

*

桜咲く堤《つつみ》に子らを遊ばせてママ友達の声の華やぐ
べったりと汗のはりつくTシャツを五月の風は吹き抜けてゆく
荒起《あらこ》しのトラクター窓泥《どろ》まみれ運転席の夫は影絵
茨城　綿引《わたひき》　揚子《ようこ》

2

夏

花先にくれなゐ注すをよろこびて彼《か》の蓮濠のほとりに立てり

埼玉　青輝《あおき》　翼《つばさ》

二号濠にひらく蓮《はちす》の八、九つ真白に昼の時ながれたり

古代蓮はるかな国に花咲きて二千年のち風わたりゆく

*

炎昼《まふつくわ》の板干瀬《いたびし》に遊ぶ大鷺の眩しきまでの白の輝き

沖縄　あさと愛子《あいこ》

炎天の板干瀬踏める白鷺の沖より転ぶ白浪たぐる

干潮の板干瀬に残る海水の稚魚を游《およ》がせ時の流るる

*

菜園を耕しをれば鶺鴒が幼虫くはへ尾を振りてをり

岩手　阿部《あべ》　一《かつ》

消防の屯所が喫茶店となり通るついでにコーヒーを飲む

夜の更けて窓開くれば干草の匂ひただよひ暑さいや増す

思いから離れてゆけばいいものを夏のからだに蓮の花咲く

兵庫　岩尾《いわお》　淳子《じゅんこ》

くらい夏はきらいではなく生ぬるい風をとおしてフェンネルを干す

白芙蓉ふた枝ほどを投げ入れてほのあかりする朝を手にこそ

*

学校が夏休みとなり子供達遊ぶ姿も声も聞こえない

埼玉　内田《うちだ》美代子《みよこ》

今年初雑木林のアブラゼミ声聞いてる　七月終わる

暑い日は朝から晩まで家の中オセロ、トランプ夫と私

*

花や木のいろいろありて豊かなり人もさまざま仲よく生きる

岩手　小野寺《おのでら》ヨシ子《こ》

抹茶すくう茶杓に螢の絵のありて四季を愛でいる奥深さ知る

退院後白宅戻れば鉄線や種々の花花われを迎える

とりあへず尾と鰭を削ぐさつぱりと薄暑に入りし今日の挨拶
東京　春日《かすが》真《ま》木《き》子《こ》

明けがたの夢にひろがるみどり野に私は草なり緑に揺れて

歩く歩く少し止まれと総立ちの草の緑がわれをいざなふ

＊

公園の欅おのおの空間を占めむと繁る六月の朝
埼玉　上條《かみじょう》　雅通《まさみち》

生くるとはすなはち空間を占むること彼《かれ》植物もわれ動物も

右膝にまとひ追《つ》きくる似《じ》我《が》蜂《ばち》に夏のひと日の始まらむとす

＊

足早に通り過ぎゆくパンプスの尖った先に夏が来ている
埼玉　川久保《かわくぼ》百子《ももこ》

猛暑なり〈若見えつや肌〉通販の化粧品など買ってみようか

火曜日は燃えないゴミの回収日積もった夏を捨ててしまおう

さわやかにりょうこさーんと呼ばれつつ八十のわれカヤック入門
神奈川　川添《かわぞえ》　良子《りょうこ》

パドル持ちライフジャケットサングラスいよいよわれはカヤック乙女

行く先を見通して進む術《すべ》楽しカヤックパドル八十路のリズム

＊

稲妻の消え去るまでの一瞬を雨の斜線がするどくはしる
栃木　黒澤《くろさわ》　富江《とみえ》

クレパスの青のなかでもいちばんに透きたるあをの奥鬼怒《おくきぬ》のそら

三年前クローゼットに吊されし夏のスーツの沈黙つづく

＊

あぢさゐの青き花まり悲しけり木洩れ日のなかしづかに咲きて
愛知　桑田《くわた》　忠《ただし》

文月の図書館にゐてきこえくる蟬の鳴きごゑいよよ増したり

青田にて白鷺ペアでゐたりけりバスから見ゆる夏の風景

炎天をすれちがふとき音のして胴のふくらむ作業
着の人　京都　近藤《こんどう》かすみ
池の辺の錆びたる柵を覆ふまで夏草繁る絡みあひ
つつ
ゆふぐれの橋を渡りてみづからの点し家の灯り
に帰る

＊

縄文の暮し湖底に抱きつつ投網うつ人の影写す諏
訪の湖《うみ》　長野　三枝《さえぐさ》弓子《ゆみこ》
夜更けの厨房にたまご色の茗荷の花ひとつ空気を
遊ばせている
山腹を流れる雲はドラゴンとなり天に帰る雨上り
の朝

＊

梅雨明けの宣言早し外出もかなはぬ夏日六月二十
七日　埼玉　榊原《さかきばら》勘一《かんいち》
節電を呼びかけつつも熱帯夜六月なれどクーラー
使用《つか》へと
人家陰、樹陰拾ひて右左《みぎひだり》酷暑の散歩切り上げてき
ぬ

溶け残る夏の陽はただまぶしくて名も知らぬ樹の
幹に寄りゆく　青森　里見《さとみ》佳保《よしほ》
どんなにか背伸びをしても届かない風があるから
歌は生まれた
白い雲まっすぐな道光る風描き分けたくて削る鉛
筆

＊

カネボウの絹石鹸のＣＭで読み方知った古語「夏
は来ぬ」　千葉　椎名《しいな》夕声《ゆうせい》
クソ暑い今日蝶になり過ごさむも秋になったら死
なねばならず
待ち待ちて出現したる紅き葉に山のカケスも喜ん
でいる

＊

夕焼けを映して浮かぶシャボン玉はじけるたびに
消えていく夏　東京　鈴木《すずき》正樹《まさき》
揺れながら西日を上るシャボン玉　帰りそびれた
幼子が追う
逆光を点滅させて幼子が消えゆく夏のほてりに遊
ぶ

海沿いの小さな町のコンビニにあかりは灯る海棠のごと
香川　角《すみ》　広子《ひろこ》

炎天の日暮の街の交差点死者も生者もゆらり行き交う

晩夏光さしこむ部屋の窓に見る宗旦木槿の花の終りを

*

夏の宵冷房効いたリビングで読書が進む一人の時間
東京　関口由季子《せきぐちゆきこ》

浅草寺夫《つま》と二人で連れ立ちてほおずき市を巡る楽しさ

コロナ増え棚経無しの盆の入り家族で祈る迎え火の夜

*

会釈して傘かたむけて譲りあう紫陽花の径やや上り坂
埼玉　高橋《たかはし》　康子《やすこ》

瑠璃色の「すみだの花火」たっぷりと水を含んで青すきとおる

紫陽花の露を落として風のゆく花のむこうに桃色の虹

約束をしたかのように朝の道に子等を迎えるひまわりの夏
東京　高松《たかまつ》　恵子《けいこ》

夏の時間はからまつ林の朝夕の光と共に澄みわたりおり

絞ったレモンのジュースを窓の太陽に透かしてみても猛暑は続く

*

初夏に藤沢周平たずさえて羽越本線かたわらに君
神奈川　田中《たなか》　節子《せつこ》

初夏の鳥海山に抱かれて早苗がそよぐ頂に雪

水無月は今年もめぐりて友の声「出逢えてよかったありがとうね」

*

白南風にメトロノームのごと揺れる鉄砲百合のしなやかな茎
三重　冨田《とみた》　博一《ひろかず》

紫陽花の白き花毬きり雨に濡れそぼちおり朱夏たえぬきて

南天ともみじと軒を結びたる等高線図を描けり蜘蛛は

ゆつたりと竜の落し子の雲浮かび夜のとばりを引き寄せくるる
沖縄　富永《とみなが》美由紀《みゆき》
あぢさゐのひとひらひとひら露のりて七色に輝く朝陽の中に
窓からの月の光にストレッチ一日の終りのからだ緩めて

＊

こころにも水がとほつていくやうで醒ケ井の宿の川辺に澄みゆく
富山　仲井《なかい》真理子《まりこ》
ちかちかと白き小花のひかりゐて梅花藻の流れ銀河のごとし
誰のために刈る草ならむ鋭き鎌を持てば恐ろし「殲滅」といふ語

＊

ラジオ体操に今年も参加す定位置は熊蟬の鳴く黐の木の下
神奈川　長岡《ながおか》弘子《ひろこ》
太鼓の音流して車の巡りをり祭りは三度《みたび》中止となりて
猛暑日をよくも耐ふると生塵に寄り来る鴉がいとしくなりぬ

夫とわれ黙し見てをりコロナ禍を大花火上がる二十分間
富山　中川《なかがわ》暁子《あきこ》
大花火の光《かげ》を返して明るめり瓦の屋根の古き時間が
ひとつ玉裂けて広がる大花火長く尾を引き無へとかへれり

＊

バス停に草木がこんもり繁りゐてトトロが今にもあらはれさうな
北海道　仁和《にわ》優子《ゆうこ》
乳母車に眠る児の息やはらかし赤子攫ふな銀河またたく
朝まだき床のなかにて山鳩のくぐもる声を夢かとぞ聞く

＊

日にけにも若葉青葉の気負いたち寄り道しつつ夏の近づく
京都　野﨑《のざき》恵美子《えみこ》
ころころとゆれて戯るる木漏れ日の見えつ隠れつ夏真盛り
青もみじ一葉透けいる羊羹に黒もじ通すを惜しむ蜩《かなかな》

この街で誕生したり長女にて七十六年を生き来てひとり
紫陽花がとりどりに染まり咲いている雨降る午後の境内明るく
自転車と麦わら帽子で風を切り短歌会終え帰り路夕やけ

岡山　原《はら》　里美《さとみ》

古里へ向かふ切符を栞とし微睡む車窓に夏雲高し
舎利孔を覆ふ朽葉にひかり満ち遠く遥けし本薬師寺跡
白鳳の瓦幾多に出土せる田畑の間に礎石の並ぶ

愛知　堀井《ほりい》　弥生《やよい》

＊

飲み干せば一音海を思はせてラムネの玉は窪みに落ちる
夏の日を喉で楽しむひと時の一気飲みせぬラムネ空色
ラムネ瓶振ればほつかり雲の浮く羊寄り来よまた振つてみる

岐阜　日比野《ひびの》和美《かずみ》

陽炎の揺らめく街をゆくほどにうつしみは魂《たま》抜け出づるごと
息切らせながら近づく坂の上におもむろに動く入道雲は
晩夏《おそなつ》の夕闇こもる木立より蜩鳴き始むやや力なく

東京　三浦《みうら》　柳《りゅう》

＊

子どもらに八木節伝へる機を失す納涼祭の中止となりて
子も孫も納涼祭にて覚えたり八木節囃子八木節踊り
子どもらの八木節さらふ音のなくコロナ禍の夏さみしわが町

群馬　平山《ひらやま》　勇《いさむ》

人麻呂が越えてゆきたる高角山青くかすみて峰の連なる
人麻呂の終焉の地を定めんと来りし茂吉汗をしとどに
人麻呂が袖を濡らして摘みしとう菱を浮べて沼のしずまる

島根　宮里《みやざと》　勝子《かつこ》

一本の電信柱が帆柱に見ゆる時あり夏空は海
桔梗《きちかう》の花さ庭辺に咲きいでてわが夏の日の心清まる
わが夏の花暦の一つなる禊萩咲けり盆近からん

長野　宮脇《みやわき》　瑞穂《みずほ》

＊

夏の夜の風はゆりかごゆらゆらと夢と現を行ったり来たり
猛暑こえ酷暑の言葉飛び交える地球はどこまで暑さに耐える
ウンケー《迎え盆》を迎えて祖の躊躇わん此の世はコロナと猛暑の地獄

沖縄　銘苅《めかる》　真弓《まゆみ》

＊

われ独り詣でし丘　文豪・整の碑文朗読す夏の海
謂い難きしがらみの鬱捉えたる佐藤泰志の抉るもの
暗いなかにも光がと井坂洋子さん　そんな感じで

埼玉　山岸《やまぎし》　哲夫《てつお》

3

秋

コスモスの千本畑に入りゆけばたちまち下半身消
えてしまへり
雲の影過ぎてゆきけりコスモスの千本畑のなかな
るうへを
ゐなくてもゐるやうな人のまたふえてさみしい秋
が身にしみるのです

北海道　明石《あかし》　雅子《まさこ》

*

明けがたのいまだ暗きに目覚めゐて遠くきこゆる
雷鳴の音
ひとしきり降りて止みたる夜の雨静まる庭より鳴
く虫のこゑ
静まれる夜の庭より鳴く虫の寂しきこゑの幽か聞
こゆる

群馬　阿部《あべ》　栄蔵《えいぞう》

*

側転《そくてん》をしながら道を駆けてゆく風の中なる落葉目
に追う
着ぶくれて女男の区別もつきかねる我と見ていん
嘴太鴉
「あまんどう」と故郷《さと》では言った豆柿のたわわに
みのる禅寺の庭

神奈川　飯島《いいじま》智恵子《ちえこ》

錦秋と呼ぶには少しお粗末なる中庭の木々の黄葉《くわうえふ》
紅葉《もみぢ》
朽ち葉色のけやき落葉の散り敷きて風吹けば片寄
る右に左に
一合のわづかの酒にほてりたる老いのよろこびた
はやすきもの

神奈川　一ノ関《いちのせき》忠人《ただひと》

*

コスモスに揚羽がとまり細き茎揺るる不安に九月
はじまる
神無月夫につきそひ治療へと通ふ街路樹紅葉に染
まる
今はもう二人で一人の明け暮れに季節の花が咲き
て散りゆく

福島　伊藤《いとう》　雅水《まさみ》

*

青空に見渡すかぎりすすきの穂いつのまにやら山
は秋色
ふと思うこの峠にて満月にすすきの波を眺めてい
たい
峠から山すそ見れば銀の波あの波の上歩いてみた
い

岐阜　伊藤《いとう》　麗子《れいこ》

川土手の傾りの芒穂台風の余波吹く風にさやさや揺るる
大分　稲葉《いなば》　信弘《のぶひろ》

秋冷えの朝の散歩の刈小田は早や青青とひこばえの萌ゆ

たつぷりと田に引く水を吸ひ込んで稲穂は実り黄金に染まる

*

憂きこともなべて優しき糧となれ秋のシチューをコトコト煮こむ
岐阜　今井由美子《いまいゆみこ》

いびつなる影置き夜の卓上にひそかに熟れてゆくラ・フランス

もう踊ることなきままに棚に置くダンスシューズの銀のしづけさ

*

晩秋の夜空に魅するページェント輝き戻すあかき月の貌
北海道　氏家《うじいえ》　珠実《たまみ》

妖しの赤き身さらす満月は仮面劇終へ生まれ変はれり

神楽月ビルの向かうに上りくる月まろまろと今宵十六夜

素枯れたるあぢさゐの花截らむとき葉裏にすがる空蝉ひとつ
東京　牛山《うしやま》ゆう子《こ》

うすれつつ飛行機雲のゆく空に陶の碍子の瞬時照りたり

こんがりと南瓜コロッケ作りたし帰る場所なきやうなおもひに

*

静かなる山の細道カサコソと落葉踏みふみ遠ざかる人
埼玉　宇田川《うだがわ》ツネ

診察に阿鼻叫喚の幼子は抜糸すんでも医師睨みつけ

公園に幼稚園児の一団が弾ける声を残して去りし

*

朴の葉の秋の日めくるやうに散りしみじみあをき空を見せつく
北海道　大口《おおくち》ひろ美《み》

秋晴れの石狩川の水あをく王子製紙の白煙なびく

対岸の連なる鉄塔映りたるああ晴れ晴れと石狩川は

この海の沖に立ちたる波いくつ浜辺にとどき砂の襞うむ

兵庫　大地《おおち》たかこ

砂浜に大型犬を連れた人いくども投げる青いフリスビー

『ヘクタール』また取り出した瞬間にムクドリの群れ一斉に消ゆ

＊

秋白き風入りきたりレコードのマリア・カラスの声に溶けゆく

東京　大和《おおわ》久《く》浪子《なみこ》

地から湧き絶え間なく鳴く地虫かな夜ごと夜毎に秋深みゆく

ひと日ずつ冬へ近づく道の辺に表裏をみせて公孫樹舞うなり

＊

秋深みか細く鳴けるこおろぎの明日も生きよと鼓舞する吾も

滋賀　奥井《おくい》満由美《まゆみ》

巡り合う秋こそ哀し石山に燃えるもみじを一人訪ねて

コロナ禍も茶店に集う短歌《うた》仲間クリームソーダの泡と弾ける

もぎたての柿の歯ざわり心地よく明日はよきことあるかも知れぬ

茨城　片岡《かたおか》　明《あきら》

山茶花の咲きたる花にスズメバチ来るたび我は身構えて待つ

絶えたると長年思いし露草が雑草に紛れひとつ花咲く

＊

落ち栗を天の恵みとわが拾ふ類人猿の営みのごと

石川　金戸《かねと》紀美子《きみこ》

落つるまで待たねば採れぬ毬栗の驕れる人間拒みて止まず

足に割る毬の中なる三つ栗の肥《ふと》るひとつをトングに挟む

＊

美容院に流れていたる「茶色の小瓶」さざなみとなり私を揺らす

東京　川田《かわだ》由布子《ゆうこ》

グレンミラーにゆだねる午後の秋時間「茶色の小瓶」を二度三度聴く

忙中閑あるがごとくに咲ける花十月桜を足止めて見む

きしみつつ黒部のトロッコ隧道を抜くるや山路に女郎花群る
神奈川　北《きた》　芳子《よしこ》

客人《まらうど》ら見送る旦の夕さりをかみのゆみはり耿耿と照る

ほろ酔ひの夫を上座に家族《やから》みな笑まひし並ぶうつしゑ出で来ぬ

*

今晩も秋刀魚かと言う日もはるか数回食べて今年も終わる
宮城　草刈《くさかり》あき子《こ》

バケツから溢るる程に貫いたる秋刀魚の調理悩んだかの日

高級魚並みとなりたる秋刀魚には食べたいのだが手の届かざり

*

バイク屋さん道に腹這いなおしくるる赤き尾燈はともり初めたり
香川　久保《くぼ》　尚子《ひさこ》

二百万の糸球体《しきゅうたい》の瑞瑞とよみがえりたりコスモスの中

屋島峰ははるか琵琶の音響かせて空の果てまでコスモス畑

夜濯ぎの外の寒さに驚きぬ庭にかすかな鉦叩きの声
東京　蔵増《くらます》　隆史《たかし》

振り返り今を幸とは覚えぬも良き日はあるとこの頃思ふ

玻璃大き街の茶房の窓際に一人揺蕩秋の日暮るる

*

湿地にて釣舟草の咲き残り蜂の飛びきて蜜を吸ひをり
千葉　黒﨑《くろさき》　壽代《ひさよ》

道の辺にをなもみあまた実をつけて投げて遊びし子ら思ひ出づ

道の辺に露草あまた咲き残り青深き花わが目にまぶし

*

とびきりの秋のひかりがそそぎをり二度咲きをせる金木犀に
千葉　小林《こばやし》　幸子《ゆきこ》

落葉《らくえふ》のすすむけやきに青空の入りきて枝にならぶ鳥みゆ

玉子焼き今日は買はずに飛鳥山へのぼりゆきたり紅葉を見に

侘びしさは老いしがのみになかりけり君なき宿の
秋の夕暮
北海道　酒井《さかい》　敏明《としあき》
酔ひ痴るれど咎むる人のなかりけり無頼《ぶらい》を侘ぶる
白秋《あき》の夕暮
疲がゆゑおとなふ人の少なかり紅燈淡き秋の夕暮

*

透きとほる声交はし合ふ子らの過ぎまひるま再び
ツクツクボフシ
静岡　柴田《しばた》　典昭《のりあき》
黒揚羽はたたき彼岸花の上《へ》を去らざり中也も知ら
ざるメルヘン
日を浴ぶる狗尾草の影は揺れ濃くなるままにすだ
く虫の音

*

南北の窓を開ければ風の道生れてさやさや秋のこ
ゑ聞く
神奈川　菅《すが》　泰子《やすこ》
桔梗《きちかう》の花ふくらかに笑むがごとあはき紫はつ秋の
色
炎帝の去るは嬉しくはた寂ししみじみ愛《を》しむ法師
蟬の声

菊花展大宝神社の境内に埋まるごとしミニ筑波山
茨城　関《せき》　千代子《ちよこ》
雨上りの空の雲分け虹の立つ学童の子らの歓声を
聞く
息子《こ》と仰ぐ皆既月食三十分望遠鏡に見る暗朱《あんしゅ》の影
を

*

秋寂びて梢に高鳴く百舌は枝に吾はこころに速贄
を刺す
岐阜　高瀬《たかせ》　寿美江《すみえ》
図書室は秋の林の中に似て落葉はらはら頁繰る音
満天の星の移りを窓に見る地動説など信じられな
い

*

昨夜《よべ》降りし雨を恵みと白菜の根づく命や葉のいき
いきと
山梨　瀧澤《たきざわ》美佐子《みさこ》
置き初むる夜露照らして十五夜の月は中空《なかぞら》静かに
在《おは》す
富士の峰初に白しとこの朝の道に会ふ人みなほほ
ゑめり

自在なる風のあそびにこすもすの花らのそよぎとりとめのなし　秋田　塚本《つかもと》　瑠子《りゅうこ》
落葉にしまし間のある桜樹を降り清めゆくひとときの雨
しどけなく撓む白萩ひとむらを束ねてしづかここのみ寺は

＊

墓地へ行く小道に木槿咲いていた「白こそよけれ」ですね岡崎先生《せんせい》　神奈川　照井《てるい》　夕草《ゆぐさ》
「やあ、どうも」声が聞こえる気がしてた墓誌に刻まるる恩師の名前
墓参りようやく叶いてなみだ雨不定期バス待つ富士霊園内

＊

最上川辺の露天風呂にて月を賞《め》づ夜霧が塀を越えて入り来る　山形　冨樫《とがし》榮太郎《えいたろう》
榧《かや》の木の梢の上に月澄みて最上川面《かはも》を白く照らせり
漆葉の際立ちて紅《あか》き谷合の狭まるところ水ひかり落つ

風吹けば秋明菊の花の群れ琴のごとくに奏ではじめる　茨城　飛田《とびた》　正子《まさこ》
刈取りの終えし田の面《も》は緑なりどの切株も伸ばすやひこばえ
草ぐさも念《おも》い遂げるかおのおの穂を実らせて秋の陽《ひ》に揺る

＊

風のこゑ聴かずに見ずにあぢさゐの花の垂るるをわがこととして　北海道　富岡《とみおか》　恵子《けいこ》
戦ひは未だ止まずに秋深み花首垂るるままのひまはり
枯れながら生きゆくいのち撓ひつつ秋明菊のそこのみ明かし

＊

キミラシクイキレバイイサ朝早き林に鳥のやさしきこゑす　長崎　中川《なかがわ》　玉代《たまよ》
川沿ひを群れて飛びゐる赤とんぼ朝陽に翅のはつかひかれり
庭の菊の影たしかなる月夜なり対馬の海はひかりてをらん

全山を紅　萌黄に染め分けて本土にあれば山歩《さんぽ》の
支度　　沖縄　中下《なかした》登喜子《ときこ》

落葉松《からまつ》の落葉あまりに明るみて寂しさ湧きくる秋
も終りの

落葉松の落葉踏みしめ山歩くかすかな風に黄の針
さらさら

＊

しがらみを断つごと一撃加へられ二階家崩る霜光
る朝　　北海道　中田《なかた》　慧子《けいこ》

合格は叶へられしや境内の絵馬ひるがへる凩のな
か

枯枝のごとく痩せたる蟷螂の命の先を思ふいちに
ち

＊

風そより夏か秋かを決めかねて季《とき》の指揮者のタク
トさまよう　　福井　橋本《はしもと》まゆみ

風鈴がちろりと秋をつかまえた銀杏も揚げ夕餉の
仕度

ブーメラン戻って来ない青い空短い秋ですマスク
のまんまで

花吉神社一の御柱木落しせずコースを変えて鎌倉
街道を曳かれてくる　　長野　花岡《はなおか》カヲル

御柱の曳き綱の先につき木遣り一声よいしょよい
しょと曳く実感

氏子皆で力を合わせ御柱を曳き祭に参加できた喜
びがじわっとくる

＊

車窓よりみる大川はひろびろと秋の光りを独り占
めせり　　長崎　花岡《はなおか》　壽子《ひさこ》

人のなき公園に立つ銀杏の樹ひかりこぼして秋の
空突く

秋雨に配達品の背中ぬれ袋にくるまれ届く朝刊

＊

どの位置か北斗の星に死兆星《アルコル》をこの夏探す吾がた
めにわれ　　京都　早田《はやた》　洋子《ようこ》

この闇の野原に結界あるごとく死に物狂ひに集く
虫たち

孫千畝と初めて交はす熱燗の酒うまかりき朝開け
て秋

隙間より光る稲妻青白くしてめらめらと部屋内走る

和歌山　原見《はらみ》　慶子《よしこ》

窓の外果ての果てまですつきりと秋は静かに訪れてゐる

秋思《しうし》とふ言葉しみじみ長き夜に次から次へもの思ひをり

＊

ふりかへることなくすばやく去りてゆくあれは酷暑でありしかたまり

三重　人見《ひとみ》　邦子《くにこ》

秋空にすずしさ流れふかぶかと大息ひとつ雲はゆくなり

あふむけば喉元すずし雷雨すぎ気圧の重さほどかれてゆく

＊

秋日和川越産の新米を一合炊いて秋を味わう

東京　平田《ひらた》　明子《あきこ》

熟れすぎた太秋柿《たいしゅうがき》の渦が巻くさじですくって食む秋の夜

さわさわとあまたのむかご風にゆれ自然に育つヤマノイモなり

秋草の風の入り来る部屋涼しカウンセリングにこころ和ぎゆく

神奈川　藤田《ふじた》　絹子《きぬこ》

リハビリの終りにしばし庭に出づ秋の気さやか草の穂揺れて

行く夏の来る秋の気の行き合へる庭園歩くリハビリのため

＊

シグナルは月夜の風かいつせいに河原の空を飛ぶ芒の穂

岩手　松田《まつだ》　久恵《ひさえ》

鳥たちの通詞にならんと憧れし少年の日の逸話たのしき

ペテロとふ霊名もてる人の歌に心惹かれて過ごすこの秋

＊

霜月の風は枯れ色ゆっくりと無人リフトが登り降りする

石川　松本《まつもと》いつ子《こ》

越後三山あおぐ枯野の群れ尾花小春日に透く光を散らす

朱ぬり褪せひっそり佇む女人堂うつつ散りしく紅葉《もみじ》鮮し

シヤッター越しの真夜の冷気を欲る白露気配立たすもぬけきらぬ夏　埼玉　松本《まつもと》ちゑこ

一センチの縮小比率けざやかにかまきり兄弟ぞぞぞぞ生る

墨縄《すみなは》を弾《はじ》くに音なき音あるを子供心に識りし秋の日

＊

秋虫鳴く夏逝く序章の細き声ほっと一息雨後の涼風　埼玉　三ケ尻《みかじり》妙《たえ》

潔くはらはら落つる落葉群来春憂うる我を横目に

羊雲に上弦の月明星あり深しん深しん冬は来たりぬ

＊

晩秋の陽を浴び川はきらきらと光彩放つイルミネーションか　静岡　耳塚《みみつか》信代《のぶよ》

杜鵑草を好まざる理由《わけ》はあいまいに咲く季の来れば思い出す人

パトロールの緑のチョッキ着せられて案山子はコスモス畑を見張る

ことのほか朝・夕めっきり暑さ過ぎこのひと時の秋を楽しむ　滋賀　望月《もちづき》久子《ひさこ》

夏の暑さ避け秋待ち墓参りこの澄んだ空季を惜しむ今

アポ取りて参りたれども独り居はお忙しいのか和尚さんは留守

＊

朝かげの欅黄葉を娘と歩くあの日見たねと言ふ日のために　神奈川　森川《もりかわ》多佳子《たかこ》

鈴の音を聞いた気がしてドライヤー切れば小窓に秋の鳥囀《な》く

『早笛』の内職の生徒《こ》らを思ふなり令和の日本さむく貧しく

＊

秋の日のあわ風受けて陽だまりにユズの実成りて真心を突く　東京　安富《やすとみ》康男《やすお》

並び立つイチョウ並木の見事さよ空青くして黄色満ちたり

秋深く植物園の木々の間のメタセコイアは紅に染まれり

朝々に声で数えし朝顔の枯れしを両手で夏引き下ろす
石川　山崎《やまざき》国枝子《くにえこ》

冬に入る前の明るさ黄に朱に色きわだたす美術館通り

何らかの区切りのように幾つものマンションが建つ刈田の中に

＊

川土手に母が手植ゑし芝桜絶えたる後に秋桜咲く
鳥取　山田《やまだ》　昌士《しょうじ》

咲き乱れ風に揺らめくコスモスの哀しみ忘るるほどの明るさ

コスモスの花群れの上追憶は虚空を昇りやがて消えゆく

＊

強風も微風もそよろと躱しをり晩秋の庭のコスモスの群れ
長野　米山《よねやま》恵美子《えみこ》

淡島より持ち帰りたるトベラの種わが丈を超え今年実のつく

里芋の味噌汁恋しと書かれたる戦地の父の母への手紙

4

冬

雨戸くるわたしを待ちて山茶花《さざんか》は真《ま》っ赤《か》な花を開き初めたり
日が経ちて赤き山茶花静やかに咲いていますと囁くごとし
わが庭で眺む山茶花亡き夫も眺めていたり想い出深し

東京　阿部《あべ》　洋子《ようこ》

＊

ポケットに「雪明りの路」忍ばせて我れ旅をゆく雪の小樽を
勇壮に大空飛び交う凧上げて二人の孫の歓声いや増し
豪快に雪煙上げ滑り来る息子勇まし恐るべし

埼玉　新井《あらい》　俊一《しゅんいち》

＊

冬の空うつくしかった一日を追いやるような夜半の雨音
つめたさをひとあしひとあし感じつつ踏み入れて猫の消えし雪上
枯葉積む地《つち》跳ね歩くシロハラの白きおなかは冬にまじらう

石川　荒木《あらき》　る美《み》

氷点下の朝の廊下にストーブを焚けば張り詰むる冷気ゆらぎぬ
北窓にレースカーテン凍み付くも昨夜《よべ》の横雪さほどにあらず
長き長き氷柱《つらら》に朝日差し込みて虹色チラチラ煌めき止まず

山形　安藤《あんどう》　チヨ

＊

垂直に引き上げ長き野沢菜の飴色を置く俎板の上に
切り口の白さしいんと立ち上がり大根の黙キッチンの冬
新聞紙ときおり広げる音がする黙って隣に人がいること

埼玉　今井《いまい》　恵子《けいこ》

＊

雪降ろし終へし男は湯気あげて不動明王さながらに立つ
やみがたき衝動のさま砕けたる波高々と防波堤越ゆ
やうやくに凪ぎたる海のひとところ歓喜のごとく冬日を返す

秋田　打矢《うちや》　京子《きょうこ》

十年に一度の寒波にこもる日は耳さとく聞く郵便の音
千葉　栄藤《えとう》　公子《きみこ》

初雪が降りて積りて雨になり折れし水仙寒々と咲く

師走より北風の中しろ、きいろ水仙咲きつぎもうすぐ弥生

＊

木枯しの止みし山辺にパラボラの影絵のごとしゆふあかねぞら
茨城　大塚《おおつか》　洋子《ようこ》

息子はまだ起きてゐるのか午前四時階下に水音聞こえてきたり

きらきらとかがやく海よやつぱり海は生きてゐるのだ人呑みこみて

＊

見せ消ちの文字の如くに雪の上踏み跡残る野鳥ら去りて
北海道　押山《おしやま》千恵子《ちえこ》

春楡とポプラの並木は一片の葉もなくひたと如月の陽に

点さない灯芯ひとつ掌にもちて春楡並木の夜半を眺めつ

北西の風は終日吹きすさび夜半しんしんと肩より冷ゆる
茨城　小田倉《おだくら》玲子《れいこ》

雪を積む裸木さながら白珊瑚みるがに枝えだ太らせてゆく

白菜をひしと詰めしが塩といふきびしき白に柔らぐを食む

＊

雪の日の厨はひとを待つようで、もやしのひげ根を切りつづけおり
北海道　織本《おりもと》　英子《えいこ》

鳥影が庭を横切る　雪の上にさびしき濃淡置きて去りゆく

雲の裾がほつれたらしい夕暮れに綿雪ふわりふうわり降りて

＊

九十六自歯にて食めるリンゴ音よき甘さかな
長野　金井《かない》と志子《しこ》

そこ冷えや新玉の夜の月を見上げて身ぶるひにける

二の腕のなにやら凝るも思ひ当らず家事つづけをり

降りしきる雪のなかなるほんたうはもつと栄えるはずだつた街

埼玉　岸野亜紗子《きしのあさこ》

日本橋を離れることの叶はねば麒麟はけふも風雪のなか

石畳の凍りつつありオリンピックのおそらく二度とかへらぬ街に

＊

玄関を出づれば見ゆる富士の山見むとするゆゑ富士葬祭見ゆ

静岡　木ノ下葉子《きのしたようこ》

一枚の蜜柑の皮がバス停の椅子に乾きて日は舂《うすづ》きぬ

風に斯く衣靡かせ続ければ晴れの終はらぬ冬を愛せる

＊

三月の雪原の中くろぐろと隣の村へ道開けらるる

福島　佐藤《さとう》　文子《ふみこ》

まだ寒さ戻る日ありて如月の光の中に淡雪のふる

雪被く庭木に日の射し音もなく異なる早さに雫の落つる

久に聞く福島訛りが温かく林檎のお礼がつい長くなる

秋田　篠田和香子《しのだわかこ》

福島の林檎はくすむ赤にして鮮やかならぬ色こそ良けれ

初雪が降り止《や》まぬ朝ひつそりと蜜を隠して冷たき林檎

＊

小夜更けてナースがこっそりくれたチョコ舌先に溶け聖夜の灯ともる

奈良　島本《しまもと》　郁子《いくこ》

ささやきにときめきし耳は役目終え読書眼鏡に占拠されおり

とはいえどバレンタインのチョコ求む会えなくなったあの人の分も

＊

霧のなか話し合ってもわからない手探りで掴む思考のしっぽ

埼玉　清水菜津子《しみずなつこ》

これからはマイナス思考を直そうよ未来を変える言葉がほしい

重ね着のヒートテックを忘れずに今年も寒い冬がきました

鮭釣りの百本の棹の賑わいもいつしか途絶え雪の季となる

北海道　杉本《すぎもと》稚勢子《ちせこ》

破裂音と擬音を時おりない交ぜに雪あられ降る屋根から屋根に

一時に手紙はドサッと届けられ除雪の人らのため息凍る

*

除雪車の唸りにめざめ窓のぞく　吹雪の中にライトが動く

鳥取　角《すみ》　公邦《ひろくに》

雪道に躓き手をつき起きあがり廻り見渡し青空あふぐ

桜木の冬芽をじつと見てをれば着脹れ散歩のわたくしのやう

*

窓に差す朝の光のあかるきはしづかに深く雪積みゐたり

新潟　橘《たちばな》　美千代《みちよ》

不可思議な妨害失格、フライング、ドーピング容認と続けばもう見ず

古きシネマ画像のごときモノクロの降りしきる雪の夜を帰りきぬ

唐崎の松より雪吊り始まりて青空に描く幾何学模様

石川　田中《たなか》喜美子《きみこ》

池の面に相似の雪吊り写る様《さま》縄目の揺れて細波の立つ

雪吊りの彼方に浮かぶ月蝕の欠けゆくさまに吾の息呑む

*

菩提寺の石垣にもゆる冬もみぢくれなゐふかき葵のにほふ

宮城　遠山《とおやま》　勝雄《かつお》

みぞれ道若き息吐く二人僧しもやけ足で托鉢経とく

大門の開くことなき瑞巌寺おもてのあかき夕もみぢ

*

除夜の鐘聞きつつ帰る初詣常より明しオリオン星座

神奈川　中込《なかごめ》カヨ子《こ》

夫の指す寒の空にはオリオンの星座輝き聞く物語

オリオンや星座の神話おもしろしギリシヤの神の賑々しくも

汚職まみれのオリンピックのむなしさを何に埋めん雪降りしきる

青森　中里《なかさと》茉莉子《まりこ》

この国のゆきつく先の見えずしてのんのんと降りやがて吹雪けり

冬風にのどぶえ鳴らすウメモドキ枝に残れる朱き実二つ

＊

雪が降る夜更けをいよよ雪が降るひとりひとりに雪が降り積む

長崎　長島《ながしま》洋子《ようこ》

道の雪木々の雪はた屋根の雪ゆたかなるかな白そしてしろ

いつまでのふたりか知れず残ん生を思ふ夜更けを雪は降り積む

＊

朝明けのすがしき空に虹たちて冬鳥一羽翔び去りゆけり

石川　橋本《はしもと》忠《ただし》

凍み雪を踏みしめゆけば冬空の奥まるところに今朝の銀嶺

冷えしるき暁闇をうつらうつらうつら歌語の林をさ迷ひてをり

冷え込めば大石根元「シモバシラ」綿飴の如霜柱見ゆ

長野　平出《ひらいで》サトコ

二メートル高きに数多枝垂れて赤きクコの実夕日に映えぬ

葉も芋も体に良しと菊芋を出荷をしたり冬の仕事に

＊

千両をいれし備前の壺おきて校正始める「翔る」のわれら

静岡　三田《みた》純子《じゅんこ》

古書店に本をさがして栞いづよみかけのまま売られいるらし

コロナ禍の沈黙のなか病院の待合室はふゆの日を浴ぶ

＊

北よりの風に囲久根の樹々揺れて灰色の空を雪横殴る

宮城　皆川《みなかわ》二郎《じろう》

あしたより灰色の空に横殴る雪の降りつつひと日吹雪けり

秋野菜摘みて立てたる新しき畦に真白く雪の積みたり

真冬日のつづく五日目はがき手にポストへ向かふ
雪を鳴かせて　北海道　宮川《みやかわ》　桂子《けいこ》
新雪にはやもカラスの遊べるや小屋根に半身ほど
なる窪み
堅雪に薄雪おほふ朝の庭きつね行けるらし小くぼ
が残る

＊

凍りたる滝青々と光りをり奥にて水の走る音する
岩手　山本《やまもと》　豊《ゆたか》
丈高くくれなゐの薔薇咲く庭に日すがら寒き雨降
りしづむ
雲間よりをりをり月のあらはれてわが家前の雪原
照らす

＊

孤児たちへ福祉の恵み力士らの餅つく音は大きく
響く　栃木　若林《わかばやし》　榮一《えいいち》
良き友と寒山拾得の五〇年和室に月の歌会を開く
針供養知る年代の人となり綻び縫ひし半纏を着る

南天の目の雪兎風邪に臥す枕辺へそつと置きし母
かな　山梨　和田《わだ》　羊子《ようこ》
霜柱踏む音楽し散歩径農鳥抱く富士へ向く径
購ひし日記の厚さ綴り行くいづくあたりに切るる
日やある

＊

山茶花は散りても紅し父母《ちちはは》の齢越え来て米寿を歩
む　滋賀　渡辺《わたなべ》　茂子《しげこ》
並びたつメタセコイアの冬の色今日の琵琶湖は清
冽にして
とめどなく降れどとめどなく消えてゆく湖《うみ》の上《へ》の
雪飽かず眺むる

5
自然

満ちたれば欠くる慣ひの世に在りて十六夜《いざよひ》の月皓々と照る

愛知　青木《あおき》　陽子《ようこ》

夢などは最早在らざるモノクロの吾の胸裡に暫し光を

残虐な戦《いくさ》に苦しむ人らをも照らさむ宙の十六夜の月

＊

畑中に立ち居る案山子破れ笠に顔半分が日焼けしている

山形　朝倉《あさくら》　正敏《まさとし》

人間に見捨てられしか畑中の案山子に雪は降りしきるなり

畑中のひと冬は辛かったろう雪の中より顔出す案山子

＊

よごろのあめ線状降水帯となり雷火雷鳴ふたたびの夜

石川　飛鳥《あすか》　游美《ゆみ》

ほうせん花も狗尾草も水中花となりて北庭の水位上がり来

もうひと日降らば床下浸水か案ずる夕べ余光あかるむ

うりづんの平和の薫り摩文仁野《まぶにの》に永久に響けよ月桃の歌

沖縄　新垣《あらかき》せい子《こ》

みはるかす甘蔗《きび》の穂波はざわざわと葉殻掻く音秋風に乗る

白鷺はニライカナイの光よび泡瀬干潟の潮香まとへり

＊

ああ、そこにゐたのか汝《なれ》や山の間《ま》を影とぼしらなかはたれの月

兵庫　安藤《あんどう》　直彦《なおひこ》

あが破《や》りし網《い》はひろらにも張り替へていぬつげの枝を朝《あした》の蜘蛛は

街蟬の声浴び帰るうつし身に真夜の裏山ふくろふが啼く

＊

ガスボンベかかえし人影窓越しに三十五度の真昼間の刻

大分　伊東《いとう》さゆり

台風に洗い流されしサルスベリ　いっきに秋を深めてしまえり

うつうつと時過ぐる間にも菩提樹は青葉広げてわれをつつみぬ

踏まれても踏まれても咲く金鳳花《きんぽうげ》　草千里阿蘇馬が断く

大分　井上《いのうえ》登志子《としこ》

草千里そここ馬糞の乾涸びて「毛莨《うまのあしがた》」一面を占む

二百年否三百年川音を聞きつ動けぬ巨樹の名知らず

＊

怖いもの知らずに伸びる若竹のさみどり揺らす初夏の風

長崎　岩本《いわもと》ちずる

降りさうで降らなささうな夕つ方酔芙蓉の花赤くしぼみぬ

湾《いりうみ》の水面はたゆたふ月の下眠れる魚を起こさぬやうに

＊

立ち寄りし久遠寺境内花まつり甘茶かけつつ平和を願ふ

千葉　上木《うえき》名《め》慧《え》子《こ》

ローカル線駅のホームに待つひととき青田の風のさやかに通る

トロロアオイの紅白の花向きあひてささやく如く風にゆれをり

みどり葉の風のひかりに深呼吸さて小松菜の種をまくとす

東京　内山《うちやま》輝子《てるこ》

つつがなく夏の日ぐれを白き蝶ゴーヤの花にちょっとハグして

うれしくてはじけるように隠元の花が咲くなり五月の畑に

＊

沖縄に2000m級の山ありし遥か太古の西方海上

沖縄　運天《うんてん》政徳《まさのり》

壮大な太古へのロマン広がれり古代琉球よ地上に出でこよ

海底に大琉球とう島ありし遥か太古に　かくて夢あり

＊

声あげるほどの優しき夕陽なり遇ふべき人のまだ在《おは》すがに

静岡　大石《おおいし》弘子《ひろこ》

老い母に視よとて亡き娘《こ》の咲かせしや門辺に今朝の露草のはな

しじみ蝶もつれて消えてあらはれて萩のくれなゐ零るる真昼

あはあと立つ虹雲の間を短歌《うた》を詠みつつ楽しくぞ生く

大分　大久保《おおくぼ》冨美子《ふみこ》

夕焼けてなほもえきれぬ稜線を眺めて眩し秋の夕暮れ

朝の陽にきらきら光る草の露わが足元をぬらす晩秋

＊

春の陽をいっぱいに受け長椅子は過ぎゆく時の影を濃くする

千葉　大島《おおしま》　悠子《ゆうこ》

どや顔で夏がズズンと入り来ぬ宅急便にドア開ければ

鮮やかに色を競いしもみじばも朽葉となりて地に重なりぬ

＊

太陽を独り占めには出来ないが日本の旗はよくぞ「日の丸」

大分　太田《おおた》　宅美《たくみ》

鳥の声一つひびきてわが山は静まりてあり春の芽吹きを

天からのライトアップに西雲を茜に染むる秋の夕暮

笹ケ瀬《ささがせ》川は片身替わりのよろけ縞よどむみどりに蛇行してゆく

岡山　大谷《おおたに》　真紀子《まきこ》

川風に吹かれ歩めばいずこよりカラス御前のアリアひとふし

いくつかの疑念は疑念のまま触れずふかく流れる川を見ている

＊

店を守る女将は八十五歳なり小粒の生牡蠣浦村産とぞ

三重　岡田《おかだ》　美代子《みよこ》

看板が風にさゆらぐ漁師町「ピピ」という名に牡蠣の店あり

店先で「わりゃ元気か」の大声に我のことかと二・三歩さがる

＊

空がすこんと抜けた気がしてどこまでも夜空の果てに鹿を探しぬ

愛知　尾﨑《おざき》　弘子《ひろこ》

わが鹿好きに呆気ない結論はあり幼き日の箪笥にバンビの絵

噴水の飛沫が去れば消える虹例へばけふの皆既月蝕

宵闇の気配をまとふビル街の鼓動でせうか赤い点滅

兵庫　尾崎《おざき》まゆみ

月光はてらす図書館歩道橋うしろをあるく人のため息

地球への愛のやうなり包みこむたとへば中秋の名月

＊

富士山頂に神立雲がそそり立ち炎暑の空を過ぎるものなし

神奈川　雅《が》　風《ふう》　子《し》

木星に近づく月の色冴えて電線を今越えてゆきたり

軒先の氷柱緩びて閉ぢ込めし一夜の星を解き放ちたり

＊

島おほふ里芋の畑ゆく夏の光おし上げ広き葉さやぐ

岩手　鎌田《かまだ》　昌子《まさこ》

庭よりの風にゆれゐるカーテンは移ろふ時の証の如し

遠街を消すごとく降る午後の雨間遠になりて悔いも消えゆく

石は石の重みに幾層ささえ合う穴太《あのう》積みなる里房の黙

滋賀　川﨑《かわさき》　綾子《あやこ》

「比叡山」白抜き文字のランリュック二つ降りゆく石垣の径

「石に聴き、石に従う」石頭、純徳《すみのり》さんの深爪十指

＊

とらはれて凝れるままに置かれをる一羽の月のうさぎを慕ふ

神奈川　川田《かわた》　茂《しげる》

月に住むうさぎの眺むるこの地球《ほし》の海陸《うみくが》ともにうつくしからん

月面の地平にのぼる地球美《は》しされど細部に巣食ふわざはひ

＊

自転車止めブルゾンを脱ぐ橋に見ゆ雪柳の白菜の花の黄も

東京　木沢《きざわ》　文夫《ふみお》

蝉鳴かず猛暑つづくをこゑ聞かず鳴けばうるさき声と思ふも

地を這ひてアガパンサスにも絡みつき庭に昼顔また増えてゐる

天のしづくあつめて小さき水溜り澄める瞳は銀河を映す

青森　木立《きだち》　徹《とおる》

泡ぷくり水にはみづの思ひあり時に動かず考へてゐる

萌え出づる春もみぢのかげゆらしつつ水はしづかに呼吸してゐる

＊

中空にオレンジ色の半月の浮きて賑やか棚田の蛙

愛知　木下《きのした》　容子《ようこ》

三六〇度の丸い風に抱かれて悠久の時間《とき》をこの身に刻む

不穏なるニュースの続く暗き日に戦火とみまがう朱き夕暮れ

＊

市川《いちかわ》の河川敷を駆くる少年がをりをり止まりて薫風をかぐ

兵庫　楠田《くすだ》　立身《たつみ》

五軒邸三丁目の角《かど》煉塀のうちにて布団を叩く空梅雨

国生みの島山照らし日輪が瀬戸の海面《うなも》を焦がして西へ

初日の出六時四十八分なり重装備して鹿島灘目指す

千葉　黒田《くろだ》　純子《すみこ》

水平線上に連なる雲低く稜線の光徐々に色増す

おもむろに初日は姿あらはして海の面に直ぐと伸び来ぬ

＊

木木鳴らし砂を巻き上ぐる赤城颪夜半に目覚めてハウス気遣ふ

群馬　光山《こうやま》　半彌《はんや》

北風に真向ひ喘ぐヘリコプター円を描きて流されてゆく

先を行く尾灯も霞む雨靄に眼を凝らし孫送りゆく

＊

朝焼けを一艘曳きのシラス舟戻りくる見ゆ土手の上より

東京　児島《こじま》　昌恵《まさえ》

すきとほる川の時間の向かうから私の中の銀糸トンボ

終結の道筋見えず核ボタン居直る朝を山鳩鳴けり

物質は宇宙で生まれ進化して知性を産んで何が知りたい？　千葉　小城《こじょう》勝相《しょうすけ》
木枯しで落ち葉が積もる並木道夏の恵みを踏みしめ歩く
砂浜に波と戯るる虚貝《うつせがい》揺れつつ見せる形見の時間

*

落葉寄す路肩につづく草もみぢ朝の光にかがやきはじむ　新潟　佐々木《ささき》伸彦《のぶひこ》
雨あがる庭に音なく夕すげの花数増して夜がはじまる
連れだちて夏至の暗やみ歩む道行きつつもどりつホタルとびかふ

*

流れつつ自浄してゆく水というその透明の不思議を見つむ　埼玉　里田《さとだ》泉《いずみ》
とうとうと昨日も今日も留まらぬ川の水嵩計りがたしも
太古より此処に流るる川なりとその永遠のひとときを居つ

柄杓の柄にちひさなちひさなカタツムリ墓前まで行かうよ　秋彼岸なり　北海道　佐野《さの》琇子《ゆうこ》
儚げに草むらを舞ふ白き蝶いのちを托す葉に逢へるとよいね
笑ひゐるはハシブト鴉か冬囲ひに手はがんばつて足ふんばつて

*

杉木立のあはひに光こぼれ落つ鹿島神宮の参道の上《へ》に　茨城　三條《さんじょう》千恵子《ちえこ》
いとけなき子鹿にひたと寄り添へる鹿ら陽を浴ぶひとところにて
流鏑馬の杭跡残る参道に白き蝶ゐて翅休めをり

*

鎌倉山より相模灘見ゆ手を伸べて掬いてみたし青の一滴　神奈川　塩田《しおだ》文子《ふみこ》
風になり橅《ぶな》の葉裏を押しながら話をしよういのちについて
山や地に千紫万紅春闌《た》けて生けるものみな天を仰ぎぬ

ケケケケと雨蛙の鳴く夕つ方何処かでケケと応ふるがをり

岐阜　白木《しらき》キクへ

門先の大瓶に活くる猫柳毛並そろひて蜜蜂の群る

月食をまぢかに登りくる月を真暗き山に向かひて待てり

*

入笠山《にゅうがさ》の落葉松林越えてゆく空にまばゆきひとすじの雲

山梨　白倉《しらくら》一民《かずたみ》

入笠に咲く花なべて色あたらしゆきずりの人ゆきずりの花

高原《たかはら》の風に吹かれてうなかぶすいのちいとおしスズランの花

*

夕間暮れ黒き球となり動かざるヒナは木かげに身を寄せ合ひて

宮城　白鳥《しらとり》光代《みつよ》

日盛りに瑠璃色の尾をきらめかせ動かぬわが家の主のカナヘビ

もみぢ葉の朝日に照らされ燃え立ちぬ幹黒ぐろと山鳩のゐて

雨あがりの木立に仰ぐ空の青死んだかあさん好きだった青

静岡　信藤《しんどう》洋子《ようこ》

のささげがむらさきの莢はじくころ少女の逝きて一年のくる

夕ぐれの千年杉のみずいろはとおくしずかな神のいろなり

*

仰向けになりたる蝉を手に取れば二声鳴きていずこにか去る

埼玉　高橋《たかはし》良治《りょうじ》

白雲《しらくも》の影を散らして立つ波の送りて来たる秋風のいろ

いつしかに遠くなりたるその人の名を呼ぶごとくコオロギの鳴く

*

立山《たちやま》に立ちて臨《のぞ》めば能登半島龍神《りゅうじん》のごとく延ぶる日本海

東京　高原《たかはら》桐《とう》

秋風と一体になりて山登りいよよ少女になりゆく我はも

あをあをと山嶺《さんれい》つらなる大空に梅雨の晴れ間を泳ぎゆく雲

三月の池に泳げるカルガモの赤き素足が速度を上げる
埼玉　竹内《たけうち》　由枝《よしえ》

わが頭上椋鳥の群れ旋回す押し合ふ声は八十デシベル

秋空に自尊の首を伸ばしゆくうすむらさきの皇帝ダリア

＊

入相《いりあひ》の鐘の音伝ふ階《きざはし》に春の落葉を巫女《みこ》はひた掃く
東京　竹野《たけの》ひろ子《こ》

幼子の耳は福耳紙兜しつかり止まる端午の節句

気付かるることなき命蟇《ひき》の子は八手《やつで》の木叢《こむら》をいでて轢《ひ》かれぬ

＊

止められる戦さ繰り返す〈ヒト〉融解は止まらぬグリーンランドの氷床
千葉　橘《たちばな》　まゆ

生れしこととまどう今も夜嵐のただなかで聴く「ミサ・ソレムニス」

奪われた幾つもの夏かなしみを綴るよマリーゴールドへの手紙

群青の秩父の山にかかりたる視野いっぱいの白き横雲
埼玉　田中恵美子《たなかえみこ》

大輪の橙赤色の深山透百合《すかしゆり》崖のひまより枝垂れ咲きたり

いとわしき弟切草の名のいわれ黙して聴きたり黄の花かこみ

＊

みどり葉の松一面を白銀にしんしん染めあぐ夕重ね雪
神奈川　谷《たに》　満千子《まちこ》

軒下に仕舞ひ忘れしシクラメン鉢に凍えり花芽の小さく

霜かむり枝を撓む南天のほどよき赤き実新年の花

＊

雨あとの山路に際立つ白さなり額空木《がくうつぎ》とや不意に明るむ
兵庫　谷原芙美子《たにはらふみこ》

静寂の染みゐるごとき此処にゐて窓の向かうに木の揺れやまず

ゆつたりと桃色に染まりゆく雲に悠久といふものを想へり

雑草と呼びて引き抜くかたばみに五弁正しき黄花
またたく
千葉　千葉《ちば》さく子《こ》
玉葱に小葱芽生えて無機質のモノ集めおく厨に息
吹く
一身に錦飾れる鯉たちに自らなる気品ただよふ

*

点々と紅白描く梅林にサンシュユの黄《きい》春を彩る
栃木　塚田《つかだ》　哲夫《てつお》
枯れ急ぐ葉の多き中ひとつだけ風に吹かるるゴー
ヤーの花
底冷えの続く日にも雛壇の瓜実顔は笑みを絶やさ
ず

*

珍しき海王星食と月食を家族で待てど雲に隠れる
岡山　辻岡《つじおか》　幸子《さちこ》
月の影に海王星が入ろうとする瞬間を新聞に見る
新聞の星食・月食の写真をば宝のごとく日記には
さむ

菜の花の海原にをり　年経ても五月輝かしき青春
慕情
長野　伝田《でんだ》　幸子《さちこ》
雪抱く北信五岳の夕映えと雪の余情を誰にか告げ
む
歳月を重ねて来しは無駄でなく忘れたるころ球根
芽を出す

*

新幹線の轟音突つ込む山の腹木々のみどりは日の
ひかり満つ
群馬　東條《とうじょう》　貞子《さだこ》
はくたか号駅舎ふるはし過ぎゆきぬ山の駅今は静
寂のとき
折り紙に父・母と書き鶴に折り並べて見をりもの
言はぬ二つ

*

雲のなく晴れたる夜空に皆既月蝕位置を変へつつ
音なく進む
千葉　戸田《とだ》　佳子《よしこ》
蝕すすむ月を横切るごとくにて飛行機いくつも飛
びてゆきたり
蝕尽の月と鋭く光る星おもむろにして宵空移る

ゆらゆらと若狭の海を見放くれば背に生え初むる海鳥の羽
福井　内藤《ないとう》丈子《たけこ》

二条院讃岐もかつて眺めたる若狭の海で焼き鯖を食む

若狭なる空を見つめていつせいに春の手挙げる白き梅林

*

窓越しに異様なまでの音立てて線状降水帯といふ雨が降る
静岡　長澤《ながさわ》重代《しげよ》

寒き雨いつしか止みて真夜中の上弦の月蝕に入りゆく

夕焼けが東の空まで及びゐて明日の草刈りうながす如し

*

枯枝を好むノスリか身じろぎもせず春雨の森を見てゐる
茨城　中根《なかね》誠《まこと》

ハイタカが恐ろしいのはその翼ひきしめたとき小鳥らは知る

月に一度登るこの山芽吹きたる北側冷えて禁猟区なり

初花の兆しをつつむ雨雫桜の下に傘を畳みぬ
大分　中溝《なかみぞ》里栄子《りえこ》

雨上りの菖蒲の一葉に連なるは雨粒あまつぶ蛙あまつぶ

もう抱へきれぬ時雨のかなしみを貝塚伊吹は零しはじめる

*

寒の風ふく暁《あかつき》を藍《あゐ》ふかき空にまぎれず白く浮く月
東京　西久保《にしくぼ》征史《まさひと》

世をなげく月にはあらじ明けおそき中天に浮く下を見すゑて

西空へ何を急ぐや明けの月かたむき早しわが歩むより

*

強風にもまれゐるなり紅と白並びて咲ける百日紅は
石川　西出《にしで》可俶《かしゅく》

猿滑りとて花よりも滑らかなその幹見をりさるどし吾は

生まれたる年が同じと言ふだけで自慢したくなる仲代達矢

夕闇の迫るもひもじき冬雀わづかの餌に群れて帰らず
愛知　野田《のだ》恵美子《えみこ》

大寒の小鳥の水場に望の月映す薄ら氷ほのと明るし

寒の夜を身を寄せ眠る雀らの儚き夢に月光清か

*

大樟の樹幹は大地　ちさき緑《あを》生まれ生まれてそよぎつつ伸ぶ
石川　萩原《はぎわら》　薫《かおる》

庭隅のほのくらきより伸びのびて珠実照りあふ紫しきぶ

ゆれながら香りを零す山百合に金蚕ひとつうつとりとゐる

*

夕光《ゆふかげ》を白く反せる川の面のぞける石のそれぞれの貌
大分　橋爪《はしづめ》あやこ

溝蕎麦の花に囲まれ動くとも見えぬ小川の映す青空

電線にカーテンの如く下る蔦　蔦にもいろんな生き方のあり

鳶三羽弧を描きつつ空を舞ふ弥生の上昇気流に乗つて
兵庫　埴渕《はにぶち》　貴隆《よしたか》

深山に住職様の法話聴くうぐひすのこゑ清明にして

ふさふさと繁る若葉に五月風公園飾る鈴懸けの樹々

*

花終えし庭のツツジの豊かなる若葉の合唱　四方《よも》は万緑
愛知　林《はやし》　祐子《ひろこ》

穂を抱きグイッと根を張り頭《こうべ》垂る稲は明日への希望を呉るる

染まりゆく空のキャンバス夕茜西へと続けウクライナまで

*

若き日を蘇らせて独り立つ東尋坊が断崖の際
大分　日野《ひの》　正美《まさみ》

わが住まひ「五原」に遠き豊の国、如月を垂柳青く筋引く

ま昼間を晩夏の黄砂深ければ海隔つ六郷満山見えず

蒔きたると覚えのあらぬ蒼き花わすれな草のセロリの陰に

福岡　姫山《ひめやま》　さち

春嵐去りてゆきたる午後二時をスナップエンドウ真白きの花

青き葉の茂れる柿のすきまより見ゆる枯れ木の溜池の面

*

オホーツクの流氷接岸を聴く今も頬刺す風の痛さ忘れじ

北海道　瓢子《ひょうご》　朝子《あさこ》

ふる里を離れし今も流氷の接岸のニュース身をば引締む

流氷に人らの賑はひ見ききして時の変容しみじみ思ふ

*

切り立ったマッターホルンが青い空突き刺すように打開せよ　今

北海道　福屋《ふくや》みゆき

白樺の葉がひらひらと手を振りぬ空へ向かって夏へ向かって

冴えざえと月光りけり満月は狼の背に銀色こぼす

ざくろ実を小鳥のごとく口にしてのけぞる人等笑いひろがる

鳥取　藤原《ふじわら》みちゑ

山の肌崩れしも強く土咬みて吸いあぐるものその根にみたり

父親の刻み煙草を買いにゆく小さき手の中銭の感触

*

雛六羽列《つら》ねる母鴨立ち止まり我らが道を譲るを待てり

千葉　細河《ほそかわ》　信子《のぶこ》

一列に雛を従え母鴨は迷わず森の径歩みゆく

倒木の苔むす幹に生い出づる細き枝あり伸びよ育てよ

*

銀色の扉をあけて朝の来ぬ白亜紀前の森の香つれて

福岡　松本《まつもと》千《ち》恵《え》乃《の》

太陽の光をうらやむことなかれ銀色の身とは知らずか霧は

どこからかかすかに二胡の音色あり雲南省の朝霧の中

渡りつつ翔ぶという鳥そのほそき頸をしばらく思う夜のあり

富山　村山《むらやま》千栄子《ちえこ》

山の上の小さき沼の水鳥のあらかた去りて今日の雲ゆく

樹の息のする方へ歩をのばさんよ子供らが森と呼びいる疎林

＊

極月に湿り気多き雪積もりわれの響かすシャベルの勇み

北海道　村山《むらやま》幹治《みきはる》

啓蟄のひかりに目覚めたる北の大地の雪ぞクラストのまま

今こそが環境破壊を省みる水惑星のＳＤＧｓへ

＊

蒼穹《さうきゆう》にひと彩《いろ》となる熱気球しづくに写る幼らの夢

佐賀　森《もり》安子《やすこ》

灌漑《くわんがい》もいささ川の音ひびかすなり緑陰おほふ葉隠の里

蘀《たけのかば》脱ぎし若竹ずんずんと幼のどちはなべて直路《ひたみち》

地球とか世界のこととか考へずこよひ十五夜仰ぎてゐよう

東京　森谷《もりたに》勝子《かつこ》

月は月ただうるはしくわれ未だ月の兎を見いだせずをり

私をじつと見てゐる満月よ術無き病治しくれぬか

＊

木草には歓びなるや春の雪根方に黒き土の円陣

東京　森山《もりやま》晴美《はるみ》

こまやかに降りくる雪は眺めゐる心を無にしただ眺めしむ

紙箱の届きあふるる黄のミモザ　アカシア・スペクタビリス房なす

＊

階下から二階へ上り仕舞にはベランダに観し皆既月蝕

千葉　保川《やすかわ》牧江《まきえ》

地球とふ舟に須臾の間乗り合はす人類ならむ月蝕すすむ

ベランダのフェンスの影のくつきりと蝕を終へたる月瑞みづし

地球《テラ》に食はれあかがね色に変はる月霜月八日皆既月食

神奈川　柳澤《やなぎさわ》みゆき

あかがねの影のうすれて金色に皆既の月は鈍く光りぬ

影動きまばゆき月光満ちていく「秋風に」と歌ひつつ見る

＊

初春の庭の木下に福寿草今年はつぼみの増えて萌え出づ

栃木　柳田《やなぎた》　かね

補聴器に頼りて聞きし鶯の音色はそれでも清しく聞こゆ

小松菜やかき菜や大根薹立ちてうらの畑は今花盛り

＊

その先を赤色に染めもそもそと東北弁でススキは語る

岩手　山井《やまい》　章子《あきこ》

道端に小さなタンポポ懸命に陽を集めてる小雪の朝

水色と淡紅色の織り成す夕ほおづえついて冬色に恋

隣家の更に先なる家の花二分咲き五分咲き今日は満開

東京　山内《やまうち》三三子《みさこ》

聞き慣れぬ小鳥の声に目をやれば極彩色の姿が過ぎる

カーテンを開ければ見ゆる好位置に差し掛かる月今宵十五夜

＊

門辺なる秋明菊のほつほつと夫の米寿を祝ひて揺るる

東京　山岸《やまぎし》　和子《かずこ》

玄関の真上に仰ぐ満月の欠けゆく姿夫婦に見上ぐ

子と孫と八名集ひ新年を祝ふ今年も晴天つづけ

6
動物

かにかまの繊維をほぐしほぐしつつ新幹線の工事見守る
福井　足立《あだち》　尚計《しょうけい》

果てしなく歩くつもりで百歩行く猫の死体がそこに転がる

金魚に人の名前を付けると死ぬという友の話を真剣に聞く

＊

瑠璃鶲黄鶺鴒はひねもすをみどりにかこまれ人避けてをり
埼玉　綾部《あやべ》　光芳《みつよし》

鵯鶫目立たぬやうにふるまへば安らぎ得むかこれから先も

武甲嶺を蔽へる霧はとどまりてをりをり鳥のこゑのひびかふ

＊

なきうさぎ生きる化石と言われつつ大雪山にひっそり生き継ぐ
北海道　石井《いしい》　孝子《たかこ》

霜月の半ば皆既月食の赤銅色の月兎まで赤い

登別沖アカウミガメ刺し網に息継ぎできず死ぬ異変の海

鈴虫の声聞きながら墨をするこの作品の中君もいて
岡山　石原《いしはら》　華月《かげつ》

闇連れて鳴き続けたる鈴虫よ別れの声の柔らかさに泣く

いつの間に鳴き止みたりし鈴虫に不安募らせ満月に問う

＊

冬日浴び餌をあさる鷺飛び立つはこの善人の我を疑ふ
和歌山　井谷《いたに》まさみち

わが動き意識するらし渓に鳴く鶯の声少し間を置く

街路樹のねぐらに帰り来し雀若葉揺すりて静まり難し

＊

夜を待ちナナの倒れしアスファルト両の手の平に撫でし感触
栃木　宇佐美《うさみ》ヒロ

散歩に行くよナナと今日も声をかけ桜散る下をただ一人歩く

夫とわれ声荒らげる中にアイちゃんはニャーンニャーンと顔を見て諌める

余花に来て啄む目白忙しく惜春の日は谷に煌めく
思い出の中しか会えぬ人多し木立を揺すり降る蝉時雨
蟷螂の食う食われるも定めかや秋の日中を儀式はすすむ

和歌山　打越《うちこし》眞知子《まちこ》

＊

公園のベンチでささやく二人を鳩は見ている　首を傾げて
魚追い海を飛ぶのはウミネコか　浜辺より見る君をとなりに
「ヘビ出現」の立て札に止まる足　それでも山へ忍者のごとく

鹿児島　内屋《うちや》順子《よりこ》

＊

色鳥の色こぼしをり川中の細石乾けば鳥ども乗せむ
二階までのぼる夜の蟻迷ひ蟻新聞文字にのせて外にだす
柱まで爪研ぎにゆく飼ひ猫のがまんならずに絨毯で研ぐ

東京　海野《うみの》隆光《たかみつ》

水面行く大きな2の字ひとつがひ従ふ小さき2の字は十羽
背と腹にコバンザメ五つ吸ひ付かれジンベイザメは身をよぢり泳ぐ
音楽に合はせて水の色変はり水母《ジェリーフィッシュ》は宝石《ジュエリー》フィッシュに

福岡　梅埜《うめの》國夫《くにお》

＊

夕暮れの空き地に探す犬の目の高さに開く犬の浄土を
役場からサルの目撃情報が届いて今日の孤独やわらぐ
インフルの名のもとに散る数知れぬ羽毛の嵩か冬の厚雲

福岡　岡村《おかむら》恵《めぐみ》

＊

はろばろときさらぎの頃サーカスに行きぬホワイトライオン見むと
老いたれば緩慢にして背緩《せなゆる》びもうかがやかぬホワイトライオン
如月の雨のサーカスしぶしぶと芸すホワイトライオン老いて

東京　押切《おしきり》寛子《ひろこ》

だんだんと野性の能力衰えてゴキブリの影に猫とんで逃げる

のそのそと呼べば来るなり呼ばずとも猫走って来る皿に餌を入れる

チャイム鳴る我より先に出る猫にお前の身内黒猫宅配

滋賀　唐沢《からさわ》　樟子《しょうこ》

*

法面《のりめん》の春枯草を小雀らすべり転げて遊びゐしモスクワ

花咲けば雨を厭はず足延ばし天神池端大鷭寄り来

幅広き御所の砂利道よたよたと横切る烏の後に続けり

京都　川﨑《かわさき》　文恵《ふみえ》

*

払いても払いてもなお懲りもせず門灯の傍に蜘蛛は糸張る

おしどりの番の並ぶ川岸に間を置き並ぶ三羽の雄が

ハムスター、インコに金魚かつて子と庭に埋めたり小さきものたち

埼玉　川原《かわはら》　優子《ゆうこ》

猫コロナとふ病のあるをのちに知る苦しみ逝きしわが猫あはれ

飼猫の死にしよりはや六箇月わが体重のいまだ戻らず

仔猫を貰ふと言ひ出せぬまま帰り来つわが残命を推し測りつつ

愛知　神田《かんだ》　あき子《こ》

*

麒麟の顔目の前にあり　われが立つ道より低き地に飼はれゐて

なんといふのどかなる顔　野にあれば激しく戦ふその首の上

少年の餌の青き菜をよろこびて麒麟は鼻孔を広げて笑ふ

東京　倉沢《くらさわ》　寿子《ひさこ》

*

玻璃ごしに見えるは欅の大樹なり枯れ葉の上枝《ほつえ》に一羽の小鳥

わがかなしみを知りたるか黒き鳥　庭隅に咲くつわぶきの花

夕空に線画を描く林の樹線画のむこうに黒き鳥飛ぶ

千葉　黒沼《くろぬま》　春代《はるよ》

ベランダのすずめの巣よりちりりりとヒナの声きく立夏の朝

神奈川　小市《こいち》　邦子《くにこ》

ちゅんちゅんと手すりに呼ぶは親鳥かその日巣立ちの一羽飛翔す

茶の頭、黒丸の頰のすずめ二羽手すりに並ぶ朝風に吹かれ

＊

かわいがる程にかわいくなってゆく飼い猫のクロ愛がかけっこ

埼玉　髙野《こうの》　恭子《きょうこ》

縁側のクロ日差しに目ぱちくり飛びだす庭に春が待ってる

懸命に隅にこぼれたひとつまで猫がやってる環境エコを

＊

ポコポコと屋根に音する駐車場何落とすらむ渡り鳥らは

愛媛　古角《こかど》　明子《あきこ》

くるくるおつぱ鳩が鳴きをりアンテナに鳥にも個性のあるかと聞きぬ

つぐみかもフェンスに三羽とまりゐつ水仙の花咲き初めし土手

うすあおき羽ふるわせて水を浴む小鳥一羽にひとつくる秋

福島　齋藤《さいとう》　芳生《よしき》

小禽よさんさんとふる秋の陽に瞑りてこころ鎮めていたる

秋の部屋は明るし鸚哥のくちばしがまろき種子割る音もあかるし

＊

暦には寅去んで卯《う》の巡り来ぬ月に餅つく可愛いけもの

神奈川　桜井《さくらい》　健司《けんじ》

餅をつく兎はいずこ爪先のようなる細き三日月見上ぐ

うさぎうさぎ跳ねて逃げゆく夜半とならん雪野にゆらぐ長きその耳

＊

細脚を踏ん張りながら蜘蛛はこぶオホモンクロベツカフの雌は

新潟　佐山加寿子《さやまかずこ》

貯蔵せし豌豆の種に穴開けたちひさな虫の名は穀《こく》盗人《ぬすと》

晩秋が初冬にかはりゆく浜に海月くさふぐ胡桃残さる

のら猫で生きるはきびし今の世に捨てたる人よそは命なる
山口　末武《すえたけ》　陽子《ようこ》

のら猫の最期の挨拶だったのかヨロヨロと来て餌たべず去る

飼い猫の肉球いまは土しらず横切る地域ネコを目で追う

*

墓石の上にしんなり眼閉づ野良猫なれど風格のある
神奈川　杉本《すぎもと》　照世《てるよ》

野良猫よ汝には汝の矜恃ありその眼光の鋭さのよし

野良なれど金眼銀眼の凛と澄む白猫と吾の午後の一時《ひと》

*

本おきて白鳥五羽の飛来見つ川の光も映る窓辺に
千葉　高橋《たかはし》　公子《きみこ》

沼の辺に見てしまひたり鶺鴒のちさき口づけ　恋教へ鳥

カナダ鶴六十万羽の鳴き声ぞラインを響動もすネブラスカの子

朝もやに煙りてあたり春がすみ聞こえて来るはただ鳥の声

やうやくに暑さ和らぐ朝方にくぐもる鳩の声ぞ聞こゆる
神奈川　髙山《たかやま》　克子《かつこ》

雪原の空に響かふ声すれば丹頂乱舞す春遠からじ

*

三角の耳の獣をさびしめり欠伸すれば赤き舌の覗くも

戦場は頭《づ》に広ごりてスズメ目ツグミ科ジョウビタキ一羽野に在り
茨城　竹内《たけうち》　彩子《さいこ》

水縹《みはなだ》のうす翅ひろげ大水青　口の無き蛾といふも哀れに

*

一筋の光をひきて川の面をとぶ翡翠の青の残像
大分　津野《つの》　律餘《りつよ》

あまづたふ日おもてきらめく鄙の川やや距離おきて水鳥の浮く

あかときを一線の光の分かちたる水面へだててくひなのきこゆ

なつきたる子燕いとし雀等にねぐら奪われ我が家を出たよ

後手《うしろで》の後で聞いたホーホケキョ我が家の庭もやっと春だな

ひよどりに殆んど食われたサクランボせっかくネットかけていたのに

兵庫　手島《てしま》　隼人《はやと》

＊

戻り来しわれに気付かず外を見る一人ぼっちの犬の後姿《うしろで》

神さびし椨の大樹に触れし掌を犬に当てなん病むその腹に

GPS耳の後ろに埋めあれど使うことなくその生終えよ

神奈川　長澤《ながさわ》　ちづ

＊

木といふ木の葉がひと色にしづむころ木菟《づく》に始まる生のかがやき

木漏れ日のだんだら縞を背負ひたる小蛇も通ふわが散歩径

這ひ出でたる小さき虫に思はざる奈落のあること嘴迫る

埼玉　長嶋《ながしま》　浩子《ひろこ》

城下町の三日月堀《みかづきぼり》の草むらを白昼の蛇は滑りてゆきぬ

斑紋《はんもん》の青い宝石ウミウシは立夏の波間にそびら見せつつ

春荒れに急降下するレース鳩　ぬくもり悲しも太き翼は

神奈川　西田《にしだ》　陽子《ようこ》

＊

桐の枝に尾長四羽がとまりをり行くすゑ話す一村の絵に

銀漢の岸をまもりて幾星霜その尾千ほどに分かるる猫よ

月光のひとすぢ射せば襖絵の孔雀は羽をひろげゆくらし

茨城　長谷川《はせがわ》と茂古《もこ》

＊

鬱の娘を八国山《はちこくやま》に連れ出して仔犬も放し日々鬼ごっこ

家犬に「貰われてきて倖せか」と問えばいつでも尻尾ふりふり

はしゃぎすぎ廊下でステンと転んでたその足も萎え動けぬ老犬

東京　長谷部《はせべ》幸子《さちこ》

氷点下の朝は誰とも話したくないから猫はあたたかい雪
ふたひらの桜はなびら頭にのせて世界のすべてを白猫は聴く
あかときを不意に蹴りくる猫のいてゆうべに痛む丹田あたり
京都　畑谷《はたや》　隆子《たかこ》

＊

遺影みたいと忌みたる写真が本当に遺影となりてルパンが見つむ
リビングのドアノブ鈍く灯を反す猫用通路の付いてゐるドア
時をりは猫目線の掃除することを供養とせむか猫のゐた家
茨城　深井《ふかい》　雅子《まさこ》

＊

猫の日と呼ばるるわれの生日に届きし本の題『ねこを描く』
自らの描きたる絵に今日ひと日しづむ心の淵を知りたり
出勤のため装へるわが前に咎むるごとく猫集ひくる
岩手　藤井《ふじい》　永子《のりこ》

巨大なる生ゴミとしてクジラ浮き河口の小雨もCGのよう
河に浮くクジラは死んで祀られず海へ海へと押されてゆけり
戦場に死ねば生ゴミとなる体春の夜のばして体操をする
神奈川　古谷《ふるや》　円《まどか》

＊

この町は任せてくれとバイク屋の雄猫のっしと朝のお出かけ
電器屋のおかみを軽く一瞥しそば屋の角を曲がり行きたり
縄張りを回り終えしか雄猫は電器屋さんにてしばしくつろぐ
長崎　本田《ほんだ》　民子《たみこ》

＊

先客の猫は眠れり林道の丸太のベンチ　となりに坐る
てんと虫のぼる細草すこしづつ撓れるさまを孫と見てをり
草の実をつけて狭庭にくる猫に距離をたもちて残り飯置く
神奈川　前田《まえだ》　明《あきら》

日本に生まれ育ちしシャンシャンの乗るトラックが中国へ発つ

埼玉　間野《まの》　倉子《くらこ》

飼育員に付き添われて日本去る別れ難かり人もシャンシャンも

白黒の二色のパンダの編みぐるみこの単純の美しきかな

＊

南天も万両の実も食み尽し鵯は庭の蛇の髭漁る

和歌山　水本《みずもと》　光《あきら》

黒ネクタイきちりと締めて四十雀今朝は目白の群にて鳴けり

磯鵯は屋根の高きを好むらし棟渡りつつかしましく鳴く

＊

包丁を研ぎ心決め捌きたり三尺ほどのこの障泥烏《あふりい》賊《か》

埼玉　三友《みとも》さよ子《こ》

布巾もて滑《ぬめ》れる烏賊の皮むけり嘗てなきかも苦戦強《し》ひられ

「いかさし」も「げその煮物」も大皿に盛りて孫らと夕餉にぎはふ

啼き交はす鴉の言葉分からねど鴉のこころにうなづきてをり

神奈川　山田《やまだ》　吉郎《よしろう》

わが前に大鴉バサと降り立ちて黒きつばさをひろげてゐたり

さい果ての砂の都に栖むといふ石の色した大鳥《おほとり》の舞ひ

＊

遠景に旭岳そびゆ秋日和かの日のエゾリスまなうらにあり

北海道　湯浅《ゆあさ》　純子《じゅんこ》

邯鄲のリーリルと鳴く夕まぐれ生きのあかしを継ぎつぎてをり

雪の庭を掘るキタキツネ雪まみれのネズミ咥へて見よと私に

＊

夕まぐれ野良猫に餌をやる人が「ほらほら狸来たわ」と指さす

神奈川　吉岡《よしおか》　恭子《きょうこ》

おほみそか三匹重なり箱に寝る猫の頭上に背に霰降る

灰色の野良猫ちらちら吾を見つつ器の水飲む雨上がりの朝

帰巣する親の気配に餌を欲る赤き喉は宙に伸びゆく
被写体は三メートルの至近距離塑像となりてその瞬間《とき》を待つ
待ちいたるシャッターチャンスは終に来たメジロ親子の口移しの景
沖縄　与那覇綾子《よなはあやこ》

＊

沼に浮く牛蛙の風情した大きな蝿と見つめあいたり
夢さめて検索すれど出てくるはギンバエばかりあの蝿いずこ
蝿愛すサイトいくつも気付きたりネットサーフィン夜中にすれば
東京　渡辺《わたなべ》　泰徳《やすのり》

7
植物

慎ましき暮し一見の室内に幸を招くか羅生門蔓

茨城　秋葉《あきば》　静枝《しずえ》

戦《いくさ》好む人間《ひと》を食うとて花開く夕《ゆ》焼けの中の朱のラフレシア

悲哀如何に乗り越え来しや薄ら日に押されつつ咲く素心臘梅

＊

八月の熱《ほとぼ》る庭に撒く水の音さはさと枝に葉に立つ

石川　浅野真智子《あさのまちこ》

旱天に大きみどりの葉を広げ黄の色灯すはオクラと知りぬ

ひと夏を花溢れゐし木蓮《きはちす》の今朝ひつそりと一花を開く

＊

思ひても詮無きことをまた思ふ花は散りゆく後から後から

茨城　安蔵《あんぞう》みつよ

紅色が茶にかはりゆく落椿踏まねば通れぬ回覧廻し

栗の花は花火のやうで尾のやうで手品のごとく青毬となる

ことごとく花の散りたる夕べなり入り日は柔きさくら色帯ぶ

茨城　石神《いしがみ》　順子《じゅんこ》

初夏《はつなつ》のスキの葉群れ柔らかし　いまだ誰をも傷つけなくて

掃きだめの囲みにだらりと垂れている大株がある紅色小菊

＊

雨の日は窓辺に寄りてたしかむる梅の莟のふくらみゆくを

奈良　伊藤《いとう》　栄子《えいこ》

如月の土手のなだりの日だまりに蓬《よもぎ》はをちこちみどりふきあぐ

何《なん》の苦もありませんとて青葱《あをねぎ》はグラスにすんすん濃《こ》みどり伸ばす

＊

いつまでも桜の花を見ていたい今日の日暮はこなくてもいい

長野　岩浅《いわあさ》　章《あきら》

心変りするのはいつか紫陽花の花の白さが風に揺れおり

家の前が公園なるが幸いし時々木陰に身を置きにゆく

端正《たんせい》な美しさはいいものだこのごろはくずれた面白さに興味もつ

埼玉　梅澤《うめさわ》鳳舞《ほうぶ》

どこの誰がみているかもしれないという常に不特定多数の魔界《まかい》が相手

近ごろの研究対象は牡丹《ぼうたん》の地におちた花びらのごとき事《こと》

＊

わが庭の花の場所替へ始まりぬ児童の席替へと同じことする

青森　梅村《うめむら》久子《ひさこ》

バイロンの詩の鑑賞はしまし置きひたすら草取る昨日も今日も

どくだみと幾度今年も格闘す姑おはせば貴重な十薬

＊

鶏頭の炎のごとき花のした雨宿りする亀虫ひとつ

東京　大野《おおの》秀子《ひでこ》

満天星《どうだん》のくれなゐ深き紅葉《もみぢば》に秋の日ざしのやはらかく射す

道のべの枯れ草のなか丈のばしハキダメギクのつつましく咲く

そういえばと言ったそれきり山吹の黄色い道は沈黙である

東京　大森《おおもり》悦子《えつこ》

奈良時代に渡来したとう鶏頭は十三個もの花言葉持つ

鉄鍋に火のあがる頃バナナの葉バリンと裂けて島の追憶

＊

少雨なる日高平野の田の面のさざなみ見れば心うるほふ

和歌山　小田《おだ》実《みのる》

早朝の小雨を受けて庭の木木それぞれの位置緑を競ふ

つはぶきの花の黄色が「こんにちは」石垣のもと風に揺れ居り

＊

古株の根元に芽吹きて半年後皇帝ダリア屋根まで届く

愛知　加藤志津子《かとうしづこ》

屋根上は弱風あるのかダリアをばゆらりゆらりと花群れゆらす

はびこれる雑草二月はおしやれして総身にダイヤ白地で誇る

待合室の患者は皆んな黙し居る水仙一輪背すじを伸ばす

大分　草本《くさもと》貴美子《きみこ》

コロナ禍に身障の吾子《あこ》帰省せず狭庭の紅梅今年も鮮やか

季来たると桜開花を宣言す老いたる夫は慌てる事なく

＊

人住まぬ家の垣根のかすみ草あふれんばかりに咲くは淋しき

千葉　小林《こばやし》　直江《なおえ》

華やぎは無けれど寒風に耐え花見する日本水仙のたくましさが好き

香り良き食用菊を甘酢にて噛めばこの身に秋満つるごと

＊

鞭ほどの苗木根付きてわが庭に春光招く河津桜は

愛知　坂倉《さかくら》　公子《きみこ》

色を濃く河津桜の咲き満ちて道行く人の歩を停めしむ

河津桜に染井吉野が追ひつきて咲き競ふなり空を消しつつ

蛍袋幼き日にはポンツラと呼びていにけりポンツラが好い

神奈川　桜井《さくらい》　園子《そのこ》

幼くて祖母の胸裡に気づかざりき朝露ふふむつゆくさの藍

うすむらさきの穂状花序のやさしくて夏枯れの庭に藪蘭の咲く

＊

コスモスの群れ咲くところ通り抜けわが心にも宇宙が開く

福島　鈴木《すずき》　紀男《のりお》

見えずとも花を愛でゐる歌の友指先で花と会話するらし

時過ぎて忘れかけたることひとつ思ひ出させる山茶花の花

＊

届かない思いをふうと吐くように真紅《しんく》のバラの大輪崩る

茨城　関口《せきぐち》　洋子《ようこ》

今日の風頬に冷たく過ぎてゆく花ニラの花ぷるんと揺れる

水仙もチューリップの芽も出揃って一気に庭がお祭りのよう

ジオパークの浅き水流に群れ生ひて瑠璃あざやけしみづあふひの花
石川　高橋《たかはし》　協子《きょうこ》

人の手に保護され群れ咲くみづあふひ蜂来るとんぼ来人《く》の寄り来る

万葉人の食せし水葱《なぎ》なるみづあふひ咲きゐる彼方に新幹線高架橋

＊

コンクリのあわいにたんぽぽぽぽぽぽ私の悩み笑い飛ばして
滋賀　高間《たかま》　照子《てるこ》

花壇とは一線を引く葱坊主こぶしを挙げてプライド高く

突然の雷雨が街を閉じ込めて紫陽花の藍したたり落ちる

＊

目を遣れば柿や甘夏色づきて我が家の庭も活気づきたる
埼玉　谷口《たにぐち》　ヨシ

この気色何年眺めきたことか衰え見えず今年も見事

冬枯れの庭に際立つ甘夏のパワーを頂き今を生き抜く

雨にぬれ山椒の青葉は色こゆく小さな庭に枝をひろげたり
大分　永松《ながまつ》　康男《やすお》

いつくしみ母が大事にせしことも思い出される山椒の青葉

幼き日母が料理にもちいしも懐かしかりし山椒の思い出

＊

水煙まとひてゐる川の岸銀色ほつほつ猫柳芽ぶく
埼玉　南雲《なぐも》ミサオ

朝活けしくちなしの花ほのぼのと人の動きにかすかに匂ふ

コロナ禍に籠るくらしのやるせなさ帰れぬ故郷は杏子咲くころ

＊

花の色豊かに並ぶ紫陽花の迷へるうちに赤もう売れて
静岡　袴田《はかまだ》ひとみ

白だとかブルー系だとあぢさゐを思ふ今年は赤に見惚れて

見上げたる南京はぜの枝揺るるさま方向時も一定ならず

呼ばれたる声してふいに振り向けば小枝に揺るる束なす椿

さざんかに幾重からまる蜘蛛の糸土に還れぬ花びらありき

さざんかの色濃きつぼみのすぐそばより花びらこぼるるかすかなる音

宮崎　間《はざま》　瑞枝《みずえ》

*

モンステラ細い紙縒りが縒り戻り十日がかりで本葉に開く

ピルエットで舞い降りて来るエゴの花この小さき実が毒を持つとや

露草と螢草とは粋な仲私の名前はあなたのあだ名

東京　服部《はっとり》　英夫《ひでお》

*

野アザミの一輪咲ける道の端ひっそりとあり野仏ひとつ

イヌフグリ、タンポポ、カタバミ、ホトケノザ畦の斜面は花屋に負けぬ

腕ほどもある蔦《つた》切りて四年過ぐついにほどけて欅《けやき》自由に

埼玉　飛髙《ひだか》　時江《ときえ》

秋なかば秋海棠がはなひらく薄紅の芯みなうつむかせ

石榴の木塀の外へと実りたり立入禁止の空地の上に

塀を越え空地に生ふる雑草が種を飛ばし来　その草を引く

長野　平林《ひらばやし》　加代子《かよこ》

*

瓶に挿す緋色のダリア傾きて就職二年目の娘の晩夏

暮れてなおほのぼの白き雪やなぎの枝に触れつつ小路を曲がる

純白の秋明菊の咲く朝湖の上なる雲のうごかず

秋田　古澤《ふるさわ》　りつ子《こ》

*

日常にまだしたくなし　アリウムのふはふはとした時間のふたり

次に逢ふ日のためにあるけふあした　イヌサフランは唐突にあり

むらさきに熟るる間際の山葡萄くちびる触るるを拒む色して

北海道　真狩《まかり》　浪子《なみこ》

れんげ草を郊外の田に見つけても幼き日々に戻る
ことなし　佐賀　松田理恵子《まつだりえこ》
紫陽花を生けたる花器の周りには光と影の曲線が
舞う
うつむいて花びらほどく白椿思い定めて静かに落
ちぬ

*

鈴蘭の小さき花陰にうたたねす金蛇いっぴき四月
尽なり　香川　真部満智子《まなべまちこ》
羊歯茂る山間をゆく吟行の土産はわらびと竹の子
となる
歯科医院の庭に乱るる紅萩を見つめていたり治療
台から

*

睡蓮の花が眠りに落ちるようゆっくりと目は閉じ
られてゆく　東京　宮崎《みやざき》　真澄《ますみ》
日に透かし銀杏樹《いちょう》を写すわたくしの心もその葉に
見透かされている
色づいた落ち葉を拾うこれからも内面だけは美し
くあれ

陽だまりに植ゑたる水仙年々に株を拡げてユート
ピアめく　岐阜　村井佐枝子《むらいさえこ》
ゆくりなく水仙の毒を知りしよりわれの周りはデ
ィストピアなり
人間に摘まれぬために毒をもつ神が与へし慈愛な
らむや

*

トボロチの花は綿あめふわふわの真白き色が青空
に映ゆ　沖縄　銘苅《めかる》　愛子《あいこ》
懐の深き榕樹は母のごと鳥や蘭シダ抱き育む
若夏の福木の黄花散り敷きて星屑のごと夕影に眩
し

*

汚点なき空の一隅を占めて咲く梯梧《でいご》は琉球の朱漆
の色　沖縄　屋部《やぶ》　公子《きみこ》
色も香もまだみづみづしきプルメリア落花の紅の
余情いつまで
きさらぎを約束のごとく咲く紫蘭賜びし人逝き
二十年《はたとせ》経るに

ひとつ角曲れば高き生垣に定家かづらのよぢのぼる見ゆ
大分　山崎《やまざき》美智子《みちこ》

玄関に花台を置きて花入れは砧をえらび秋をむかふる

沿線の土手に生ふる山牛蒡葉も穂もおほきく瓶をえらびぬ

＊

見上ぐればみな下向きに咲く花か皇帝ダリアの淡きむらさき
広島　山本《やまもと》　敏治《としはる》

ゐのししに食はれず伸びし今年竹初夏吹く風にさやさやと鳴る

木の間より古葉さらさら降り積めり役目を終へたるもののしづけく

＊

ベルベットの闇に妖精舞い降りて時計草の時刻を合わす
大阪　山元《やまもと》　富貴《ふき》

時計草確かに咲ける誕生日亡母《はは》が約束しているように

時計草昏れて二針のまぎれおり今宵時間を巻き戻せぬか

九十翁《きうじふをう》新著の『植物写生画集』祖父の描きたる野草も七種
大分　山本《やまもと》和可子《わかこ》

フクヲウサウ佳き名前なり由布岳に百余年前祖父の見し花

師と祖父のベニシュスランの絵の並ぶページを開き仏に供ふ

8
生活

買い物のリュックを下ろすその刹那赤子を負いし頃の浮かび来　　群馬　相川《あいかわ》　和子《かずこ》

司会役担当すること多かりき図書館奉仕の定例会議

生きてるかテレビの司会者言いし時我も思いぬ二十年先

＊

朝影の中を荒草抜きゆくに眼間《まなかひ》に見ゆ露草の青　　埼玉　会川《あいかわ》　淳子《じゅんこ》

菓子箱を使ひし母の裁縫箱色とりどりの絹糸並ぶ

夕風の薄の穂群靡かせて暮れゆく野辺に光るしづけさ

＊

短歌《うた》友の施設に入りしを聞く朝《あした》咲くとも咲かぬとも見ゆる梔子の白　　茨城　会沢《あいざわ》ミツイ

小梅漬けレシピ通りに熟せしが生き方レシピは亡き母のごと

新米の一粒一粒輝きぬ栗の実を入れ「実り」炊き込む

楽しみなテレビ番組終了し郵便屋さんも来ない土曜日　　長野　青木《あおき》　節子《せつこ》

「人間は考える葦」と言はれしがミサイルが飛び止まぬ爆撃

手を握り大丈夫だよと寄り添ひてくるる人ゐてああつたかい

＊

降る雪に朝の障子はあかるめりをさなきわれは冬を待ちゐき　　岩手　赤澤《あかざわ》　篤司《あつし》

をさなき日家の周りは水田にてうごく季節にわれしたがひぬ

岩手山さへぎるものはなきゆゑに絵はうまれにき図工の時間

＊

積む雪に光そそぎて煌めくを眼かばひて闘ふわれは　　北海道　吾子《あこ》　一治《かずはる》

盗む殺す放火し逃げる人らゐて来者といへども気の抜けぬ今世

ひねもすの暇のたふとさ思はせて留萌海岸の怒濤を見にゆく

コロナ禍に行くなと止める首振りの人形やさしく抱きてやりぬ

埼玉　浅見美紗子《あさみみさこ》

月と星の真中を飛行機通り抜け絵になる二・一一の宵

乙女らの会話を盗みて笑みながら現代短歌に挑戦する夜

＊

球形となるを喜ぶ子供らの団子虫見てしばらく遊ぶ

静岡　安達《あだち》　芳子《よしこ》

画版持ち遠足に行く子供らのマスクの下にはしやぎのあらん

吾が植ゑて半世紀経つ木犀の実家の庭にしかと根を張る

＊

仕舞い場所置き場所さがして小半日私はいつしか夕闇にいた

島根　安部《あべ》　歌子《うたこ》

買い物の道になくしし老眼鏡今日も私を見ているような

いずこを開ける鍵にてありしやひと時は私の暮らし支えくれし鍵

テレワークの気晴しになるとかつてでて君がこんやは食事をつくる

東京　安部真理子《あべまりこ》

爪楊枝はないのか　棚になければない　さうかそののちことつかす音

わりばしを裂いて楊枝もつくつたとロールキャベツを盛りながら言ふ

＊

マスク外し歩く呼吸の気もち良さすこし日傘に顔かくしつつ

神奈川　阿部《あべ》　容子《ようこ》

台風の中に迎え火のおがら焚く濡れずに来れ馬上の人ら

「ゆっくりと話してください」paypay のアプリの利用を教える人よ

＊

久々に我が家に集ふうから等と持参の馳走語らひ尽きず

山梨　荒木《あらき》　清子《きよこ》

豆まきの声を抑へて内に外撒きて夕餉は夫と語らふ

愛車乗りイントロ流す演歌曲歌手なつかしくマスクに歌ふ

草とりに右肩痛む半年を夫はエプロン結びてくる

栃木　安藤《あんどう》　勝江《かつえ》

ぱらぱらと枯葉散りくる山裾を今朝も歩こう五千歩目指して

渡良瀬に一〇〇年先も清流を足尾の植樹に今年も夫と

*

ずっしりと重きあんぱん呉れし子にいいたき事のひとつ飲み込む

奈良　伊狩《いかり》　順子《じゅんこ》

ジャンパーが重く感じる春の日に桜餅ふたつ買って帰りぬ

われは夫を娘は父を語り合う重ねるごとによき男となる

*

誰のため生きるともなくひとり居の歩みの中に歌は生まるる

和歌山　石尾《いしお》　典子《のりこ》

箸紙に母さらさらと三人の名書きし昭和の正月恋し

重ね着をすればするほど母に似る厨の窓に映る吾が影

庭中をひきずるホースが引っかかる水は休んでまた走り出す

広島　石川《いしかわ》　茂樹《しげき》

もう少し頑張りなさいと秋風に誘われ歩数を二千歩延ばす

コロナ禍に閉鎖となりし学寮《がくりょう》の最後の巡視時計は持たず

*

戦争反対拡がれる今ひまわりは世界各地に咲きほこりおり

京都　石田《いしだ》　悠喜子《ゆきこ》

大股で前を君を追いかけてトトトトトと歩みつゞける

世も末だＡＩ短歌現れたわびやさびなどいずこにあるか

*

会ふ人が田植ゑはいかにと問ふたびに終はりましたと言ひたき六月

島根　石橋《いしばし》　由岐子《ゆきこ》

営業は火木土日に変更とガソリンスタンドの貼り紙　朔日

茎の折れ畑に横たふ玉ねぎは六月の光に白く艶めく

「村上宗隆《むらかみ》」の五試合連続ホームラン街の猛暑も五日連続
山梨　井出《いで》　和枝《かずえ》
免許証更新に来し教習所せいせいと見る鰯雲なり
「すくっと立つ」足に衰え来ぬように励むスクワット一、二・一、二

＊

本堂の飾りやうやく終り来て年越しそばの長芋をする
新潟　井上《いのうえ》　槙子《まきこ》
風のやむ大晦《おおつごもり》の夜の卓に子の焼きくれたる鮭の身ほぐす
境内の木々に鴉の多けれど新年のひと日その声聞かず

＊

腰痛帯はづせばこの身はゲル化して籠り居ながきわが筋肉量
埼玉　井上美津子《いのうえみつこ》
ほろほろと子犬のワルツわが犬はコロナ禍を経て遊ばずなりぬ
コロナ禍も三とせ目となり善きひとの多く住む町このごろ静か

きげんの悪いプリンターに手をやいて雨の金曜とねりこの花
東京　今井《いまい》　千草《ちぐさ》
階段昇降くりかえすごとき日々にして繰り言ばかりふえてゆくなり
湯に放つオクラの色は変われどもわたしはわたし指図は受けぬ

＊

プーチンの非道な遣り口恐れつつ今日も切り抜く戦禍の記事を
埼玉　今西《いまにし》　節子《せつこ》
菜種梅雨にこころの乾き潤うか木香ばらは嫋やかに咲く
色褪せし母のはがきの傾ぐ文字読み返す夜を鈴虫の鳴く

＊

区切ること好むわれらのひと区切り何かが変わるわけではないが
宮城　伊良部喜代子《いらぶきよこ》
他者の痛みはわがものならずぼんやりと路地の草花眺めて過ぐる
遺跡より出でし真白な頭骨に思い煩いの跡などなきか

ガチャガチャと埋立てごみに出す皿に姑《はは》との暮らしの消えてゆきたり　　島根　岩田《いわた》　明美《あけみ》

北朝鮮のミサイル発射を知らぬまま国旗掲げてけふ文化の日

時かけて夫の楽しむ晩酌の連れはわが猫左隣に

＊

庭先の被爆柿の下に施肥をする無くしてならぬわが家の宝　　長崎　岩永《いわなが》ツユ子《こ》

アンゼラスの鐘の鳴るなかうしろ手を組みつつ上る朝の礼拝

次々に古家壊されビルの建つわが半生も立て直したし

＊

人住むはかなしきことよそれぞれのあかり灯して衣食住する　　鳥取　上田《うえた》　正枝《まさえ》

果てしなきコロナの果ての蕗の薹すでに黙って呆けていたり

入念に夫との距離を測りつつ吐息のような落ち椿掃く

何をしにここに来たのかもう忘れフェルメールの少女と睨めっこ　　大阪　上田《うえだ》　明《あきら》

秋深し菊酒飲みて夕日見る　丈部左門も秋成も来い

夕空は遠くて近しとぼとぼと雉子鳴き道を今日も歩けり

＊

孫からの一言一句突き刺さる「嫌い」の言葉「好き」で回復　　奈良　上中《うえなか》　幾代《いくよ》

今日もまた「さよなら」のあと捜す鍵バッグ振り振り鈴音たどる

単線の電車に乗りて乗り過ごす真っ暗闇にぽつりと独り

＊

生前の一齣一齣笑いおり生きて死者らが仏壇のなか　　宮城　歌川《うたがわ》　功《いさお》

明かり消し闇をつくればコオロギの声に望月　厠の窓に

極めるになお程とおい道草に首《こうべ》を垂れる南蛮煙管

コロナ禍の終わるともなく着膨れて女を忘れ過ごすきさらぎ
埼玉　内田《うちだ》貴美枝《きみえ》

気の緩みに付け入るごとく薄紙は刃物となりて指先を切る

焼網より滴る脂に夫の言う鯖はやっぱりノルウェー産と

＊

白蝶のひと駅間の無賃乗車知るは我のみローカル電車
群馬　内田《うちだ》　民之《たみゆき》

「行ってらっしゃい」たった一人の駅員の笑顔とともに受くる着駅精算券

ちさき旅終へたる気分イルミネーション点灯されたるホームに降り立つ

＊

憧れの年金暮らしは大潮の干潟のごとし果てなく泥濘む
愛媛　梅原《うめはら》　秀敏《ひでとし》

汽水域すぎれば海へと辿り着く涙はかすかに潮の味する

見えずとも聞こえなくても独り居に河口のような時は流れる

ふるさとは駒の嘶き響きおるダービー前か「美浦トレーニングセンター」に
茨城　海老原《えびはら》輝男《てるお》

予科練の生徒が走った桜坂　朽ち行く桜に陽射しが注ぐ

若者は夢乗せ走る自転車で霞《か》ケ浦《ほ》の川風筑波へ運ぶ

＊

冬の夜の廊下の奥に眠りをる十六本のばらの静寂
神奈川　遠藤《えんどう》千恵子《ちえこ》

うすがみに包まれ桃の届きたり包まれゐるは桃のみならず

まんじゆしやげだしぬけに咲く赤赤とひとは突然きゆることあり

＊

ひとときを机の前に思案する　心に澱が沈みきるまで
神奈川　大井田《おおいだ》啓子《けいこ》

窓際に置かれし古きリンゴ箱戦後の机は永久《とは》になつかし

机の前の回転椅子を九十度まはせば脳はキッチン脳へ

霜の朝猫の捕えし山鳩を不運だったねと木の下に埋む
静岡　大久保《おおくぼ》正子《まさこ》

十年余続けた役を退きてふとも襲わる春愁なるに

その歳でみかん植えるかと笑われしわれ八十七《はちじゅうなな》歳子と収穫す

＊

電動と言へど人力欠かせない最新式の自転車こげり
東京　大熊《おおくま》　俊夫《としお》

台風の逸れしと聞けば水容れし如雨露を提げて垣根へ向かふ

配膳に来しロボ君にありがたうと言ひて「完了」のボタン押したり

＊

故郷のローカル線はなつかしき十五歳母と布団背負って歩いた道
大分　太田《おおた》美弥子《みやこ》

寒空に咲く赤椿枯木《こき》の中凛と立ちおり他木を守るや

八十路母と同じ齢なり何思う己の今と母重ねて

ウイルスの不思議を講じし日もありき現在《いま》コロナ禍に怯《おび》ゆる我も
山形　大瀧《おおたき》　保《たもつ》

晴れわたる二月の午後の暖かく雪消す人の門ごとに見ゆ

今日一日《ひとひ》のなすべき仕事なし終えず寝床につけば春の雨降る

＊

垣越しに柿を分かちてお返しに香に立つ柚を取りて貰ひぬ
宮城　大槻《おおつき》うた子《こ》

雪の路地杖曳き歩めば家の間《あひ》束の間差し来る冬の日温し

戦死せし父の代りに生きし亡夫《つま》「塞翁が馬」口癖なりき

＊

人待ちて道に立つあひありのまま掌に受く日輪光を
熊本　大友《おおとも》　清子《きよこ》

蔑さるることも一生《ひとよ》の真実と思ひ至れり眠りのきはに

過去は恥　未来は夢と思ふとき命迫れど希望湧きくる

威勢よく描《か》かれ大きな赤き鯛さかな屋二代を見守りてきぬ
シャッターは閉まりたるまま看板に今にも跳ねんばかりの鯛よ
看板のやがて外されうつすらと痕跡だけが残りてゐたり
京都　大野《おおの》　友子《ともこ》

＊

節分にいわし食べいて厄払い今年も強く健康祈る
晴天の空にそびゆる富士の山青色展ぐる立春の朝
立春にホテルマウント富士にてに連獅子赤白舞いに舞い見せ
山梨　大森《おおもり》せつ子《こ》

＊

武蔵野の春の七草刻み込み根ごとを食めば土の香りす
しんしんと酸橘《すだち》のしみてくちびるが今年も帰るふる里阿波に
とり年のわれは秋こそ羽ばたかん脇をくすぐる風音を聞く
東京　岡《おか》　貴子《たかこ》

電子レンジのドアを開ければ置き去りの子供のようにマグカップひとつ
ロシア産の文字に抗い今宵買うアラスカ産の塩鮭二切れ
クローゼットに吊るされしまま物言わず今夏も出番のなきワンピース
宮城　岡本《おかもと》　弘子《ひろこ》

＊

散りぎわの桜は少し赤み帯び微《かす》かな風に路の上《え》を染む
遺品なる鋏《はさみ》を研《と》ぎに出して待つ洋裁していし母の思い出
幼き日雑煮の数を五つと言う母は笑いてまず二つくれぬ
鳥取　奥平《おくひら》　沙風《さふう》

＊

日頃逢うことのなき人と弔いの挨拶交わす雪降る野辺に
餓死する子病死する子に今年又少なき額とユニセフ募金
老人のグラウンドゴルフ大会に準優勝だよ妻と乾杯
秋田　小田嶋昭一《おだしましょういち》

高空の何処まで続くや散歩道飛行機雲が描く世界地図
この先に戦ひをする国があるそんな世界を一時《いつとき》忘れ
白球《はつきゅう》を追ひて大声かけ合つて子供らの夢は甲子園まで

神奈川　落合《おちあい》　妙子《たえこ》

＊

会果てて出づれば肩にふりかかる花に一つの心決まれり
かくれたる月にまぐれて逝きし兄ひと月を経て知るもかなしよ
いつしらにかくあるべしもうすれつつ冬物けふは日に当つるのみ

鹿児島　甲斐《かい》美那子《みなこ》

＊

歳月はソファーの凹みこの家の親子三人《みたり》をバネが記憶す
岸壁に張りつく貝を洗う波垂直の日々ここに息づく
死語となる時の長さを想いつつ下駄箱に入れる黒いパンプス

岩手　貝沼《かいぬま》　正子《まさこ》

青粉とぞ片寄せ水は終日を波に乗りつつ自浄なしおり
蔓荊《はまごう》の咲きいんころか誰居らぬふるさとに亡夫《つま》の謄本たのむ
手も足も用なせる間に終わりたし語りあいしはとおき日のこと

香川　加島《かしま》あき子《こ》

＊

われ一人《ひとり》白寿の峠登りゆく望み一つを道連れにして
広き田をひとりで刈りしこともあり父母《ちちはは》いまさぬ遠き日のこと
まちの灯を遠く見ながら我が暮らし今宵は明るき菊月夜《きくづきよ》なり

岐阜　加藤冨美惠《かとうふみえ》

＊

移ろいは窓にゆれいる影模様風止むときをひたに待つべし
真直なる道の向こうの日輪は何に剥がれん赤きかんばせ
捲りゆく事を進めるエネルギー驕りの欠片をつまみまた積む

宮城　金澤《かなざわ》　孝一《こういち》

道ぞいの柵に凭れて休めるもこの痩せ脛《すね》のまだまだいける
爺《じじ》むさくなるゆえ杖を用いざり歩幅を揃え林に沿いゆく
埼玉　金子《かねこ》　正男《まさお》
脚力の衰えし身を励まして歩めり林は黄葉《もみぢ》の盛り

*

あなうれしお咎めなしの検査値に小首かしげつ軽くスキップ
だいじょうぶきっと大丈夫と言い聞かす竦む私が立ち上がるまで
大阪　上條美代子《かみじょうみよこ》
今朝もまた縦ジワくっきりゆう子さん　肩の荷一つ外してやりたや

*

生え際の白さが光る顔見つめ語る茶房に夕影迫る
沖縄　神村《かみむら》　洋子《ようこ》
家事を終え心静かに短歌を詠む浅漬の香の残る指折り
桂剥き薄く厚くと波をなしわが手に宿る年の重なり

指を折りほほふくらませ変顔し思わず笑う健康チェック
栃木　神谷《かみや》ユリ子《こ》
猛暑日も出窓全開さわやかな風が吹き入りほっとする今日
テケテンと獅子舞おみくじ吉と出る予感うれしい鑁阿寺参り

*

つれ添ひてはや五十年新年に温泉旅行で苦労を癒やす
沖縄　亀谷《かめや》　善一《ぜんいち》
スーパーで食材選ぶ我の横妻は財布の紐をゆるめず
手づくりの弁当作りてくれし妻我の好みを気遣ひながら

*

春の帽共に選びて欲しと言ふ友あることも今日の幸せ
長野　河井《かわい》　房子《ふさこ》
通販にて届けばハウスの老いわれも帝国ホテルのカレーを部屋に
五歳児のレベルの折り紙ピカチュウも娯しくたたむ九十五歳

「フェアトレード」に買ひし水牛のペンダントその不ぞろひの丸みをなでる

山口　河﨑香南子《かわさきかなこ》

棚に古る十年日記三冊とむかひて過ごす春陽の中に

あふれ出て毬となりたる花びらは西洋シャクナゲ「桜狩」を咲く

＊

暑き夜大地を踏みて久方の踊る阿呆が群れゆく駅前

東京　川住《かわずみ》　素子《もとこ》

運転の期限知りつつ尚更に最後の車とテスラに決める

ＡＩの進歩の速さ驚くばかり生活の中に無限に拡がる

＊

何もかも整理するとはできかねる出でたる写真の懐かしきかな

埼玉　神田《かんだ》　絢子《あやこ》

冬囲いまだ外せずにベランダの蜜柑の木には新芽のあまた

写実から脱皮したいなわが短歌散歩しながら自然の中で

お土産に父に買いたるグリップを温もり感じ吾いま使いたり

福島　菅野《かんの》　石乃《いしの》

どこに行く事もないなりこどもの日父母の墓参りする子供の日

いろはから始まりしかな書道喜寿の手習い奥深きかな

＊

枡目よりどこかがはみ出す吾の文字からだもこころも凸凹だから

長崎　菅野多美子《かんのたみこ》

苛立ちが声音に加算されぬこと良しとすメールとメールのやりとり

レジ前の足跡マークに足を乗せ素直なるかなこんな事なら

＊

越の寒梅ふふめば耳によみがえる疎開せし地の冬の海鳴り

京都　菊田《きくた》　弘子《ひろこ》

九十の段にようやく着地せり両足いまだ震えたるまま

杖つきてとろとろ歩く池の辺にわれの背を押すうぐいすの声

敬老の日の賜物《たまもの》のカステラを私のコーヒータイムに味はふ
東京　木下《きのした》　孝一《こういち》

二十年余働ける冷蔵庫ひらき水分補給の麦茶など飲む

藤蔓《ふぢつる》を切り捌きたる汗拭ふ血圧正常なりし朝《あした》を

＊

寒き夜独り夕餉のＢＧＭ気分を変へてラテン音楽
栃木　木俣《きまた》　道子《みちこ》

「すまないね」耳元で声がしたやうなもうすぐ姑の命日が来る

何もせぬ一人暮らしの十五夜にけんちん汁の熱々が届く

＊

人間に生まれたかったわけじゃない空とぶ鳥もそうだと思う
兵庫　楠田智佐美《くすだちさみ》

葉をつけずまっすぐ伸びる彼岸花あの世で母に会えるだろうか

月見草咲くふるさとに来よという君の便りも絶えて四年目

高齢となりて知り得ること多し父母の嘆きも今なら分かる
埼玉　國分《くにぶ》　道夫《みちお》

母逝きて二十八年今もなほ形見のごとく咲ける春蘭

享保の始祖とし知れば懇ろに真向かふ小さき苔むす墓に

＊

いつしかも喜寿は過ぎけり機嫌よく寝て起きて食べて並みに暮さむ
千葉　久保田清萌《くぼたせいほう》

さ、起きなむよきこゑきかなあさなさな通ひて来鳴く鳩の声音を

染むることをやめたるわたし白髪のショートカットに　いざ、リ・スタート

＊

実印の実とは何かほぼ読めぬ書体にここまで護り来しもの
神奈川　黒木《くろき》　沙椰《さや》

名だけ彫るわが実印の小さきにいつさい継げば雌鶏が鳴く

まもられて来しとしつきとおもふとき天に向かつて咲く花水木

台所に急ぎ来りて突つ立ちぬ何しにこしか何しに
こしか
京都　黒田《くろだ》　雅世《まさよ》
公園の合歓の木陰にひと休みして今日も行く外科
へ内科へ
八十七年生き来し命いとほしみ心しづかに若松を
活く

＊

酒断ちて養生せんと百日目ああ体重は五キロ増え
たり
東京　小岩《こいわ》　充親《みつちか》
電車にて泣きじゃくる児を宥めんと若き夫婦は菓
子袋出す
浴衣着て外国人女性はシューズ履き神田祭りに行
くのか　下車す

＊

苦と楽はサクマのドロップ苦ばかりの『火垂るの
墓』に手を合わせおり
埼玉　高野《こうの》　和紀《かずのり》
若いころ苦しみぬいた青春は今や幻ほろ苦いチョ
コ
五十過ぎ夜中に醒めてあらわれる蜃気楼かな不安
おぼろげ

その昔仲麻呂も見ていただろう赤く欠けゆく月食
仰ぐ
愛媛　子川《こがわ》　明治《あきはる》
大寒の五十鈴川にて禊せし友ら老ゆれど健やかに
生く
贈られしプレゼントより外側の段ボールにて亀に
なる孫

＊

隣人の支へのありてお茶席へ老いの心にひとすぢ
の道
島根　古志《こし》　節子《せつこ》
白鳥と私を写してくれた人この町の人やさしかり
けり
間引き菜を貰ひポークと炒めをり独りくらしのた
のしみとして

＊

店閉ぢし魚屋の壁にいまもある「こども110番の
家」のプレート
神奈川　小島《こじま》　熱子《あつこ》
ヘビメタのやうに猛然と夏は来て耳の奥まで熱風
さわぐ
あかねいろの夕張メロンかなしけれ杳き日の街と
ほき日の人

野阜《のづかさ》を見るたび憶ふ少年の日に出遇ひたるかの野兎を

佐賀　小嶋《こじま》　一郎《いちろう》

曇りのち雨の予報に急ぐべき何事も無しはちじふしちの身

一頭の猿に騒ぎしこの郷もひと月を経て朝の虹たつ

*

腕時計後《おく》れし事《こと》のなかりしに主《ぬし》に会いたく会いて主ゆく

山形　小林《こばやし》　あき

コロナ世も知事の後援会場は千人をこすたのしつどいを

絵と歌を学びし友の旅立ちはまだまだ生きていたかったのに

*

透きとほるつゆと中華細麺と昭和がからだを突きぬけてゆく

岡山　小見山《こみやま》　泉《いづみ》

創業より七十年経て町内のなじみの食堂閉ぢてしまひつ

なつおちば御靈《ごりやう》神社の道の辺に吹きよせられては風に散りをり

徒《いたずら》に月日は過ぎゆき吾は残り乳癌病みて何故虚しい

新潟　近藤《こんどう》　栄子《えいこ》

掃除して洗濯をして買物し癌を病みつつ吾生き延び来

癌病で折りおりふらりと揺らぐ身はいつかは転ぶ油断厳禁

*

無花果の甘煮いたゞく今日の日を記憶にとどむ弾む時間も

栃木　近藤《こんどう》　光子《みつこ》

誘はれて久しぶりなる友の家山の気あふるる静かさの贅

坂道を上りつめれば友の家十二単のこむらさき光《て》る

*

独り栖まひの祭りの朝餉　省略の詫びを言ひつつ柏手を打つ

福島　紺野《こんの》　節《みさお》

三年ぶり笛も太鼓も聴こえぬがどんよりの空に幟はためく

豊葦原瑞穂の国の山里を泡立草の黄花が覆ふ

二人して呆《ぼ》けは見ぬふり公園に芽吹く若木の樹名板ほし

滋賀　財前《ざいぜん》　順士《じゅんじ》

自由とは孤独でもあれ夏初月《なつはづき》欠伸重ねて昼をねむらん

世間《よ》のことは見ず聞かず居て天井の染みを孤島に見立てたりしぬ

＊

蛇《ジャーサン》と住む有咲《ありさ》は在宅テレワーカー　ペラペラ動画のキャラを生み出す

愛知　斎藤《さいとう》　彩《あや》

硝子戸にぴたりと張りつき彼《あ》のヤモリ灯下に黙す老人《ひとり》を見てゐる

シャム猫まがひのどこの家猫腹を見せ　あれから彼奴《あいつ》現れない

＊

繰り返し兄の復員願ふ歌書きとめてあり母の遺稿に

神奈川　斎藤《さいとう》　知子《ともこ》

コロナ禍にやうやう集ふ二家族　母の七回忌に会食はせず

住職の唄ふがごとき正信偈アルトの声の讃美歌に似て

枯れ草の間《あわい》にむらさきの寒あやめ凛として咲く石光寺の庭

奈良　堺《さかい》　薫《かほる》

土香り形いろいろの新玉葱を夫は今朝より掘出《いだ》したり

オデーサの星座の輝きを友と見き今は戦《いくさ》の終結祈る

＊

魂はこんなにかろく弾むもの雪の空地に子らの泡立つ

岐阜　早智《さち》まゆ李《り》

パン生地が発酵するまで一時間　ゆあーんと雪の空がをののく

ゆるやかな腐乱の途上　脂浮く刃先に切りゆく鳥の骸《むくろ》を

＊

一日の準備スイッチ今日トマト・梅干・バラへ言う「お早うさん」

宮城　佐藤《さとう》　靖子《やすこ》

この頃は手紙や電話も「元気でね」　おやすみなさいが「長生きしてね」

旧友が夢にでてきて吾もまた彼らの夢にでているのかな

傍にてあれば穏しく日の暮れぬ使い慣れたる九谷の湯呑み

富山　椎木英輔《しいきえいすけ》

くぼめたる掌のすきまより児の見する今年の蛍生きて灯れり

日が月が駆けゆき終るこの年を介護職なるひとの親身よ

＊

雪掻きに心身痛むる北国の人らをふとおもふ　ご自愛ください

熊本　鹿井《しかい》いつ子《こ》

今の今が一番若いと知りながら俯き歩く凸凹《でこぼこ》の道

と或る日の〈鬱〉の一字と格闘すルーペ左手《ゆんで》に鉛筆右手《めて》に

＊

「よいやさ」の山車はいつしか戦車とて「敵だ。撃つぞ」と子の勇み声

富山　渋谷代志枝《しぶやよしえ》

グラウンドは少年の海　夏草へ投げるルアーの風を斬る音

山頂に砺波平野のひかり観て城主の気分天下を語る

松戸市の市の木松の木五十年移り住みきてその家《や》の顔に

千葉　下村百合江《しもむらゆりえ》

六月の早き梅雨明け道を行く人皆がみなマスクはなせず

対極の常なる言葉次々に浮かびては消ゆ九十歳の秋

＊

カナダ産松茸なれど四本とプチ贅沢に炊き込みご飯

東京　東海林美知子《しょうじみちこ》

裏ごしに芋餡練るは力技きんとん仕上げ小晦日暮れる

けが癒えてまずは大根千六本いりこの出しの味噌汁うまし

＊

住みなれし七十年余のわが家を弥生の尽日離れゆきたり

静岡　白柳玖巳子《しらやなぎくみこ》

天竜の川沿ひ近く隣りの町へ転居の通知やうやく出せり

槇の木に囲まれ朝の陽やはらかく庭の草木の芽ぶくよろこび

発症日になるとも知らずかるがると一気に飲み干す冷えたプレモル
千葉　水門《すいもん》　房子《ふさこ》

最後まで平熱でした軽々症置き配されたソルティライチ

感染もしたし五回もワクチンを打ったあたしは第何形態？

＊

油タンクの水抜き済めば夕暮れに燃焼音が心地よくひびく
福岡　末光《すえみつ》　敏子《としこ》

はな散りぬ　楚々と庭の朝　枝がしらの一羽の雀のだきつく様よ

つういんのメモあるカバン手帳から予定をうつす春のカレンダー

＊

こんなにもこぼれてましたというように菜の花が咲く蝶が飛び交う
埼玉　杉沢《すぎさわ》　正子《まさこ》

隣人と鳥にも少しおすそ分け初採りキャベツさみどりの味

悔しさを友に話せば消えていく水に溶けゆくソルトのように

言の葉の窓を探して少しずつラジオの向きを変える夕暮れ
京都　杉本《すぎもと》　明美《あけみ》

手話で先ず「好き」を覚える何事もそこより始む総ての入り口

今はもう遥かな人に「ごめんね」と電話に詫びるこれも終活

＊

寂しさと愉しさともに手の内につつみ明日への歩みを繋ぐ
東京　鈴木《すずき》　信子《のぶこ》

茶柱の二つ立ちたる春の朝ひと日福来る予感たのしむ

「舞いあがれ」朝ドラの歌聞こえきてあの大空へ我もはばたく

＊

歳月の重みくづれし傘寿なり廃れゆく身か足元ゆるる
北海道　鈴木《すずき》　容子《ひろこ》

降りに降る雪に眠りの浅からんくり返し見る夢の続きを

歌詠みは些細なことにも妥協せず寂しき幾日星空仰ぐ

雨後のたびに若葉は育つ公園の木々を行きかう鳥たちの声　東京　鈴木由香子《すずきゆかこ》

古はがきの薩埵峠《さったとうげ》のトンネルの向こうに見えるふるさとの山

時間さん、ひといき入れたりしませんか?・早すぎますよ一週間が。

＊

ありふれたそして貴重な一日を噛みしめ秋の陸橋わたる　東京　関谷《せきや》啓子《けいこ》

忘れてる仕事あるかもしれないが白桃食べて今日を終わらす

名前のみ知りたる人より届きたる手紙が白し夕べの部屋に

＊

縫い針の穴にこの糸通そうとするも入らぬ今日の日は×　茨城　園部眞紀子《そのべまきこ》

さわやかな朝の空気を吸い込んでせんたくを干す今日は△

常陸牛当たった肉ですき焼きを笑顔で食べる今日の日は◯

コロナ禍にあの道この道UberEats《ウーバーイーツ》　スマホ片手にスピード勝負　大阪　高尾富士子《たかおふじこ》

ビルの谷間にスマホ持つ人人皆既月食まるでジャニーズショー

里帰り出産の世話もう三ヵ月《みつき》体力尽きぬ充電器欲しい

＊

こんなにも永く待つのに動かない凛しい眉の夫を哀しむ　福井　高倉《たかくら》くに子《こ》

初孫を祝いて植えし紅梅に初の実なるを夫はしらずに

ぶっちぎる若い力のせめぎあい月も顔だす甲子園の夏

＊

言葉こそ心の声だこだまする恋も涙も越えてよく聴く　北海道　高佐《たかさ》一義《かずよし》

夜一人自問自答し自省して恩人友人私の存在

単々と無為に思える一日が何と幸せ噛みしめるべし

山口　高橋《たかはし》　朋子《ともこ》

青色に朱色が溶けた空の下小径を歩く我が影伸びる

楕円形のやや歪みあり一晩で消せない記憶枕に残す

定型に当てはまらない感情を一瞬凍らせなぞる指先

＊

大阪　高橋《たかはし》　弘子《ひろこ》

窮月下　馴れし靴音　追ひつきて「挽回《リベンジ》するさぁさう、してみせる」

流れゆく　雲を目で追ひ　独りごち（イツタイ何処へ　ユクノダラウカ。）

光凨に時の残骸宥め居る　ささやくやうに　みまもるやうに

＊

東京　高橋《たかはし》美《み》香《か》子《こ》

父母《ちちはは》と兄とスイカにテレビ野球ただそれだけで満たされた昭和

好きな物自由に食べて生きますわ！健康オタクの夫との競争

ＩＤもパスワードも違います！何度も表示するスマホを叩く

石川　竹内《たけうち》貴《き》美代《みよ》

幼子に従《つ》きゆくパパは長身のすらり伸びたる足持て余す

黒髪を結い上げ「福梅」商いし菓子舗の女将老いまさりたり

月の土に地球で生まれたナズナが問う「私のおさとはどこなのでしょう？」

＊

広島　竹田《たけだ》　京子《きょうこ》

初回より「氷柱《つらら》」と読まなヒョウチュウ・コオリバシラなどとは読むまじ

史上最早・最短なるとぞ六月《ろくがつ》下旬に二週間で梅雨明けせしとふ

「たけくらべ」吾もきなこ棒懐かし遊郭の子らが欲り買ひしとふ

＊

千葉　竹本《たけもと》　幸子《さちこ》

読みとればＱＲコードは万能なりスマホかざして明日が見えるか

近頃は仕方がないと諦めてあきらめるたび気楽になりぬ

年の瀬のにぎわう街の片すみに「フードバンク」の幟はためく

わが町に古書店が出来「なつかしか」と夫が買ひたる『伊豆の踊子』
長崎　田中《たなか》須美子《すみこ》

定年後の楽しみならん古書店はよろひを脱いだ人らの居場所

迷ひつつこころ決めたる早朝をしんと身に沁む海よりの風

＊

ほがらかに学校帰りの少女等の路傍の話日暮れて尽きず
千葉　田中《たなか》聖子《せいこ》

対岸へ渡す五百の鯉幟五百の由来ありてはためく

野末行く一輌電車に手を振れば車掌応うる白き手袋

＊

推敲のされないままに残されし歌が突然ノートに疼く
秋田　田中《たなか》春代《はるよ》

藍色の潜める皿に雌雄の秋田ハタハタ供え年越す

如何様の華やぎ込めて活けつげど命をもたぬ造花なる寂

青色はやっと出番とほこらしげ黒色きれたボールペン手に
石川　棚野《たなの》智栄《ちえ》

カラフルな色の世界にとびこめばポップな気分そこは文具屋

母のそばやっと並びて笑む父に日脚がのびて遺影を照らす

＊

お母さんいつでも僕はそばにゐるよ朝の光と風になつてね
千葉　塚越《つかごし》房子《ふさこ》

道端に鯖の落ちてた港町天津《あまつ》千軒名のみ残れる

忘れられしくまのプーさん朝日あびテトラポッドに眠りつづける

＊

亡き父がバイクの音を響かせて訪いくるような日　白梅ひらく
岐阜　塚田《つかだ》いせ子《こ》

ひとつ家に共に暮しき飼い馬の大きな瞳のあな愛しきやし

精一杯お洒落をしたるブラウスにごっそり付着す道の草の実

一日を振り返りつつ日記書く感謝一つを思ひ出《い》だ
して　千葉　寺田《てらだ》　善子《よしこ》
何気ない子との食事も幸せのひと日と思ひ感謝を
記す
慎しく短歌にしたる吾が暮らし歌誌に載れるをし
みじみと見る

*

みちびきのこゑ後進の音かさねつつトラックが路
地に吸はれゆきたり　鹿児島　寺地《てらち》　悟《さとる》
をやみなく草いきれたつ無人駅にロケ地のパネル
の少女ほほゑむ
弔ひに二日関はりあくまきの輪切りのおもて固く
なりたり

*

念願の帰宅叶ひし我が自閉児閉鎖生活によくぞ堪
へたり　千葉　土岐《どき》　邦成《くにしげ》
帰園渋る子を説き伏せて帰す日は強くハグして立
ち尽くしたり
兄嫁の許し叶はず数ヶ月兄を見舞はず八千度《やちたび》の悔
い

令和にも大雨の害数増して実朝公の願いは続く
神奈川　戸張《とばり》　はつ子《こ》
刻々《こくこく》と息細りゆく夫《つま》に添い頭かすめる明日《あす》の商い
絹糸が爪あかぎれに入り込みするどき痛み身体《からだ》か
け抜く

*

親鳥と雛は一緒に羽ばたいて巣箱の中で一家団ら
ん　島根　中尾真紀子《なかおまきこ》
吐く息が音に変化し共鳴すオカリナの音空に届い
て
編み込みを丁寧にして前身頃グラデーションが素
朴な色に

*

無も空も心に遠く筆ペンに写す心経　文字の掠れ
て　神奈川　長﨑《ながさき》　厚子《あつこ》
心経を書き写す間をさらさらと水の音のす電子回
路の
似て非なる文字を違へて全と金お大師様に嗤はれ
てゐる

また明日別れのときもさりげなく口は吐きをりの
ぞみの言葉　大分　中霜《なかしも》　宮子《みやこ》

遠山に雪の消残る昼つ方春は近しと便りの届く

坂の道くだりくる人のぼる人たちまち過去となり
しゆふぐれ

＊

道の辺に白く咲きたる小花あり孫は手に摘み花の
名を問ふ　長野　中野《なかの》　寛人《ひろと》

古き家を壊して今は清々し終活最後の仕事終へた
り

皆既月食を妻と並びて眺めたり安土桃山時代に思
ひを馳せて

＊

受付に番号で呼ばれ席を立つプライバシーとは孤
独なるかも　群馬　中野美代子《なかのみよこ》

壁かけのお多福の面とにらめつこ多少のことは笑
つて済ます

朝摘みの秋茄子ふたつ味噌炒め庭の青紫蘇たつぷ
り入れて

浮浪者はビルのすき間をねぐらとし寒月眺めため
息暮らし　東京　仲原《なかはら》　一葉《いちよう》

放浪者は店の道路を掃ききよめ店の主人に駄賃を
いただく

放浪者はゴミの袋をあさっては夕げの腹を満たす
がうれし

＊

儚げで透けて見えいる昼の月　我が心を映すかの
ごと　東京　成田《なりた》すみ子《こ》

如月の楽しき約束ひとつ増えカレンダーに記《しる》しお
くなり

蝋梅が朝日に映えて透き通り香りほのかに新宿御
苑

＊

週一度移動スーパー村に来る五人相手に話題も連
れて　福島　新井田美佐子《にいだみさこ》

築百年あちこち傷む古民家に小《ち》さき思い出刻みつ
つ住む

小春日に家と庭木の雪囲いいつもの通り夫《つま》が段取
る

もの言はぬ種の一粒一粒が芽生えて一気に雄弁となる
朝、夕と書かれし二枚の小袋が貼り付きてをり洗濯機の底
岐阜　西尾亜希子《にしおあきこ》
自然薯を掘りに来るとふ息子待ち正月二日の裏木戸開ける

＊

売却の実家に行って酒と塩撒く庭先には三色すみれ
駅前の段差の割れ目こぼれ種薄紅色のねじり花咲く
東京　西川《にしかわ》　正子《まさこ》
十五夜にポンポン菊とすゝき買う小さなしあわせつむぐ幸せ

＊

菜園の野菜を減らし花を植うここに集いし人ら喜ぶ
菜園を絵を画くように花野菜種から育て景色たのしむ
宮崎　西山《にしやま》ミツヨ
ああされど四季折折に草は生え吾の体力馬力の衰え

囃されて大橋成るも商店街さびれてゆくと故郷《ふるさと》だより
今生に果すものまだあるやうな染色《そめいろ》ながき夕あかね雲
京都　根岸《ねぎし》　桂子《けいこ》
今日といふ日を曳きて行く夜の貨車闇に吸はるるまでを見てをり

＊

犯人はダンプ通過の地響きか坂を転がる起きがけの夢
もちの木の赤き実に群れる椋鳥の羽音にぎやか如月の朝
千葉　根本千恵子《ねもとちえこ》
階段の一歩をまよい足踏みす体の衰え日ごと増えゆく

＊

廃校の跡に五本の河津桜夕ぐれの中花明かりする
街角に選挙演説する人の公約ふわり風に流れる
静岡　野沢《のざわ》　久子《ひさこ》
いくたびも同じこと問う母といて梅漬け込みき青き小梅を

琥珀色「電気ブラン」というお酒グラスに注ぎ過去を旅する
我の弾くピアノの鍵盤楽しげに　音をはずませタンゴを歌う
朝陽見て夕陽を眺め「きれいだね」言葉交せることの幸福《しあわせ》

埼玉　野元堀順子《のもとぼりじゅんこ》

＊

薄明は次第に早く部屋に射し憲法記念日にいのちの重み
街中が〈武装蜂起〉と呻きおりどの兵も母の原野をめざす
低く飛ぶ多忙のつばめに聞いてみる「夏のかたちはどんなふう？」

東京　間《はざま》　ルリ

＊

コロナ禍は身内の中にも忍びより元旦なれど会ふこと出来ず
嫁ぎたる娘夫婦がコロナ禍にかかりて外出避けて過ごさむ
身内にもコロナ禍居《を》るを人様に語られずして怖怖《おどおど》過ごす

山形　蜂谷《はちや》　弘《ひろし》

上州の山脈越えてくる風に今日も誘われ渡良瀬の土手
この土手は寿命を延ばす夢の途《みち》老人は徒歩若人は自転車
幾万の魂眠る遊水池今日の出合いは風のみぞ知る

茨城　初見《はつみ》　慎《しん》

＊

霧ふかき朝の静寂を破りしは厨でしろき湯気吹くやかん
印を押す箇所を示せるほそき指宅配便の女性ドライバー
廃屋の庭の端手の姫こぶし人恋うるがに真白く咲きし

群馬　浜野《はまの》　和恵《かずえ》

＊

鳩の二羽すまぬすまぬと首さげてホームの我に近づき来しが
恩讐の彼方に置き来しが受章と読み言祝ぎにすまぬと一言欲しや
あなたはねダークホースになりなさい夫言ひき全国大会佳作入選今にして

大分　濱本紀代子《はまもときよこ》

マスクしてスマホ操る集団を容れたる箱か通勤電
車　　石川　林《はやし》　和代《かずよ》
女子中生の李のやうなかんばせをマスクは覆ひし
三年間も
三尺の廊下が非武装地帯なり夫ゐる茶の間と私の
厨

*

喫茶店飛沫防止のアクリルに水飲むわれが歪に伸
ぶる　　京都　早田《はやた》　千畝《ちうね》
高架下轟く音の暴力に走つて逃げる木曜の朝
紙袋丸めたやうに笑ふひとパンを袋へコンビニの
レジ

*

割り切れば何でもできると君は言うオンザロック
を静かに空けて　　北海道　柊《ひいらぎ》　明日香《あすか》
たちまちに秋が来たりて夕ぐれの中にまぎれて消
えし人あり
永遠の命はあらず洗いいるワイングラスがするり
と落ちて

高きより低きへ流れ溜まりたる路肩の砂に根を張
る露草　　広島　檜垣《ひがき》美保子《みほこ》
蟬の声ふいに止むとき入れかわるおかえりなさい
左の耳鳴り
住む人は知らねどいつもの西向きの窓九階に日の
名残りあり

*

野すみれを小さな薬の空き瓶に入れて卓上春の地《テ》
球《ラ》なる　　青森　日野口《ひのぐち》和子《かずこ》
少女期の夢を束ねてアンデスの山々を翔ぶわれは
コンドル
いまだわれに胸熱くうたう国歌ありビートルズよ
りもエルビスよりも

*

知事賞に高岡漆の硯箱特注するねと吾子のはげま
し　　大阪　平野《ひらの》　隆子《たかこ》
黒髪をなびかせ孫は野菜きるきょうの夕食猪鍋料
理
在りし日に苦労話を共にした友の旧宅クレーンが
裂く

息《こ》と父母の位牌拝《をろが》む灯明の点火は嘗《かつ》てマッチなりけり

新潟　廣井《ひろい》　公明《ひろあき》

使はざるマッチ百余個その中に鷗外荘の古きを見付く

幼な子と妻と三人パンダ見て鷗外荘に泊りにけりな

＊

散歩する我の足音覚えゐてとなり家の犬クンクン鳴けり

宮崎　廣田《ひろた》　昭子《あきこ》

何時もにぎやかだこと耳鳴りさん偶には外へ遊びにどうぞ

喜寿迎へ優しき風欲しけふも又風の呟き聞こゆる夜半

＊

エゴサーチすれば新規の記述なく午前二時半画面が光る

神奈川　深串《ふかくし》　方彦《まさひこ》

あとひとつ探す言葉が見つからず吾に優しきキャベジンを呑む

結納も結婚式も無きままに子は新婚の暮らしを始む

お互ひの個性を奪ひ合ふなどもなくて豚汁《とんじる》七つの具材

宮崎　福留《ふくどめ》佐久子《さくこ》

置くだけでいいですと言はれ二十年　配置薬の箱けふひとつ減る

五年前よりも好きだと言ひ切れるわれに関はる人とわたしを

＊

徐にカップ引き寄せコロナ禍の味覚を試す朝の茶房に

埼玉　藤生《ふじう》　徹《とおる》

コロナ禍のストレスためぬ妻言ひきウイズコロナに増やす外食

脇の下だけにはあらぬ検温の場所を知りたりコロナ禍ありて

＊

落ち着きしコロナのせいか居酒屋も人手不足で「まだですか」の声

千葉　藤倉《ふじくら》　久男《ひさお》

乗れなければ次のを待とう時間かけ手すりづたいにホームへ向かう

発車間際に鳴るケータイ降りてゆく青年に注がる無言の賛辞

コロナ禍に会ふことのなきふたとせが過ぎて今宵は友と再会
久びさにのれんを潜る雨の夜のネオンが潤む浅草六区
若人の着物姿で賑はひし浅草界隈花吹雪きたり
東京　藤沢《ふじさわ》　康子《やすこ》

＊

家前の雪掻き作業この頃は働き手なく道凍りをり
漢検の試験会場へ小学生親に連れられつぎつぎとゆく
階段の手すり支へに四階まで登りつめれば息たよりなし
千葉　藤島《ふじしま》　鉄俊《てつとし》

＊

若きより小心者でひとつ事続けてきたる老女と名乗る
縫い残りの端布《はぎれ》といえど捨てられず何か縫いたいお手玉を縫う
身の丈の身の程知らずが歌を詠み迂闊恍惚明月仰ぐ
大分　藤野《ふじの》　和子《かずこ》

銃撃され倒れしごとき音たてて白き風呂蓋床にころがる
空爆の続くかの地を思ひつつ魚を焼きぬひとりのために
買い換へしオーブンレンジが見せつける冷凍ご飯のあたためかげん
山口　藤本《ふじもと》　喜《き》久《く》恵《え》

＊

炊きたての真白き飯に〈寒卵〉夫と向き合いふき吹き食べる
コロナ禍にラインの往復絆なり腕白坊主に元気をもらう
年末は生死さまよいし夫なりき「百まで生きる」と誕生日に
山口　藤本《ふじもと》　征子《せいこ》

＊

神様をいつきまつるゆえ巌島石の鳥居に一礼をする
我が妻の手術中の赤ランプ待合椅子に二時間が過ぐ
講演の寺尾登志子氏マスクごし葛原妙子を熱く語りぬ
山口　藤本《ふじもと》　寛《ひろし》

心して仕舞ひしものの見つからず怪しき記憶の森にさ迷ふ

沖縄　普天間《ふてんま》喜代子《きよこ》

デジタル化の波押し寄する世に遅れ老いゆく暮らしに暗雲漂ふ

コロナ禍に親友《とも》の見舞ひも叶はずて心痛のまま時は過ぎゆく

*

孫からのバースデイメール余白にはパンパカパーンと花火があがる

東京　古島《ふるしま》重明《じゅうめい》

三人子を育てし青山北町を妻語り居りヘルパーさんに

婚礼の新婦の祖父われ杖つける妻とよろこぶ片隅に居て

*

先の代の祖が手にして暮らしけむ一升枡に残る焼印

山梨　古屋《ふるや》清《きよし》

仕舞ふでも捨てるでもなく日に当てて長女を次女を負ひたりし紐

わが家に歳とり給ふえびす様絶やさぬ笑みを時に見上ぐる

笑ひ声止みて暫しを黙すあり思ひ出は良き事のみならず

山梨　古屋《ふるや》正作《しょうさく》

十年を経なばおほかた世に亡しと笑ひて淋し宴の果てに

終点の見ゆるぼちぼちの人生に足掻き続くるぼちぼちの歌

*

次々と田んぼ埋立て家が建つ人口増えしを喜ぶべきや

神奈川　星野《ほしの》一英《かずひで》

朝晩にメールしてくる孫娘フィリピンのバギオ地図に確かむ

赤腹の声に送られ坂下る躑躅咲く道丹沢望む

*

読み耽りシテになりきる秋の夜の長きと言えど白む東雲

東京　堀内《ほりうち》善丸《よしまる》

夏祭り見よう見まねの紅を引きウクライナの娘《こ》浴衣をねだる

黄昏の風に靡ける枯薄稜線はるか屏風の如し

サラダボールを水槽にして目高飼う小さき美容室親しみ通う

東京　堀河《ほりかわ》　和代《かずよ》

スーパーに出会いし友は元気そうマスクの顔の目が笑いおり

フード付きダウンコートに身を包み勤めあるごと散歩に出ずる

＊

気ままなる旅奪はれてはや三年旅番組にコロナを恨む

石川　前川《まえかわ》　久宜《ひさよし》

ルーブルに二日通ひて次回にと訪はざるままのモンサンミシェル

キーウイを妻と食みつつ語り合ふ新西蘭の大き羊歯のこと

＊

秋茜さては夕日に染まったかこんな夏の終りもありき

福岡　前田多恵子《まえだたえこ》

皇居の除草奉仕の記念品アガパンサスは水害に耐え

健常者のボールかと思うパラリンのテニスは剛し国枝慎吾

給ひたる朝の目覚めに脳トレとまづ口ずさむ白楽天の詩

鹿児島　前原《まえはら》　タキ

とかげしか通らぬ庭の飛石のめぐり清める明日は炉びらき

猫抱きて十三回忌に帰り来む亡夫に門の扉少し開けおく

＊

難儀して求めき『寒雲』も手放しぬ九十四歳の書庫何もなし

山形　牧野《まきの》　房《ふさ》

生きてあらばまたよきこともあるべしと友とのおもひ一入深し

生涯の三つの不幸乗り越えていま生あるを幸せと思ふ

＊

一万歩きのふ踏破のスニーカー春の玄関すみに寛ぐ

東京　牧野《まきの》　道子《みちこ》

真夏日の公園口の改札に湧きだす人を杜が呑み込む

家事の手を抜く技のみが磨かれて八十路の坂を越えんとしたり

向日葵のほかに予算のなきむかし黄一色の新築の庭
奈良　眞島《まじま》　正臣《まさおみ》

砂山を積みあげトンネル掘る幼児《おさな》通園きらうかパパは浮かぬ顔

冬晴れに四、五隻のヨット浮びおりびわ湖の青に帆は白鳥《とり》のごと

＊

五月より七月九月と三人の外曽孫《そとまご》生まれ師走となりぬ
奈良　松井《まつい》　豊子《とよこ》

「ひまわり」とふ映画に知りしウクライナいまも忘れぬ広野の向日葵

日本海の波打ち寄せる砂浜にペットボトル多多外国文字の

＊

久びさに顔剃り、ヘアダイ出かけゆく明日は気合を入れたき日なれば
長崎　松尾《まつお》みち子《こ》

二十二年振りに娘と同居して覚醒したり母親魂

「さあ今日は洗濯日和」一面の霜がわたしに元気をくれる

坂道に野バラ咲きたりあるがままわれも生きたし今を生くべし
千葉　松岡《まつおか》　尚子《なおこ》

われの身に起こりしことはなべてよし青き梅の実果実酒となれ

しんとした時間のあれば再読の歴史書読みぬ殺戮の歴史

＊

風立ちて木犀の香にふり返る「好きだつたよね母さんこの花」
福岡　松﨑《まつざき》　信子《のぶこ》

あす京へ辞令を受けに行く予定短かく告げて通話終はりぬ

帰り来し若者の目は穢土を見ず秋の空ゆく昇り雲追ふ

＊

あかときの闇をゆく影ひとりなりみてあるにつと消えしままなる
広島　松永《まつなが》　智子《さとこ》

さめてきくしづかなる音はるかなりあかとき闇を踏む足の音

さりながらさりながらを繰り返しつづくことばのあらず夜の闇

手の届くところに置きし物消えてわれの届かぬ幻
となる　　　　　　　　　　　秋田　松本《まつもと》　隆文《たかふみ》
わが腕の力弱まる筆圧の弱き原稿の人を今諾えり
マスクする暮らしに慣れてひとの顔眼のみにて表
情を読む

＊

尾の短き金魚のやうな形して値上り時代を生きぬ
く鯛焼　　　　　　　　　　　岡山　松山《まつやま》　久恵《ひさえ》
高齢とふ言葉が沁みぬ高齢者の車が信号待つ子に
当りぬ
大川は合鴨が浮き耕耘機が光の向きを変へつつ鋤
きをり

＊

ハンガーに上着のずれて下がりおり昨日の疲れ抱
きしままに　　　　　　　　　埼玉　三上眞知子《みかみまちこ》
自転車のすぐ前ふいに横切るは飛ぶを覚えた小さ
き雀
吹く風や道往く人や秋の花　微かなものに励まさ
れおり

柏餅よもぎたっぷり特注か一ヶで足りない娘の土
産　　　　　　　　　　　　　埼玉　溝部《みぞべ》　昭子《あきこ》
法友は三年振りのコーラスに歌声さわやか笑顔溢
れる
枝豆をつるっと出しかみしめた甘味香りは寺のず
んだ餅

＊

耳珠《じじゅ》という二文字は美しく置かるるも触れればそ
こにかたくななわれ　　　　　埼玉　三石《みついし》　敏子《としこ》
熟睡《うまい》する日なたの猫は信じおり明日も此処が日な
たであると
街川にゆらめき映る満月を掬えばきっと光こぼれ
る

＊

ふるさとを離れて知りぬどこからも立山見える豊
かな暮らし　　　　　　　　　埼玉　満木《みつき》　好美《よしみ》
ＡＩが電話の向こうに応対すわが言い分は軽く流
して
どの年も紅葉狩りの写真には同じ服着たわたしが
写る

潮騒は耳に心にひびきくる海苔養殖を止めしわが日々

大分　南《みなみ》　静子《しずこ》

風紋を消して潮が満ちてくる浜昼顔の咲く散歩道

引潮に車を運ぶダイハツの船がゆるりゆるりとうごく

＊

冷え著き厨の床に落としたる氷片意志ある如く逃げたり

埼玉　宮田《みやた》ゑつ子《こ》

指輪なきわが手が刻む千六本浄き清白サラドにせむか

人の来ず電話もかからぬ霙の日ショパン聴きをり寂しくはなし

＊

最後なる同窓会より十年経ぬ友の数多は幽明分つ

群馬　宮地《みやち》　岳至《たけし》

残されし刻《とき》なし一日一刻を必死必至にされど悠悠

歌集句集四冊上梓す孫自立我が一生は収支足りたり

米一升、塩一升との交換に海を焚きゐし敗戦少年

島根　宮原《みやはら》　史郎《しろう》

水をのめ甘い誘ひに気をつけて今日も電話の遠に住む娘《こ》は

荒れ庭に雑草いろいろ花をつけあるべき自然《じねん》これぞ庭かも

＊

口元の見えない笑顔の眼差しに呼びとめられて花の樹の下

鳥取　宮原《みやはら》　玲子《れいこ》

ひとり視て一人つぶやき笑いおり四角いテレビは朝まで四角

保険証無くても受診出来ますとマイナンバーカードに裸身を曝す

＊

睦月には連れと息子の誕生日結婚五十九年の記念日もあり

福岡　宮邉《みやべ》　政城《まさき》

連れ添ひてお母さんと呼び五十九年あと一年呼べばダイヤ婚なり

転ぶなよ妻の言葉を杖としてめざす店へと一歩踏み出す

近道と角を曲がれば蔓薔薇の黄色が塀より光を放つ
京都　村田《むらた》　泰子《やすこ》

旧家より譲り受けたる石三個沈黙にして個性の宿る

蒸しあがるを待ちて求めし外郎のまだほの温い六月みそか

*

妹より誕生祝ひに「キャバリア」の仔犬贈られ深く抱きしむ
東京　村田《むらた》　泰代《やすよ》

シルクのごと手にしなやかに長き耳「キャバリア」の仔犬われを見上ぐる

一歳の愛犬とともに歩むわれ花見のころは後期高齢に

*

待つことは信ずることぞ　来ぬバスをまた恋人を切に待ちたり
福井　村寄《むらよせ》　公子《きみこ》

食卓の皿の火襷《ひだすき》迫り来て窯とふ宇宙の赤き火思ふ

山茱萸の枝につららの下がりゐて物語ひとつ生まれさうなる

淡水魚水族館に笑ってるさかなを見つけんとしたれどおらず
栃木　室井《むろい》　忠雄《ただお》

箱車に園児を乗せて手を振ればディズニーランドのパレードのごとし

コキアの森を庭につくってわが妻は楽しむらしもそのきみどりの森

*

窓開けのなさるるままに学童の声漏れ来たり一月ふたたび
埼玉　本木《もとき》　巧《たくみ》

買い物もたまにはしたいと呟きぬアクリル板ごし母の笑いて

一息にアクセルを踏み車列抜くまだまだ走れる古りたるアコード

*

初春のひかりを受けて富士に会ふ玄関を出で千歩の河堤
千葉　森《もり》　弘子《ひろこ》

少女の日の仲良くといふ言葉いま北半球の風にそよげり

月読《つくよ》みと星のひかりの屋根のした事のあるなと祈りて眠る

笊《ざる》に干す梅の一粒ひとつぶの夕陽の香り裏返しゆく　東京　門間《もんま》　徹子《てつこ》

白藤の踏みしだかるる峠みち鼻欠け地蔵にカップ酒あり

黒雲のおどろおどろと近づきて光るとみるや雷鳴の落つ

*

朝食後とろんと直ぐに眠くなる新聞記事と一緒になりて　北海道　矢島《やじま》　満子《みつこ》

ちくちくとうたを詠ひてま向かはむ百歳の壁ど素人の壁

捨てられてゆき場のあらぬうたたちよ　さあ甦れこころゆくまで

*

エアコンが効かなくなりぬ使用歴九年人なら加齢と呼ばるる　愛媛　矢野《やの》　和子《かずこ》

エアコンの修理は所要一時間吾のパーツはこの世に無くも

塵袋とともに転がるこの身なり加齢の所為にはしない絶対

無力感引きずりながら閉校の記念誌編集会議に臨む　岩手　山内《やまうち》　義廣《よしひろ》

山峡の悪路改良幾度も総決起大会空しく手を上ぐ

残雪の山あかあかと火の走り焼畑の草匂ひただよふ

*

風をよみ休耕田の草燃やす煙の向かうを「しまかぜ」の過ぐ　三重　山岸《やまぎし》　金子《かねこ》

腰伸ばし休めば狗尾草《ゑのころ》ふるはせて豪華特急「ひのとり」去りぬ

先祖《おや》の地を荒してはならぬ義兄来て休耕田の荒草を薙ぐ

*

大欅若葉そよそよ天をつく見上ぐる我の心は勇む　埼玉　山口《やまぐち》みさ子《こ》

カート手に背筋を伸ばしレッツゴー軽き足どり春風の中

傘寿なり喜怒哀楽を生き甲斐にフレイル予防　ピンピン暮し

これからも生きてゆくため取り付けた廊下へ昇るリハビリ手すり
茨城　山田《やまだ》　幸彦《さちひこ》

介護3　更に背が曲がらぬように身仕度急ぐ　大雪の早朝《あさ》

ゆずり合うデイの廊下を歩く時「どうぞ」のひと言　思わずにでる

＊

をさならに見つめられゐて放たれて鮭の稚魚いま泳ぎ始めつ
宮城　大和《やまと》　照彦《てるひこ》

波の音聞ゆる通り潜り来てここはまさしく港の酒場

この岡に松を植ゑたるは十年前あの子等はいまどうしてゐるか

＊

ガン病める友の電話は力なく命終近しと別れ告げにき
東京　山仲《やまなか》　紘子《ひろこ》

携帯電話家に忘れて帰宅まで不要を祈り過す終日

経歴も顔も浮べど人の名の浮ばぬ不思議たびたびとなり

セーターをほどきて溜まる古毛糸　蒸気を当ててますぐに伸ばす
千葉　山本《やまもと》　文子《ふみこ》

毛糸編み機巧みに操《く》る母　滑らかに動く機械と母の丸《まろ》き背

集めたる毛糸とりどり編み込みて世界にひとつのセーター生まる

＊

波がしら寄せくるやうな錯覚に見あぐる朝の空いわし雲
埼玉　湯沢《ゆざわ》　千代《ちよ》

寒暖差異常気象とぞ旱魃の国と洪水の街をうつせり

八十代後半となりわが夫は厨に立ちてそばを茹でをり

＊

休み明けは発熱外来忙しと制限のなき世の中となり
岐阜　横山《よこやま》美《み》保《ほ》子《こ》

食料をポストに入れれば「ありがとう」濃厚接触者の孫の声

卒業式校歌をうたう時だけはマスクをするのと小六がいう

遺すもの何とてないが戸を鎖して向こう二日の買物へ出る
長崎　吉岡《よしおか》　正孝《まさたか》

どこへなと行けとも言った昼下がりそのいさかいのふと懐かしく

あんにゅいを埋めんと来たる川沿の主役はやはり菜の花の群れ

＊

物足りぬ類《たぐい》のひとつ休刊日　読む甲斐性をきらすおおごと
埼玉　吉田《よしだ》　和代《まさよ》

おもおもの弛《たる》みと共に引かれゆく送電線は無言の常に

オブラートに透かし見るよな春のいろ武蔵野台地は砂塵の舞えり

＊

空豆の最後のひと莢「わたしむく」幼の仕切る夕焼けキッチン
石川　吉藤《よしふじ》　純子《じゅんこ》

をさな児は情けか恐れかアボカドは恐竜の卵「食べられない」と

忙《せは》しくてできあひ惣菜並ぶ卓赤いガーベラ活けて添へたり

食卓に夫と程よい距離保つパソコン二台メガネが二つ
東京　若月《わかつき》　千晴《ちはる》

菜畑に遠山霞む展示絵は辰之の歌想って描く

前眺む　深く潜って跳び上がる小さなうねりのわがバタフライ

＊

束の間に新緑となりし庭木々に負けじとわれも畑を打つなり
栃木　和久井《わくい》　香《かおる》

スーパーに春の野菜の種あれば老いの身ながら手に取り見入る

冬の野菜早やも芽を出し青々と育っています私も元気

＊

擦り減りし枡の出で来ぬうからからを支へる米を量りしものぞ
岐阜　和田《わだ》　操《みさお》

骨董も流行り廃りがあるらしく民藝の古物「これはダメ」と

「恋文」も「軍事郵便」も「日章旗」も出でくる蔵は歴史の証人

千葉　渡良瀬《わたらせ》愛子《あいこ》

さよならの代はりに白き綿の実を児の手のひらに乗せてやりたり

児ら連れて帰省列車の床に坐す遠き昭和の夏し思ほゆ

戦争の終はる合図を決めたらし児らは象さんぱおんと鳴かす

9 仕事

往診に終の心音拾ひしは幾人なるかこの聴診器

埼玉　安達由利男《あだちゆりお》

「この医院子供の頃を思ひ出す」言はれておもふ
四十年を

新しき医学は知らず頼り来る人等を診つつかそけ
く生きむ

＊

桃とりを今日も終へたり三日月の空を見ながら夕
べを帰る

山梨　雨宮《あめみや》　清子《きよこ》

暑いねと言へば暑いといふ夫の桃をもぐ顔笑顔の
見えず

夜の雨に落とされし桃腰こごめ夫と拾へり何話す
なく

＊

春愁に教室の床を磨きたり消すことがわたしたち
の出発

香川　氏家《うじけ》　長子《ひさこ》

試合後のあいさつみたいだ暮れなずむ校舎に向か
いふかぶかと札

にわたずみに夕日が反る立つ鳥のわれは紙袋ひと
つを提げて

骨粗鬆症抑制薬で増えて来し抜歯難民さ迷う兆し

和歌山　大河内《おおこうち》喜美子《きみこ》

霜月にいろはもみじの色変えず風土記の丘は城よ
り高き

ハレルヤと露語でウーラは大違い侵攻唱和に耳塞
ぎたり

＊

老いてなおこころ病む娘に付き添いの母は杖つき
薬箋を出す

茨城　大森《おおもり》　幹雄《みきお》

仕事着のままで薬箋窓口にペンキに汚るる手でそ
っと出す

分包機稀に錠数間違えるそれを見付けるは薬剤師
の眼

＊

通信のマンホール開けて皆後ずさるサキシマハブ
の子その中に居て

栃木　小原《おばら》　正一《しょういち》

失敗もなんくるないさの一言で癒しと勇気頂いて
おり

奈留《なる》　久賀《ひさか》　椛島《かばしま》　福江《ふくえ》　四島の仕事を終えて今
日は帰郷に

冬の夜の鉄塔作業の命綱かけかえるたび星座かたむく

送電の工事終えたる鉄塔に十六夜《いざよい》の月残して帰る

愛知　笠井《かさい》　忠政《ただまさ》

虹消えてふたたび広い空のもと鉄塔作業の命綱うつ

＊

トラックのまさかの故障にあたたかき応援をうく多くの人に

千葉　神田《かんだ》　宗武《むねたけ》

故障してあらためて知るトラックのわが社の存在日々の活躍

五時間に及ぶ足止め撥ね除けて本日の業務完遂したり

＊

振り上げし万能ぐさりと里芋の株を起して土を解《ほぐ》せり

茨城　久下沼《くげぬま》昭男《あきお》

大根や蕪引く妻はいそいそし雪ちらちらと寒き朝《あした》に

いま此処《ここ》に幸せはあり腰屈め妻の引きたる大根洗ふ

画面越しの会議は気楽で、またコロナが流行らないかなあなんて思ったり

北海道　桑原《くわはら》憂《ゆう》太郎《たろう》

聴こえてますかって聞こえてなかったらそう言うからと腹の中で言う

ダラダラと話し始める奴がいてオンライン会議もやめる時期かと

＊

現にはハッピーエンドは稀ならば青く正中皮静脈浮く

愛知　桜木《さくらぎ》　幹《みき》

カツカツとキーボード打つ乱れなく何者かであるふりを続けて

青ばかり残りし赤青鉛筆で青空作る手帳の中に

＊

片松葉に支へられつつ覚束無週一回の我の歩みは

神奈川　佐藤《さとう》　三郎《さぶろう》

わんKの事務所なれども晩節の望み叶へる無二の居場所ぞ

情報の伝達手段を支援して疎《おろそ》かならじこの四半世紀

話すのはレモンハートのバーマンだ俺に訊《き》くのは
筋《すぢ》が違ふぞ　北海道　田尾《たお》　信弘《のぶひろ》
人生を己《おのれ》の言葉で語りな大學去りし昭和の終はり
考へな自分自身の頭でさ分かる範圍で良いのだか
らさ

＊

裁ちし紙まれに歯むかふ六十余年表具なす夫の指
ににじむ血　奈良　中西《なかにし》　照子《てるこ》
表具屋に町探検の児らの来て糊刷毛つかふ神妙な
顔
十五から表具見習ひ停年のなきは幸ひか夫八十一

＊

新事業為さねば委託費返せとふ吏は言はでもを朱
書きに残す　岐阜　中野《なかの》たみ子《こ》
オンライン画面に目を伏せ淡淡と吏は要求の文を
読み上ぐ
為すことの難きを知らぬ立案を嗤ひつつ吾が闘志
をもやす

人気なき畑で草引くわれの背を軽くノックし柿の
へた落つ　福井　西尾《にしお》　正《ただし》
朝明けに覆い外して白菜の巻き始めたる葉に触れ
てみる
待ち兼ねし雨のひと日の歌作り新タマネギは三首
詠みたり

＊

稲穂なで今年の出来を掌ではかる台風よけて明日
は稲刈り　徳島　日向《ひゅうが》　海砂《みさ》
田の中に月と入りてこの稲の葉先のつゆに祈りを
ささぐ
朝日から夕日までは畑時間母のもんぺは野良のフ
アッション

＊

田に映る富士に年年「ごつちよう」と畔を塗りけ
り亡き父の背《せな》　山梨　舟久保《ふなくぼ》俊子《としこ》
汗を掻き陽に干しし芋「持つていけ」義母の言ふ
声いまさら思ふ
台風に倒れし稲よ亡き父の「早く起こせ」の声土
間に聞く

夜の客ひとりも来ずに仕舞ひたりのれんも呆れ嘆
きこゆる
定食の小附《こづけ》に独活の胡麻和へを小さき皿に盛り付
けて置く
スープより出でたる灰汁を取りのぞく窓はしらし
ら明けはじめたり

群馬　穂積《ほづみ》　昇《のぼる》

＊

病み人を支へて来たる五十年いな医はむしろ支へ
られ来し
診《しん》終へて疲るる目見になほ残る君らを縛るまぼろ
しの縄
診察後嗚呼思ふこと三十人《みそたり》が裡それぞれに星宿《ほし》ま
たたかす

青森　三川《みかわ》　博《ひろし》

＊

和太鼓の指揮者と司会のわが呼吸ひとつとなりて
緞帳あがる
三年ぶり響く和太鼓パフォーマンスふさぐ心を吹
き飛ばしたり
八十歳三年ぶりの剣舞なり白足袋しっかり舞台を
進む

広島　山原《やまはら》　淑恵《としえ》

しみじみと言葉に裏があるを知る叶わなかった商
談の末
途切れたる商談を繋《つな》ぐ卓上の無邪気に咲いてる椿
一輪
仕事場に忘れたままの古きルーペ覗けば亡母《はは》の丸
き背の見ゆ

愛知　吉川《よしかわ》　幸子《さちこ》

＊

軟膏を練りゐる機械バーコード読み取る機器の音
たつる調剤室《へや》
分包を終へて水剤量りゐる窓の外《と》きつと大き青空

高知　依光《よりみつ》ゆかり

＊

薬歴を書きつぐ耳を駆けぬける救急車の音秋をつ
んざく
甘ゆるを悪と与せず来たれども可も不可もなき人
生なりし
伸び上がる木槿の枝を払ひつつ本当は必要なのだ
と思ふ
誇りなど何の足しにもならぬからそつと仕舞ひぬ
脳《なづき》の奥へ

神奈川　綿貫《わたぬき》　昭三《しょうぞう》

10

愛・恋・心

花びらをせぎに流して添ひゆきし棚田は幼き我のふるさと
あぜ道でままごと遊びの土ごはん食べてくれしよもんぺの母は
再びの髪に触りて確かめてとかす手櫛がはや癖になる

山梨　相原《あいはら》　明美《あけみ》

＊

秋の陽にカットグラスはしずもれり　恋の予感に息つめいるや
太き紺のストライプのシャツ贈らんか　筏となして銀河渡り来《こ》
絵はがきは川音ひびかせ雪山の姿をみせて届きましたよ

大阪　赤井《あかい》　千代《ちよ》

＊

肩に力入っているよと天の声仰げば秋の北斗星寒し
母逝きて残されしジャケットがようやくに似合う齢なり風の街行く
泣きボクロひとつ持ちいる青年が前の座席を静かに立ちぬ

石川　赤尾登志枝《あかおとしえ》

別れきて手を差し入れたポケットに言ひそびれたる言葉が残る
良妻でなかつたかしらオキザリス咲くこの庭に置き去りにされ
いにしへの恋の曽根崎尋ねゆきお初天神の杜に迷ひぬ

千葉　石井《いしい》　雅子《まさこ》

＊

悲しみは何処より降る胸に手を置けば波紋を生む池の雨
青き地球《てら》に還る日ありや殺戮者　己のものにあらずよ星は
戦にて斃れし父さん知らずとも健気に咲こう我は遺児にて

富山　石垣美喜子《いしがきみきこ》

＊

君に心から謝りたいいつのま君の足元に咲いたわたくし
夢の中添い寝する緑の館その中で君大あくびする
夢の中で銀ぎつね手招きする狸小路水仙の花々

東京　石野《いしの》　豊枝《とよえ》

ディスタンス守れ保てといふからに夢の女房と目合ひはせず

秋川はひかりの帯をなびかせてかの日のきみを岸辺にたたす

睡眠の隙間にもぐりてこそばゆし子猫がほどの愛の残影

神奈川　稲垣《いながき》　紘一《こういち》

＊

草萌ゆる匂ひふくみて吹く風に駆けだしたくて抜け出したくて

いきいきと艶めく樟の大木は音をたてずにおとす古き葉

ブラウスの胸のあたりがふふふふと柳葉色に染まりはじめる

大阪　乾《いぬい》　醇子《あつこ》

＊

春色のキッチンマットにかへし午後心も軽くワッフルを焼く

街ピアノ吾六十五歳の初舞台夫のみ聴くに指先震ふ

金木犀ほのかに香れる露天湯にひとりの贅沢手足遊ばす

埼玉　岩崎《いわさき》美智子《みちこ》

汝《なれ》は今大人の表情見せたりき紫式部のいろ淡き日に

鋪道《しきみち》を踏みしめ歩む真昼間に奈美の言葉を思い出ずるも

折れそうな心抱えて生きているこの日常を汝《なれ》に癒さる

神奈川　岩田《いわた》　亨《とおる》

＊

盲目の美女に花束チャップリン見えなくたって愛香《かぐわ》しく

自由というコンセプトなり風が吹く淋しかないかお金はあるか

白く白く月下美人が落ちる時すーっと不安が過りはじめる

北海道　岩渕《いわぶち》真智子《まちこ》

＊

月の夜の窓に向かえば閉じ込めし言葉が白く出で来るふいに

紅薔薇が咲いてうれしい我がこころ風吹けば風に飛ばされやすく

白々と茅花の穂先が揺れているどこにも行けないわたしはここよ

千葉　江口《えぐち》　絹代《きぬよ》

支えあいて二十余年を過ごしけりあなた好みの妻
にはならず　佐賀　江副壬曳子《えぞえみえこ》
「鬼平」のような男がいるならば終活やめて恋す
るものを
愛憎は水に流ししはずなるにふと浮かびくる顔ひ
とつあり

＊

待つ胸は逢うときよりもくるおしく三割増に早鐘
を打つ　神奈川　エ　リ
いにしえの花の詩集は告げている花言葉どおりに
は行かぬと
遠くても張り裂けたりはしないもの言葉で育まれ
た想いなら

＊

おちさうで落ちぬ滴か葉の先に精いつぱいの表面
張力　東京　太田《おおた》　公子《きみこ》
誰にでも明日は来るさペシッと引く缶コーヒーの
銀色のタブ
ひとつこと為しとげし後の十歳のまなざし青み蒼
穹みあぐ

野の花を愛でつつ歩む道であれ選び選ばれ今日よ
り二人　新潟　大滝志津江《おおたきしづえ》
生れし日の柿若葉ゆらす風に似しさやけさ保ちて
婚の日迎う
妖精のごとき妻を得し孫ありてもはや悔なしわが
人生は

＊

手のひらに突かれ戻れる水ヨーヨー蛙《かはづ》一つぴき球
体に棲む　愛媛　大野《おおの》　景子《けいこ》
優しいと言はれ優しい人になる昔私が海だつた頃
とは言へどばらばらになるわたくしを髪の毛のや
う束ねてねむる

＊

睡蓮の葉の上《へ》ちひさくしづくして真つさらなまま
さびしさはゐる　静岡　小笠原小夜子《おがさわらさよこ》
てのひらにすくへばさみし溢れくる真みづ真ひか
り全き日常
今宵には染みだしさうなさびしさがくちびる噛ん
で雨の径の上《へ》

肌寒き半ばの雨に降られたら同心円になって眠ろう

埼玉　笠巻《かさまき》　睦《むつみ》

忘れたき事物人を詰め込んで水底深く沈める小箱

火の色の嘘のいくつか切り捨てた人の幾人箱詰めにして

*

円かなる月の兎を探し見る己が身捧げし話を尊《とうと》み

広島　金原《かねはら》　瓔子《ようこ》

怠けいる働き蟻も役に立つ時のありとうかくあれ我も

幸いも不幸も心の内にあり白き驟雨が庭木潤す

*

この身から二十歳の夏が離れゆく　あなたが腕からほどけるように

埼玉　鎌田《かまた》　国寿《くにとし》

歳月に紛れて失せしあの別れ「さよなら」だけが微かに聞こえる

目に見えぬ穏しき眼《まなこ》の在るを識る　黄昏れてゆく坂の途中で

春風に裳裾のぞかせ凭れくるうす茶できめた装いなのだ

神奈川　上平《かみひら》　正一《しょういち》

唇をかるく合わせて襟立ててひぐれの風に同化していった

くらやみに氷触れ合う音がする午前三時の女のグラス

*

春いろの汽車なんてもの乗りたいと思わなかった君に逢うまで

滋賀　くらたか湖春《こはる》

「ひとりでも大丈夫そう」と君は言うそうあってくれと願うように

きみを待つ5分で前髪ととのえる今夜の雨は少し優しい

*

心から詠みたる一首七十余年悠《はる》かな誇り生きて快しも

愛知　倉地《くらち》　亮子《りょうこ》

わが生徒心を籠めて卒業の色紙を贈る四十人に

父母嬉し担任を祝し一人づつ色紙に心を満す言の葉

口中にいくたび舌は探りしかとらはれさらに深めたる傷

放心のわれを映せる夜の窓音なく上がる遠花火見ゆ

鼻のおくに涙のくだる傾斜あり　余燼のやうにまだ烟る夢

埼玉　古志《こし》　香《かおり》

＊

万葉の「詠み人知らず」のうた一首熱き想いのかく伝わるに

満天のひとときわ輝くあの星を亡妻《つま》と言いたる翁は傘寿

老いわれも織女となりて彦星に会いたしと書く七夕の夜

佐賀　小島由紀子《こじまゆきこ》

＊

風ひかる修道院に見初めし君たそがれの時をともに謳歌せむ

夕映えに染まる山並み　晴れやかに残りの人生君と歩まむ

「元気にしてますか」と吾に尋ねゐる四歳の女孫《まご》の手紙日記に挟む

群馬　兒玉《こだま》　悦夫《えつお》

亡き妻が開けてしまった玉手箱金婚式をあなたは待てず

外は雨…これは奢《おご》りと言いながらママはポツリと身の上話す

妻のなき男ばかりが羽畳むママさん一人の小さな店に

徳島　小畑《こばた》　定弘《さだひろ》

＊

言の葉にすればたちまち泡となる何かを今日も胸にしまって

やるせなさを鎮めるようにスタンプをとんぱたとんぱた押す二時間目

そうか、あなたは風だったのか　ぱららと捲れるノート散らばる言葉

栃木　齋藤《さいとう》　嘉子《よしこ》

＊

ポケットに夕化粧の種詰めた夏美しくなりたかつたわたし

いつ来ても砂浜にしづむわが足の重さはきつと迷ひの重さ

嘘つかぬ空と思へどはじめから嘘かもしれぬ空の青さは

大阪　佐々木佳容子《ささきかよこ》

お浄土に帰るあなたと送るわたし轟く雷鳴どしゃ降りの盆
愛知　笹田《ささだ》　禎果《ていか》

打つ雨の激しさうけて睡蓮はお釈迦様かなメダカを守る

小さき鉢にメダカは泳ぐただおよぐ心がほっと水《みな》面《も》にうつる

＊

寄せきたる白き波濤に足をのせその波に乗るごとき半生
埼玉　島崎《しまざき》　榮一《えいいち》

秋山の道にしげれる灌木に縋り救はれいまのわれあり

思ひ一つ夢にあらずも楽しみのごとき日々にて三十五年

＊

いつまでも遠景のまま夕暮れの観覧車には乗らない二人
神奈川　清水《しみず》あかね

今日はすこし弱気なあなた銀色の鬣《たてがみ》そっと両手に抱く

さえざえとシミを滲ませのぼりゆく月よ　あなたの心音を聞く

月食の過ぎて明るさ増しゆける月夜に出でむ君をいざなひ
神奈川　下田《しもだ》　裕子《ゆうこ》

揺らぎても消えぬ焔でありたしと若き日われは君に告げしを

平面に景色をなせり機上より君住む街は光集めて

＊

かたはらのひとりは不在　紅葉の落ち葉を踏みて森をゆくとも
千葉　白石《しらいし》トシ子《こ》

緋鯉棲む池を守るがに青鷺の一羽が佇ちて身じろぎもせず

生きて遇ふかなしみはあれ　かき混ぜてオートミールの朝のひと皿

＊

君恋し初詣の思い出で心の破魔矢射る君でいて
東京　杉山《すぎやま》　敦子《あつこ》

君一人苦しむ姿見たくなくて距離をたもった25年前

泣くくらい痛みを持った友情をかわしつづけて40年かな

春の夜の夢の浮き橋現れてまだ忘られぬ至福の逢瀬
はとことのアヴァンチュールをたのしめり　モーテルに入り真夏の夜の夢
最愛の人との逢瀬は白昼夢余韻に浸りし秋の夕暮れ

徳島　杉山《すぎやま》　知晴《ともはる》

＊

明日未明スパンコールの風が吹く空は快晴月齢14
一息にラムネ注いだ海岸の弾ける砂はビー玉の青
貝殻の小さなかけら白浜は三原色の光に満ちる

埼玉　鈴木《すずき》　孝子《たかこ》

＊

雷《いかづち》の燦燦を浴びわが血潮奔流となりいづこを目指す
地中より出づれば余命を啼く日日の蟬の愛憐かよふうつし身
海の上に月を立たせてひとりとは誰かひとりのひかりとなること

栃木　園部《そのべ》　恵子《けいこ》

絶景の三八四二メートルにお姫様抱っこをされて真向かう
再びを願いトレビの泉へとコインを投げて夢を繋げる
五十年過ぎてコロナ禍・ウクライナの平穏な日を願うのみなり

神奈川　高木《たかぎ》　陸《むつみ》

＊

深夜まで話して受話器を置く時に友はいつでも「さよなら」と言ふ
あなたとの最後になるかも知れぬからやはり言ひます「さやうなら」
さよならが夜の静寂《しじま》に吸はれゆきまた暗闇に返るそのとき

神奈川　髙田《たかだ》みちゑ

＊

わが前を行き来する足とまるまで下向きて待つ駅の柱に
さびしさに色ある日なり君の影動かぬように止めておきたし
冗談から本音が出て来て大笑い心の隅の汚れがとれる

京都　高田《たかだ》　好《よしみ》

（書きたい）と（泣きたい）はとても近いからポケットにいつも水色のペン
福井　高田《たかだ》　理久《りく》

読みかけの本はみるみる積まれゆきわれはゆらゆら混沌に落つ

閉じられて三面鏡は暁闇に大き位牌のごとく顕ちおり

＊

表裏なき人の辺かくもしづかにて冬陽射しゐるゴムの葉広し
北海道　田中比沙子《たなかひさこ》

河馬の耳の風生むやさしさに愛語を欲りて生きればいいさ

卵白を尖りくるまで泡立てて殺すに足りるひとりあらざり

＊

光陰のごと炙りだされる感情のふり幅揺れつああ生きるとは
茨城　谷垣恵美子《たにがきえみこ》

助動詞のやうな生の機微胸に秘め会議にのぞむマニキュア真紅

チェーホフのセリフ思はる秋の夜の畳に蟋蟀あらはれて消ゆ

切なきは転院拒みて空元気　夫は自宅看護を希ふ
大分　玉田《たまだ》　央子《てるこ》

賑やかし今や自宅はホスピス化ドクター・ナース・リハビリ士看る

トイレ行く夫の両手握りしめリズム取りつつ緩るゆる歩む

＊

幼き日はじめて知りし「卯年」なり母は言いたり大きく跳ねよと
神奈川　塚田《つかだ》キヌエ

来し道を苦労の途とは思わねど父母に貰いし七度の卯年

なつかしきいくつもの歌くちずさむフォスターのCD病みあがりの身にやさし

＊

酔えばすぐギターを弾きし夫は亡く思い出だけが胸かきむしる
栃木　塚田《つかだ》　美子《よしこ》

もう一度「おいしい」の声聞きたくて何を作ろか今日は命日

ほんとうに寂しき日には夫を詠みし頁を何度も開く

東から西から集う墓まいり従兄弟《いとこ》どうしの初対面叶う

滋賀　富安《とみやす》　秀子《ひでこ》

年四回嫁の務めの墓参り旅行気分はもう昔のこと

一人旅新幹線も案じるとう車窓の風景眺める楽しみ

*

「人生の戦友とももふ」とわれに言ひし君には兵たりし兄おはししに

東京　永石《ながいし》　季世《きせ》

その額《ぬか》にひた淡《うす》くれなゐのあと残しつひの口づけみとせ前なり

君の指紋つくペンにわれの指紋のせ文字しるす時つながるここち

*

やまいだれ付けども悪しきものでなく癖もありたり愛しきほどの

熊本　中川《なかがわ》　弘子《ひろこ》

小雨降る心に送るEメールさしかけられぬ傘の代わりに

Zoom 無き千年昔の文熱く遠い近いは心が決める

だれの目をのぞきこんでもただそこに半透明のおれがいるだけ

岩手　永汐《ながしお》　れい

幻聴に名前をつける（おばけにはおばけをころすことができない）

行くあてもなくて車で抱き合ったあなたのそばで壊れたかった

*

手放したものだらけのこの世界　うろこ雲の空大きく広がる

東京　棚野《なぎの》　かおる

さみしさは身軽さでもあり手放せばなんでも掴める両の手がある

分岐点あまた間違えここにいる　飛ばされながら粉雪は降る

*

ヘルメスの羽つき靴で駆けてゆく憧れのひと夏の校庭

東京　夏埜《なつの》　けやき

大好きな背中に熱線打ちつづける黒板のうえ船がかたむく

自惚れと勘違いとが冷えてゆき本物のコート欲しくなる夕

霜月の月は重たくぶら下がり眠れぬ夜をザラザラ
させる
北海道　並木《なみき》美知子《みちこ》
極月の日照不足が翳をひく踏み込むアクセルうん
ともすんとも
おにぎりは温めなくていいんです日和見的に生き
てゐるから

*

老い深む感と謂はむか〈味はふ〉は食《た》うぶるがこ
と読みて識ること
神奈川　温井《ぬくい》　松代《まつよ》
諦めは退化なるべし　国を離《か》る人らも歩みなづめ
るわれも
穏やかに冬の気は充ち頭《づ》の上に何ごともなきけふ
の空ある

*

建具師の祖父の出入りの大店に気になる乙女歳上
なれど
山梨　花田《はなだ》規矩男《きくを》
恋といふ文字に心踊らせて七十年過ぐ文字は文字
なり
君といふ言葉の輝やき薄くなるコロナ予防のマス
クの下に

友よりのシャインマスカット一房のみづみづと重
しそのうすみどり
神奈川　林《はやし》　彰子《あきこ》
思はずも吾子の誘ひに声あげて老耄われは戸締り
に立つ
三三五五人らの歩みをひきとめて大和ごころは花
に映ろふ

*

昨晩《きぞ》きみのスプーンが掬ひそこなつたシャーベッ
ト色の月浮かびをり
東京　原《はら》　ナオ
プレミアムワッフルコーンと満月と恋の話をして
ゐた君と
怪獣が集まつてゐる屋上のベンチでわれのヒーロ
ーを待つ

*

月照るを人に教へて知るひとつたしかにわたしひ
とりにあらず
富山　平岡《ひらおか》　和代《かずよ》
照らされて瑛《て》るはよろこび雪されて金ならず銀の
よろこび浮かぶ
約束の日を待つこころはパイのやう崩さぬやうに
そおつと暮らす

髪赤く染めたる訳は世の中に負けずに居《を》れと君が言ふから　栃木　藤本《ふじもと》都《みやこ》

夕来れば挽歌のごとく耳に聞くでいでいぽぽうあの藪の中

その壁を押してみよとふ声のしてくるりと出《いで》し今生である

＊

白秋の「君かへす」の歌に憧るる経験なきゆゑ我には作れぬ　埼玉　藤森《ふじもり》巳行《みゆき》

我が君をかへすことなく住み着かせ五十五年を共に暮しぬ

初恋の君は林檎の香をまとふリンゴ農家の夢見る乙女

＊

昨日聞ゆけふはきこえず空耳は楽しき音を聴き分けてゐる　広島　本宮《ほんぐう》小夜子《さよこ》

昂ぶりは抑へて互ひの掌をかさねあひて寝ねむか蒼き十六夜

衿より胸に入り背より逃げたるを風と想へりまさびしきもの

白湯飲めど喉の渇きは潤わず夫の「ごめん」を待ちつつ朝　佐賀　松尾《まつお》邦代《くによ》

夫の作る青菜スープに浮かびたるＬＯＶＥの白文字許してあげな

春の陽の極光のなか白藤の縁台に並び抹茶いただく

＊

あの世でも書いていますか、胸底に沁み入るような詩を見せくれて　大分　松本《まつもと》トシ子《こ》

コロナ禍を乗り越え生きん再会を約し優しき人と別れつ

「ススムさん生きていますか」大戦下町去りゆくを見送りしまま

＊

満天星の白き小花の咲き初める小径の端の日のさすところ　埼玉　松本《まつもと》紀子《のりこ》

温かき乳の匂いのみどりごのこの腕に来よ　あらたまの年

くじけそうな日々にありても喜びはふいに来るもの　今日の青空

こんなに冷えてずうっとここに立っているんだね道しるべ

京都　毛利《もうり》さち子《こ》

譲れないのは心の領域　時計草が蔓を伸ばして拡がってゆく

馬鈴薯が馬鈴薯なように私は私　ごろんごろんと生きてゆく

＊

繰り返しもたれかかる肩先はガラス細工の薄いくちばし

東京　森崎《もりさき》理加《りか》

あの時のあの眼差しがこの駅の改札口に刻印されおり

もう何ひとつ動かせはしないけど「嵐が丘」に揺れる冬日《とうじつ》

＊

無限の時間を引き受けるものなにもなくきみがあらゆる廃墟のやうだ

長野　森島《もりしま》章人《あきひと》

きみとわたしは一本の弦　おたがひの息ほろびあふ夜に張られた

墓に供へて行方不明の風信子《ヒヤシンス》呼べば強風のみが応《こた》へる

ターミナルの雑音すべて遠くなり突如われを呼ぶ声　何処から

大阪　山口《やまぐち》美加代《みかよ》

一瞬の過ぎれば阪急梅田の通り道何も変わらぬイヴの賑わい

立ち止まるいつも通った地下街にわれを呼ぶ声もう一度あれ

＊

首までを浸りて海をおもひたる妣《はは》の国へと続く方舟

富山　山中《やまなか》美智子《みちこ》

愛されて溺るるほどに切なかり母とはなんと強き花綵《はなづな》

揺れる小舟に落暉さす　いつの日か女同士の話をせむか

＊

寂寞の朝の茶室を浄めをり香焚きて清《すが》し春をし喚ばむ

香川　横山《よこやま》代枝乃《よしの》

千宗左より賜はりし箱書きの㐂寿の記念の六角香合

客なくとも六角香合飾るかな思へば過ぎゆき疾《はや》し十年

11

生老病死

「老いてなお花となる」良し織本順吉九十二歳の
魂の花
静岡 青野《あおの》 里子《さとこ》

三センチの胎児の動きはげしかり暴れん坊かと動
画に見入る

十二週の胎児はすでに目鼻もつ二頭身なる黒きま
がたま

＊

没法子《メーファーズ》老いの僻耳《ひがみみ》老いの嗄《か》れ事実は事実そのまま
で生く
鳥取 青山《あおやま》 侑市《ゆういち》

残るより先に逝くのも選択肢夏の夜更けに雷が鳴
る

凬に揺れ空にさ迷ふ蜘蛛の糸わが精神のごとく見
てゐる

＊

妻からの返事はないとわかりつつＬＩＮＥを打つ
日降るは秋雨
奈良 浅井《あさい》 義久《よしひさ》

落雷が哀しさ少し削りとる稲の花咲く命日の夕《ゆうべ》

シャンプーに君の匂いを見つけたよお風呂上がり
の髪なつかしい

麻酔され緊急処置とて脇腹に肺まで届く穴をあけ
らる
埼玉 伊佐山《いさやま》 啓助《けいすけ》

胸腔の脱気の機器はわが吸ひし空気をときにぼこ
ぼこと出す

新型のコロナ対策　病室のすぐそばに来し妻にも
会へず

＊

いまさらに敬いたけれど十三夜亡き妻遠し思いは
るばる
東京 石川《いしかわ》 皓勇《てるお》

姫恵比寿とも讃えたい写真見た矢川に近い森の福
祉園

三ッ峠　林を下り仰ぎしは力みちたる富士の裏影

＊

四年間いづこに潜みゐし癌か五年目の初夏肺に転
移す
神奈川 石渡《いしわたり》 美根子《みねこ》

長男がふらつと顔見する昼下がりこめかみに白髪
が数本ひかる

絶対に生きて退院してやるさ頭も体もぐにやぐに
やだけど

うつ病からレビー小体型認知症と妻の病歴十年余となる

北海道　泉《いずみ》　非風《ひふう》

あんなにも明るい妻が何故こんな奇病になるのか……我を苛む

褥瘡の治療の故に食べることと言葉を失いベッドに眠る

＊

ニュースには決して ならぬ死のひとつ母は五月の空に昇りぬ

東京　伊東《いとう》　民子《たみこ》

やうやくに自由になれた母さんはきつとまつ先ふるさと野田へ

母のゐた痕跡消していくやうに今日ホームより精算書届く

＊

一月の雨は冷たきほつほつと亡友《とも》の涙か曠野にしみる

岩手　伊藤《いとう》　英伸《ひでのぶ》

空知らぬ雨が雪へと変わる朝瞼《まぶた》の奥の友の亡骸

すがこ張る朝のしじまにやわらかな菊田顕《あきら》の歌を偲びぬ

春や春なにか生まれて何か死ぬさくらに風の八つ当たりして

広島　岩本《いわもと》　幸久《ゆきひさ》

縁側の蟻を潰してしまいし手蟻の死臭が指をはなれぬ

踊りの輪踊り上手の母の影ふと暗がりにさがしてみても

＊

ひたすらに歩く日課に徘徊をおそれられゐる老いとなりをり

福井　上田《うえだ》　善朗《よしあき》

友はもう寄る年波に婚活と豚カツ区別つかぬ耳なり

病院は三時間待ち病人では行けぬ所と友は言ふなり

＊

通夜を帰る車窓に遠く葛城《かつらぎ》の峰の茜の沈みゆく見ゆ

奈良　浦《うら》　萠春《ほうしゅん》

教師一筋家族葬にて送らるる君が一期のさびしかりけり

人一倍子どもとともに駈けめぐり心血注ぎし君が生きざま

うづ巻の蚊取線香形のまま燃え尽きぬかくわがその時も

長崎　江頭《えがしら》　洋子《ようこ》

子を孫をひ孫を抱きしこの胸を両手で抱きつつ寝ぬ米寿の夜

いつのまにか八十八とはうそでせうふくら雀がチチチと鳴けり

*

日に日にと呆けゆきたる夫の貌世俗の柵落しゆくがに

千葉　江澤《えざわ》　幸子《ゆきこ》

ふと見せる真顔の現実寂しげに吾は痴呆になり果てたるかと

機嫌よき一日真面目に会話する最後の一言貴方はだあれ

*

いつしかに後期高齢　今日もまた朝刊に載る高齢者交通事故《じこ》

富山　江尻《えじり》　映子《えいこ》

運転の免許返納つぶやけば通院の夫は待ったをかける

運転の免許返納　後悔の友は口角沫を飛ばせり

大腸を診る内視鏡に貫かれカエルの風船思ひ出しをり

宮崎　江藤九州男《えとうくすお》

食道のあたりに白く棲みつきしカンジタ映し胃カメラは過ぐ

羊水のなかで見たよな絵が浮かぶ人工水晶体入るるとき

*

再会の三月三日を待たずして白玉椿か棺にねむる

北海道　大関《おおぜき》　法子《のりこ》

友よ友　逢ひたきわれらを置き去るはB型あなたのジョークが過ぎる

風ふけば風の鳥啼けば鳥のこゑに友の姿のこもごも顕ち来

*

歳を経て宗教書など読み漁る難解なれど真理求めて

岩手　太田屋《おおたや》　滋《しげる》

順境を如何に持続し生き抜くか仏道に帰依せしが最良

残りたる十有余年有終美求め乍らの人生なるぞ

足弱き夫にまたも先立てる歩みとどめてすみれにかがむ
大分　大渡《おおと》キミコ

亡き友の眠るみ堂のあを瓦冬のひかりを虚空にかへす

湿布薬どこにも貼らぬこの夜を大の字に寝る夜具やはらかし

＊

諦念の心か米寿過ぎたれば無為も嘆かず希望も持たず
宮城　大友《おおとも》圓吉《えんきち》

足腰に障りはあれど気に掛ける程にも無くて米寿過ぎ行く

米寿とは知らず知らずに来るものぞ時には角にぶち当たりつつ

＊

雪ならぬ冷たい雨が降りつづく認知機能の検査日の朝
茨城　大平《おおひら》勇次《ゆうじ》

「俺はまだ大丈夫」だと思いつつ海馬をよぎる不安消してる

自主返納すすめる文書は全文にルビふってあり異様なまでに

ことごとく歌は贋作鄙にして何もなければ空に星屑
岩手　小笠原《おがさわら》和幸《かずゆき》

俎板の刃物に夕の陽は射して誰か自決を果せるごとし

わたくしの諫止を容《い》れず口は言ひ目は見たがりて足はおもむく

＊

杖持ちて一歩また一歩と歩めども息のあがりてしばし佇む
東京　岡田《おかだ》謙司《けんじ》

リハビリの気力衰へ体萎ゆ明日の生命を見透かしもせず

空しさが募る日凌ぎ春先の光の粒に希望託しし

＊

天降りくる浄土の光はきららかに七堂伽藍を遍《あまね》く照らす
愛知　岡本《おかもと》育与《いくよ》

行く雲は時の流れに消えゆくも記憶に遺るあの日あの時

君逝きし齢を今に生くる我　やさしく撫でる奥津城の風

発病のわかりし宵に見にゆきし故郷の川の暗闇の蛍　長野　小澤《おざわ》婦貴子《ふきこ》

その時のあなたはどんな思ひにか無明長夜の始まりし晩

「夜を知る蛍」と歌ひし源氏なり吾らふたりは真闇知らざりき

*

詠みをれば心の歳時記いくめぐり不可能あらずの人生散歩　埼玉　小田部《おたべ》瑠美子《るみこ》

たまきはる米寿の春の明かるさよ遺伝子にすがり山吹も咲く

年経るや暖めし夢は先細り見上ぐる空にうす衣の月

*

死後十年いまだ謎なり母上が最後に流した涙の真意　東京　小沼《おぬま》常子《つねこ》

一条の涙流して母逝きぬ別れの涙か悔し涙か

百五年の母の生涯悔いなきか老後の姿は私の憧れ

通院の文字の重なる黄の手帳もう一月《ひと》でおしまいになる　茨城　小原《おはら》文子《あやこ》

『新しき過去』とう歌集二ページを残して診察室に呼ばれぬ

夏そして秋から冬へ点滴に通いし医大の桜並木路

*

ワクチンの接種に並ぶ高齢者羊のごとく吾も並びぬ　神奈川　小原《おばら》裕光《ひろみつ》

笑い声燥ぐ声のみ大きくて疎外さるるごとし耳遠き吾《あ》は

コロナ禍に三年逢えぬは長かりき白寿の母に誰何をされる

*

突として手足の自由奪われて健脚の日の有り難きを知る　大分　小俣《おまた》悦子《えつこ》

今ひとたび己の足で歩みたく介護の男の子に確と縋りぬ

老二人二人の世話役三男坊数多の苦労笑顔に包みて

たうとつに母は逝きにし死はいつも隣にあらむと教へるやうに　　東京　貝塚《かいづか》　薫《かおる》

生きをれば八十路にあらむ神無月四日のけふ母誕生日

もう二度と母には会へぬ池袋一番ホームのいつものベンチ

*

海の日の朝の光は窓に射し君いま逝くと告げられてをり　　千葉　加藤満智子《かとうまちこ》

不意の死に看取るすべなく夫送るかかるかなしみ思はざりしも

母の死とちがふさびしさ君無くてふかぶかと知る夏のもなかに

*

七七日に向かふ磐越道は雨　天の怒りのごときどしやぶり　　茨城　金子智佐代《かねこちさよ》

納骨のほんのひととき雨止みて雫かがやくこの世のしづく

姑《はは》の部屋にははの見て来し安達太良山《あだたら》をはは亡きははの窓にわが見る

棺の中の婿への手紙Ｓｅｅ Ｙｏｕ Ａｇａｉｎ いつの日叶ふ叶ふ日のあれ　　三重　金子《かねこ》　靖子《のぶこ》

君は今いづこ辺りを翔びをらむわれの思ひを夫の呟く

亡き君のＣＤ聴かぬやうにしてゐるにラ・カンパネラ耳を離れず

*

ふるさとへ戻り来たれる君はいま小春日の光のなかを逝きたり　　青森　兼平《かねひら》　一子《かずこ》

四十年の時を隔てて老父母のもとへ戻れるきみにありしを

ふるさとの山も水も澄みわたる秋明の季節にきみを見送る

*

足もとを辷らせてゆく白杖よ、うつむくわれにも空はあるなり　　神奈川　苅谷《かりや》　君代《きみよ》

「それなりの人生がある」でもわれは、文字さへ失ふ日がすぐに来る

「あきらめず、めげず、気負はず、怯まず」と打消しの「ず」がわれを励ます

明るき灯見よとの指示に従へる束の間右眼の手術は終はる

大阪　川上美智子《かわかみみちこ》

己が瞳《め》の置き処《ど》にとまどふ間は長し硝子体手術左眼受けつ

最新の医療技術に身を委ね薬師如来に心は縋る

*

眼閉ずるも川の流れの音止まずひかりは音無く人を射抜けり

滋賀　河分《かわけ》　武士《たけし》

大切なひととの別れせつなきをわかるだろうか人工知能は

咲き盛り末枯るは浮き世の常なるを目を凝らし見る人の生死に

*

腫れる指に元気を夫に探り打つ術後三日目おやすみの四字

山口　河野美津子《かわのみつこ》

遠い日の布の手触りおてだまを母が握らすリハビリ室に

前向きに進み始めたリハビリもまだ手に余る梅の実熟れる

老いゆくも視力聴力物分かり少しく残るとパソコン替へる

東京　河村《かわむら》　郁子《いくこ》

対峙せるwindows11《イレブン》様よ願はくばわが老境の朋友なれかし

文字変換一行のみのワープロより作りし文書《もんじょ》数多なりしよ

*

敗者復活戦あったとしても闘えず柿の熟れ実は透き徹っている

宮城　菊地《きくち》かほる

滅ぶにも生きるにも何か足りなくてみょうに冷たいこの脹脛

ひね生姜陳ねても香り百年を生きるヒト科のひとりの憂い

*

お婆ちゃん居なくなるのと問ふ瞳　幼気なるは時に畏ろし

東京　北久保《きたくぼ》まりこ

五歳児に問はれてゑがく死の容　さう予告無く皆ゐなくなる

さうなのだ我らは生くる予告無くゐなくなるその瞬間までを

重力の時計が落とす点滴のひかりの粒子ときに遅くて

暗渠にも水の流れる音を聴くぼくのからだで何かがすすむ

流れたろう春のさくらも暗渠へと夜に眠れる血にもまた花

大阪　窪田《くぼた》　政男《まさお》

＊

三月の末の朝餉時口中の左よだれについで泡を噴き出す

異変と思った妻一一九番し東京医大に運ばれ脳血栓と

次の日より立つためと話すためのリハビリつづく

茨城　栗田《くりた》　幸一《こういち》

＊

良き人のなべて去りたる夜の更けのしめぢを噛めばぎうと鳴きたり

死者多き歳あらたまるうすやみに三日月宗近あはれきらめく

スマホすつと引けばすかさず「老眼?」と妻の声せり白露の夜は

富山　黒瀬《くろせ》　珂瀾《からん》

矢を放つその一瞬に死はあれよ心澄ましてひやうど放たむ

万径《ばんけい》の到れるところひとつにてひたすらひとは帰りゆくなり

生まれきて生きて死ぬとふ鉄則のしらしらとしてあかときを覚む

岐阜　桑田《くわだ》　靖之《やすゆき》

＊

たづさへし紹介状は医師の手にわたしの知らぬこと記されて

順を追ひ七つの装置外されて手術後の身の自由となれり

病衣ぬぎエレベーターに降りてゆく足踏みしめて私に戻る

新潟　桑原《くわばら》　昌子《まさこ》

＊

にこやかな夫の写真を前におきひとりで食べるご飯寂しい

がんになり治療入院したはずがすぐに逝きたる夫の悔しさ

介護なく逝きたる夫は本当に奥さん孝行感謝しかない

東京　小浪悠紀子《こなみゆきこ》

人は生きそしていつかは死んでゆく戦争に行き死ぬる人あり

群馬　小林《こばやし》　功《いさお》

戦野にて死ぬるはいかが自らは生きたしと思ひ死ぬる人はも

永らへば死ぬるもこはし生きるのも苦しと言へず生きてゐる我

＊

幼日に姉とのいたづらわが言ふに胃がんの腹を撫でつつ笑ふ

神奈川　小林《こばやし》　邦子《くにこ》

日に幾度同じ電話に苛立ちて姉を諭し今更の悔い

空襲を語り合ひたる姉も逝きわが胸のみの炎立つ街

＊

霊前に酔い深まりしこの吾を窘《たしな》め見つむる遺影の友は

秋田　小林《こばやし》　鐐悦《りょうえつ》

老い吾を苛むがごと降る雪の背にも積もる雪掻く早暁

「たくさんに生《え》ぎだばって、まだ飯旨《めぁ》くって……」九十五の爺さま腹から笑う

白内障の眼帯外し輝きのはっきり見えて蘇る吾

山梨　駒沢《こまざわ》　恵美子《えみこ》

蘇る白内障の手術後は綺麗な空と山の稜線

「世の中がこんなに綺麗だったとは」声出して言う感謝の心

＊

名を呼ばれ眠りの底から這い出せば医師ら手術の終わり告げいる

千葉　小峯《こみね》　葉子《ようこ》

レントゲン写真は脚の失いしものと得しもの映し出しおり

前にいるわたしでありし人歩くを今のわたしが遠まきに抜く

＊

妻恋へば「アモーレミオ」の曲流れホームの夕餉を黙して食す

香川　近藤《こんどう》　和正《かずまさ》

わが妻の一周忌までには帰らねば帰りたいなとひたすら願ふ

わが妻が最期に食べしマスカット一周忌のため娘に指示する

生れしとふ曽孫男の子の写メールに手も足もあり動かしてゐる
かつての日メロンに重さ計りたる曽孫生れしよ球のやうなり
動きゐる曽孫の姿　連鎖して目に見えてゐる一つの命
長野　近藤《こんどう》　芳仙《ほうせん》

＊

八十路坂登り終りて振り向けば孤独の重み手足に残る
疲れたと記《しる》しある日の多き一年よ令和四年もあと一日となる
コロナ風吹き荒れし数年を生きぬきて互いに髪の薄くなりしを語る
神奈川　齋藤《さいとう》たか江《え》

＊

君逝きて戒名の〈亮・俊〉奇しくにも男孫《まご》のふたり名たたえ迎えん
三十七回忌《ほうじ》終え位牌と遺影をもどす僧夫の趣味忘れず語りくれたり
釣が好きヘミングウェーが特に好きその君逝きて談義が聴けぬ
茨城　櫻井《さくらい》　雅江《まさえ》

八十路なる膝も腰をもいたわれば雛様飾るは今年限りに
もどりこよデデポッポーよ戻り来よ辛夷に残るお前の古巣に
巣痕ある辛夷眺むやキジバトは電線上にじっと留まる
宮城　佐藤《さとう》　紘子《ひろこ》

＊

キリストの誕生を待つアドベント悔い多く生き死は初めてで
少しずつ伴侶を亡くす人のふえ順番待ちのような青空
夕雲やじんじん頭上にふくらんで老人界は布団乾燥機
東京　佐野《さの》　豊子《とよこ》

＊

コロナ禍ゆゑ看取らるるなく骨となりし弟、姉兄いたく歎けど
弟の骨を撒けば澄む海にますぐに入りゆくその真白さよ
ダイヤモンドヘッド鋭き岩の穂を見てをり弟の骨撒きし後
東京　沢口《さわぐち》　芙美《ふみ》

長く生き短い未来をどう生きるあかつきに思う
終《つい》の日へ一日一日《いちにちひとひ》近づくを目標決めてつつましく生く
香川　寒川《さんがわ》　靖子《やすこ》

「戦争」と「平和」
長き夜思うも書くも過去のこと未来に見ゆるは柩が一つ

＊

保育園・老人ホームと並び建ち〝静〟と〝動〟あるわが家の周り
特養の義姉をたびたび訪ね行く仕草、まなざし亡き夫に似て
特養の巡りにひそと千日紅健やかなれとエールをくれる
沖縄　志堅原喜代子《しけんばるきよこ》

＊

冬晴れの朝もあったね週三日広き病院父と通いぬ
呼びかけて台所から座敷へと父おらぬ家に風を起こして
とどまらぬもののいくつか数えゆき若き写真の父を加える
岐阜　篠田《しのだ》　理恵《りえ》

救急車呼んで下さい繰りかへすわが声虚し人なき通りに
差し出され思はず握りし妹の手の暖かさこの暖かさ
帰りゆく家に家族のゐぬことを知らしめ病室の夜まだ八時
千葉　柴屋《しばや》　絹子《きぬこ》

＊

亡き夫の畑終へむと片付けにこの幾夕を吾は通ひし
夕光の川辺にトンボ群れとびて吾をめぐれり今日は夫の忌
彼岸より流るる風か夕暮れの夏の川辺を帰る身に吹く
千葉　末次《すえつぐ》　房江《ふさえ》

＊

今度はね旅行しましょうと約束の君は逝きたり紫陽花に埋もれて
その妻を亡くせし兄が我の前で涙を零す幼のように
亡き母の残しゆきたる林檎樹の花盛りなり青空の下
青森　杉本《すぎもと》　陽子《ようこ》

人生はとっても不思議嬉しさも転げ落ちたる辛さ
も色々
千葉　関根《せきね》　綾子《あやこ》

リハビリで冷たい私の手の平をさするぬくい手心
ほっこり

花少ない夏のもなかのサルスベリ亡母の形見の紅
の生きざま

*

この頃の略語氾濫世も末かもう追ひつけぬ昭和一
桁
沖縄　楚南《そなん》　弘子《ひろこ》

老いらくのわれを知るなき早世の夫に朝々香たき
祈る

女とは悲しきものぞ娘・嫁・母・姑と生きつぎて
来し

*

窓に向き静かなるかな夕の膳置きて手摺の君の指
解く
茨城　園部《そのべ》みつ江《え》

今の今絶えたる呼吸《いき》か額も頰も胸うちのなほわれ
に温とし

骨格の美《は》しき胸辺に焼け残りうす緑なす別れの手
紙

椎体折整形外科の名医師の脊椎手術受くる夏の日
広島　高橋《たかはし》　茂子《しげこ》

夕暮れを窓べ近くに声絞り蝉は頻鳴く手術後の身
に

さ庭べに見れば紫式部の実片隅に揺れわが身に優
し

*

あぢさゐの花まり重し母にしてあげられなかつた
ことのあれこれ
埼玉　田中《たなか》　愛子《あいこ》

かなしみは湯呑みにひそみさびしさは肩掛けにひ
そみ　つゆざむの夜

皆さまへとあれど誰にも見せません母の文字なる
「ありがとうさようなら」

*

花はどこへ行つたと歌ひいちご白書観てダンカイ
と呼ばれて吾ら
千葉　田中《たなか》　薫《かおる》

令和四年の新入り後期高齢者　反戦に懸けゐしも
ノンポリも

真冬のあを鮮らかなりき死の床の君を逃れて見に
ゆきし海

「夕顔」の急死ののちの「光源氏」咳病《しわぶきやみ》に一月ほども

長崎　谷川《たにがわ》　博美《ひろみ》

スペイン風邪一家罹患の与謝野晶子政府の無策に檄を飛ばせり

医師茂吉「疫病《えやみ》」への対処「三密と絶対安静」文字に綴りき

＊

毎朝の散歩コースに雪投げのトラック増えて春近づきぬ

北海道　俵《たわら》　祐二《ゆうじ》

残すもの捨て去るものを仕分けする終活の本を時々読みて

朝々に血圧測る生活も当り前となる九十年生きて

＊

妻在らぬ妻の誕生祝いにて話題しばしば妻を逸れゆく

神奈川　千々和《ちぢわ》　久幸《ひさゆき》

四度目のワクチン接種終えたると病棟の妻に書き投函す

死はしょせん一度きりなり乾涸びし蚯蚓が路上にあまた転がる

白旗《しらはた》のゴールは未《いま》だ遠からん傘寿を祝い柏餅《かしわ》を食《は》みぬ

埼玉　千葉《ちば》　勝征《かつゆき》

また巡り来し終戦の日に想う父母が託せしわが名勝征《かつゆき》

国葬の日時に伏して虫歯削ぎ八十路の歯牙としかと歩まん

＊

病窓《まど》に見る朝のラッシュの渋滞よ嘗てはわれもクルマ通勤

宮城　千葉《ちば》　實《まこと》

検査漬け待つこと七日来ぬ食事配膳の音遠退く日暮れ

九十歳亡父《ちち》の倍数生かされて知れぬ命に方途を探る

＊

ランドルト環　上・右・左　・・・・・ぶれて滲んだ灰色睨む

埼玉　辻《つじ》　桂子《けいこ》

脳みそが錆ついたのか「あれ」という便利な言葉駆使して話す

VRで頭上に浮かぶ「あれ」を見せたい名前がなかなか出て来ぬ「あれ」を

「年とるはかういふことか」賀状には言葉のあり
て三月に逝く
宮城　寺島《てらしま》　弘子《ひろこ》

舅《ちち》生まれ末子が逝きて血統は百三十五年ひとつの
区切り

弔電は選別さるる真心のことばがあふれ披露され
たり

*

眼科医の待合室に並むフイギユア鳥類畜類みな二
つの目
富山　中川《なかがわ》　親子《ちかこ》

坐る犬本物か或は作り物触れたし近くに触るなの
張り紙

たまはりし光蘇るわがまなこ目新しかる一分のこ
ころざし

*

妻の病む鬱を抱えて老い深き男の絞めし首細から
む
静岡　永久保《ながくぼ》　英敏《ひでとし》

許されざる死というものを夢見つつラム換水のマ
グロの眠り

大楠にひびく蝉声　大楠を包む雨音　生老病死

常在りしひとが消えゆく箒ぐさ心のすまに影のみ
が揺る
兵庫　中畔《なかぐろ》　きよ子《こ》

老いることは生きることだと人生のページを捲る
朝の追ひ風

八十路過ぐるもピアノに通ふとの湧き水のやうな
歌に出会ひぬ

*

ゲルニカに描かれし花はアネモネと後期高齢目前
に知る
石川　中西《なかにし》　名菜子《ななこ》

自死したる兄の苦しみわからぬまま吾は後期高齢
となる

四季香る加賀野の職場に技師として後期高齢こえ
て働く

*

雛の夜を娘さんより先生が「亡くなりて明日は家
にかへる」と
千葉　西山《にしやま》　満里子《まりこ》

白寿にて三月三日を逝きませり「先生的をはづし
ませんね」

出棺のクラクション鳴り先生の「まりこ再たな」
に両手をふりぬ

目にゆびを入れてあたまをうらがえし雨を入れた
いという考え　千葉　沼谷《ぬまたに》　香澄《かすみ》
傷口に泡がたつときわたしから漏れ出していくの
は何だろう
休もう？　と言われて、そうね、休もう、と答え
るまでの二百万年

＊

白は白、黒は黒なる純真を湛えて四月あかごの瞳
福井　野原《のはら》つむぎ
胸合わせ赤子抱くときもしかして抱かれているの
は我かもしれず
ひょいひょいと息子はみどりご抱き慣れて哺乳瓶
など洗っています

＊

病む妻の好みしＣＤ共に聞く介護のさ中のトワ・
エ・モア「空よ」　神奈川　萩原《はぎわら》　卓《たかし》
手仕事の手が動かざる妻が言ふ「為《し》て呉《く》れしこと
みな書きたかったー」
旨《うま》さうに蜜柑の袋三つ食べ四つ目は明日《あした》と言ひて
妻逝く

「コロナに注意」書きくれし兄の文あゝ無念なり
自身が逝きつ　神奈川　林《はやし》　静峰《せいほう》
さ緑の思ひ残して兄逝けり盛れる花は数々あれど
四十九日兄の法要日路途《みちみち》にオシロイ花群白々とし
て

＊

草むらは風に吹かれてふさふさと台風近く空曇り
たり　千葉　林《はやし》　寿子《ひさこ》
夏の日に永眠となり愛し父そっと閉じたる瞼やさ
しき
関東に台風上陸わが父の涙のごとく夜更けの雨は

＊

薄紅の小さな粒に守られて消費社会の資本を回す
東京　早瀬《はやせ》　麻梨《まり》
整然と名刺サイズに並びおり七×四の小さな魔法
卵巣を騙し寝かせておくことで消費し扶養し納税
をする

晴天を映してもなお色鈍し母の逝きたる故郷の海は

東京　樋口《ひぐち》　裕子《ひろこ》

朝採りのオクラの棘の母指を刺す下向く吾を励ますごとく

ぽっかりと窓外されし廃屋の昏い口より聞こゆ「待って」

＊

肉体も魂《たましい》も存在許さないサハラの砂漠ただ砂嵐

埼玉　飛髙《ひだか》　敬《たかし》

巻き上がる砂また落ちて砂にかえる人は生まれて死してゆくなり

一瞬のまばたきほどの幻か人間の生、死に変わりゆく

＊

ホスピスの面会制限さびしきとコロナ七波を耐える妹

茨城　平澤《ひらさわ》　良子《よしこ》

六人の姉弟揃う最後なり柩の妹囲みし通夜が

妹の葬儀より帰る三時間生者のわれは夕飯を食む

孫の宿題絶滅危惧種を調べたり　メダカあらららら人類もまた

東京　福沢《ふくざわ》　節子《せつこ》

自覚なく歩みて来しか崖つぷちを　あまたの核の下の人類

広島の清き流れに思ひ出づ　人が累々流れし川を

＊

描かれし知らない街の坂道に童心に還るなつかしさあり

東京　藤木倭文枝《ふじきしずえ》

あと少し赤きコキアの広場まで歩けるのかとわが足に問う

澄みわたる入間《いるま》の空にあきあかね乱れ飛ぶ日なり母の三回忌

＊

逝きてより気づくあわれよ兄からの不在着信重ねて二回

滋賀　藤沢《ふじさわ》　和子《かずこ》

旅、会議側におりしはうたかたの夢と思えど記憶は疼く

着信に応えようとて触れる度「おかけになった電話は……かかりません」

激しかる雷雨のしまなみ海道を夜急ぎゆく義母に会はむと

ふくよかなる義母の面輪は眠りゐるさまにて逝きし少女のごとし

牛乳は道北サロベツ産を買ふ義母と旅せし近くの名にて

千葉　藤原《ふじはら》　澄子《すみこ》

＊

桃のはなくれなゐいろににほひたる面輪の叔母はこの世にあらず

ひかりつつ桃の花弁にふりつもる四月の雪をひとりみてゐる

生くる世のさぶしさ抱《むだ》く桃のはな阿武隈川のながれにうつる

福島　本田《ほんだ》　一弘《かずひろ》

＊

十月《とつき》余の飲食できぬ身の澄むか夫の寝息のやはき花の香

故郷《ふるさと》のどんこの煮付食べたしと淡く笑まひぬ点滴の夫

痩せ痩せて経管栄養《くだ》にいのちを繋ぐ夫「梵我一如」の涙ひとすぢ

埼玉　本多《ほんだ》　俊子《としこ》

みつばちの十万びきの蜜と熱『飼育』にありき健三郎逝く

混迷のいま聴きたきに老衰に凪ぎわたり逝きしよ巨きたましい

さくら咲いて春くらきかな呼ばいあい生まれ直すと人ら逝くなり

千葉　前田《まえだ》えみ子《こ》

＊

十五歳《じゅうご》にて腕を亡くしてもろもろの苦を越え妻とのこの生活《くらし》あり

文集を受註の吾らも障あれば読み合わすとき切なさ募る

歌を詠み妻の勧めに綴りたる『いばらの道』は吾の生きがい

茨城　益子《ましこ》　威男《たけお》

＊

母の骨埋めんとかたき土を掘る大和盆地を見晴らす丘に

たましいの船着場となるこの丘に風に漂う母も帰り来

風を背に光る盆地にま向かえば恩讐はるか散り散りとなる

奈良　松井《まつい》　純代《すみよ》

月と花人の情に踏み出しし死出の旅路の歩み止まる

静岡　松井《まつい》　平三《へいぞう》

盃《はい》交す卒寿の友らの笑顔よし懺悔話に夜の更くる宿

彼の人に逢へるを信じ願ひつつ夢まぼろしに別れを告げむ

＊

道場に響き渡りし君の声鋭い視線が面よりのぞき

北海道　松平《まつだいら》多《た》美《み》子《こ》

壮年の日々は瞬く間に過ぎて君送る日の再会悲しも

俊敏に床を蹴りたる右足も骨となりしかこの春の日に

＊

相談をしたき事あり連絡をすれど不在の友を訝る

青森　三浦《みうら》　敬《たかし》

病む友の症状聞けば春からの悔しさ苦悩孤独を思ふ

最愛の人にも会へずコロナ禍に孤独のままに友逝くあはれ

これほどに大き手術と思わざりき管に繋がれしままの四日間

千葉　水上《みなかみ》　徐子《やすこ》

右膝に二十五センチの手術跡人工関節埋め込まれたり

夕映えの冠雪の富士に声を上ぐ入院十日目七階の窓に

＊

わが息の半分機器に助けられ鼓動は確かわたし生きてる

兵庫　三宅《みやけ》　隆子《たかこ》

数値では壮年時代に戻りたり残生すこしやり直せるか

人並に生きるしあはせ葦の根の営みに似てわれの息の根

＊

母が逝った　九十年の大気を吸い終えて仏になる

愛媛　三好《みよし》　春冥《しゅんめい》

母の臨終は娘の還暦祝いの夜　ほのかな九十年の余韻

ハッピーバースデーを聞きながら眠る母　寿算九十一の笑みを湛え

重ねゆく齢に押されひと冬を介護されつつ雪解けを待つ
生きるんだ、甘えているな　叱咤され我に返れば声の主居ぬ
枕辺にガサッガサガサ雪解けの音や生命《いのち》の尊厳を聴く
岐阜　守田《もりた》　法雲《ほううん》

＊

ゆめうらのごとくに昔語りせん二十世紀を知らぬ少女へ
揺れやまぬシガーの煙長過ぎるコーダのごとく死を待つわれは
スプーンの上に拡げる喘息の咳に抗うシロップ揺るる
東京　森本《もりもと》　平《たいら》

＊

好物の抹茶のアイスを口にして父見る最期の顔は穏やか
新聞やテレビの知識のみのわれ老衰見取りの現実を知る
コロナ禍の葬儀は子供と孫曽孫少数なれど血縁深し
千葉　八鍬《やくわ》　淳子《あつこ》

病室で気付かれぬまま逝きたりとコロナ禍に夫と会える事なく
「お疲れ様」言葉かけても返し来ぬ冷たき顔を両手に包む
夫逝くは覚悟していたはずなれど吾の頭は空廻りする
宮城　安井《やすい》　良子《りょうこ》

＊

病院の窓の彼方に富山湾いさぎよきまで真っ直ぐな青
看護師に申し訳なし吾は痛し針刺しやすき血管持たねば
五日経ていただく白き三分粥甘酒のごと喉《のみど》を下《くだ》る
富山　山口《やまぐち》　桂子《けいこ》

＊

愛着は即ち死蔵か断ち切らん古きレコード買う店あるに
売り渡す古きレコードブルースにタンゴシャンソンさらば青春
「終活」と古きレコード売り渡し二千幾円握りて帰る
東京　山下《やました》　勉《つとむ》

病床で読んでいましたあなたの本　瞬きとめて喪
中の文字読む　愛知　山田《やまだ》　直堯《なおたか》
あの世への旅立ち想いてネット観る骨壺択びも楽
しからずや
骨壺はひとつでいいと言い張って一緒にいたいと
老妻譲らず

*

人生はむなしきものと若き日のわれは夭折夢みて
いたり　東京　豊《ゆたか》　宣光《のぶみつ》
敗北の人生だったとなげくな友よ君は勇敢に生き
た
冤罪を背負いたるまま獄中に死したる人の無念や
いかに

*

朝食に残り野菜を刻み入れスープを飲むといのち
目覚める　東京　横手《よこて》　直美《なおみ》
シャキシャキとサラダを食めば人工の歯いつか我
が身の一部になりぬ
動物の歯を失えば死に至る驕れるヒトは人工歯に
生きる

冷たさを集めたやうなる空の色癌の告知を受けて
出づれば　埼玉　吉弘《よしひろ》　藤枝《ふじえ》
ＭＲＩに映し出されし我が子宮鶏卵大の腫瘍があ
りぬ
病院のベッドに眠れず口遊むアメイジンググレイ
ス祈りをこめて

*

ケータイの友の番号抹消す電波届かぬ十万億土
山梨　渡辺《わたなべ》　君子《きみこ》
墓碑の名は紛れもあらぬ生前の友の名にして冬日
が淡し
亡き友の思い出語らん友も亡く水仙の芽がつんつ
ん伸びる

*

春なのに闘病生活に入りたる君の髪はやくとこ屋
さんにと　秋田　渡部《わたなべ》　崇子《たかこ》
沢山のことに応へなく沢山のことに黙して七月に
入る
笑顔の写真を遺影に選びたる子らは「笑ってゐる
ね」と幾たびも言ふ

人間の体もたぶん一つずつ死にてゆくはずわれの
両目も
神奈川　渡部《わたべ》　洋児《ようじ》

ドラマにでも出てきそうな教授《いし》にわが両目失明の
有無問うていたりき

「失明が早いか君が死ぬことが早いかそれにより
ますね」「……」

12
家族

花見つめ「私は老いてゆくばかり」卒寿の母がぽつりと漏らす

千葉　相原《あいはら》　茂《しげる》

うとうとと炬燵の椅子に眠りたるお袋の顔ちと苦薩めく

ゆっくりとゆっくり回れ持ち時間少なき母の人生時計

＊

「つまらない　年寄りばかり」とつぶやいて白寿の義父はデイより帰る

茨城　阿久津《あくつ》利江《としえ》

かえるさんぴよーんとんでいったった　いつのまに文を話せる孫よ

朝六時夫と並びて草を刈る刈払機の晴れやかな音

＊

箸立ての式終え双子の子ら残し嫁は発ちたり祖父の通夜へと

徳島　麻木《あさぎ》　直《ちょく》

一歳の孫は歩けるようになり卆寿の母は歩けぬように

定年で退職しても年金を貰えぬ妻は再《さい》の職場へ

コロナ禍で逢えぬ老母《はは》との文通が私のボケを防止してくれる

福島　阿邉《あべ》みどり

孫たちが敬老の日に集まって肩揉んでくれる賑やかな夕餉

誰からも連絡来ないスマホ見て当てにされない自分にひがむ

＊

食細き老母のすすりしサムゲタン匙にすくえば魔法のスープ

沖縄　新垣《あらかき》　幸恵《さちえ》

砲弾の中をくぐりて生きて来し老母は言うなり「もう百だもの」

来し方を思えば百年ゆったりと雲の流れていくを見ており

＊

花電車見せむと二歳の手をひきて南部坂下りき十字街まで

北海道　石田《いしだ》志保美《しほみ》

東京より帰省したる子は雪国の湿りの良さを一番に言ふ

寒天を仰ぐ楽しさ語りつつ帰省の子と見つ青きシリウス

悩みつつ進路を選びマンガ家のアシスタントに吾子はなりたり

深まれる父娘の絆反抗期を遅まきながら吾子は卒業

孝行の思ひ新たと言ふ吾子の心の変化はいづこより来し

愛知　石田《いしだ》　吉保《よしやす》

*

今日何か良きことありしか鼻唄をうたいつつ妻は炊事に向かう

呑気者息子は今夜も早寝して試験勉強いつするのやら

土曜日にいつも電話で東京の娘は「父さん元気?」と聞くも

鳥取　石飛《いしとび》　誠一《せいいち》

*

をりをりに訪《と》ひくるをさなの笑ひごゑ諍ふこゑもまるごと光

小づかひに買ひしとをさながヒヤシンスの球根ひとつ手渡しくるる

やまひ得し夫とわれとの新天地をり合ひをつけ少し楽しく

東京　磯田《いそだ》ひさ子《こ》

娘らと行く信濃の旅に運転の出番なき夫が後部にすわる

藁屋根の下にてすする信州そばかぼちゃの天ぷらおかはりしたり

なにがなし熱きものあり宿の湯に喜寿の背中を娘に流されて

千葉　市川《いちかわ》　一子《かずこ》

*

金婚を迎えし今日は晴れずとも祝いくるる子や孫のおり

夫とわれ子らの生計《たずき》を思いつつ金一封を押しいただきぬ

子や孫にわが生き様の一端を金婚を機に歌集を成せり

福島　伊藤《いとう》　早苗《さなえ》

*

いつよりか母への感謝の日となりてメールを送るわが誕生日

ワクチンを三回打ちて姪の行くくもり空深きダブリンの街

わさび漬食べるか送るか母さんはメールに書きて電話に訊きくる

静岡　伊藤《いとう》　純《じゅん》

姉は芍薬　父は鉄線　夫《つま》はカンナ　再び逢へぬ人
達は花　愛知　井野《いの》　佐登《さと》

されば母はなんといふ花こんもりと槙の垣根のし
たの卯の花

ゆでたまご茶房の卓に割るときのトイ、トイ、ト
イの幸福の音

*

出だし来て娘の抱きゐるぬひぐるみ兎《う》は日の目見
る年の始めに　京都　井ノ本《いのもと》アサ子《こ》

週末の夕べホームに送りゆく娘の目と合へば心さ
むしも

珍しく今日は自ら「さあ行かう」われ促されホー
ムへ送る

*

もしかして神童かとも一人子を育てて居ればまわ
りも神童　東京　藺牟田《いむた》淑子《としこ》

継がれ来し遠き日よりの血の流れ息子《こ》に語りつゝ
墓地を歩めり

墓参終え息子と寛ぐ「前川」で船の往き交う隅田《すみ》
川《だ》を眺む

桜ばなへ幼のやうに声あぐる妻の手にぎりつつ頷
きぬ　群馬　伊予久《いよく》敏男《としお》

少しづつ記憶をなくす妻とゐて茜に染まる空を眺
むる

失敗は誰にもあると慰めて妻の粗相の後始末せむ

*

飾り塩きりりと鯛の尾ひれ立ち万事よろしき百日
の稚《やや》　徳島　印藤《いんとう》さあや

ぬぬぬんと土を離さぬ紅はるか土を掻きわけ二歳
児の勝ち

清掃車ゴミを飲みこむ迫力に拍手はくしゅの二歳
児嘻嘻と

*

我が祖父の宇井陸一の初仕事鉱山町の事務兼工員
奈良　宇井《うい》　一《はじめ》

紀和鉱山閉山してから大阪の本社に勤め社宅で暮
らす

大相撲見るのが好きでお茶の間で孫に解説我が家
の親方

風が蚊をさらいてゆける墓所上る父がはじめて曽孫に出会う
広島　上條《うえじょう》　節子《せつこ》

面会の10分なれば10分の母しか知らず母は笑み作る

いつのまに入りがたくなりし実家ならんおとうとが鍵あけてくれる

*

その気持ち喋れぬ二歳児泣くばかり泣きいるままに保育士に預く
栃木　上杉《うえすぎ》　里子《さとこ》

たんぽぽは摘んでよいのにチューリップ摘んで叱られ子の目に涙

登園へお着替えおきがえ子を急かす辿りたる道今し娘も

*

出張の帰途を寄りしと長《おさ》の息《こ》は京のくず湯を置きて帰りぬ
神奈川　薄井《うすい》　由子《よしこ》

足に踏む健康器具を持ち来たり息は時々は乗りて遊べと

息の想いこもる健康器具なれど幾日使うも遂に馴染めず

三月後に初めて曽孫生まれくる真綿のように抱けるだろうか
東京　浦壁《うらかべ》あけみ

「ばあちゃん命の繋ぎありがとう」孫よりメール来初産終えて

人間は一生勉強と言いし亡母最期の文字はノートに震う

*

吾子来る「母の日だから」と渡されしずしりと重い千疋屋の箱
東京　及川《おいかわ》　廣子《ひろこ》

お年賀と砺波に住みし吾娘《あこ》からの赤白黄色チューリップの花

反抗期見せて語らう吾娘《あこ》と孫「ばあばあのね」の言葉はうれしい

*

原発を辮髪《べんぱつ》と聞き間違えて少し強めに妻に叱られる
埼玉　生沼《おいぬま》　義朗《よしあき》

妻の生家の建て替えられるというを聞き妻と自分の余命を思う

シャワー浴び身体を拭いて服を着るまでは誰とも話したくない

若き日は勝気な母を嫌悪して距離をおきたく葛藤せし日々
大阪　大野《おおの》　雅子《まさこ》

今ならば母の心中を推し測る事が出来るのに　春の忌の日に

予定なき日曜に夫と喧嘩してふらり川原へ　空は青天

*

丘伝ひに橋田壽賀子氏が訪ひくるるとふ妹の庭とほく想ふも
東京　大野《おおの》ミツエ

小綬鶏の声頻き鳴ける今朝の空東に南に四月明るし

「病む」「老いる」いつか誰しも通る道識らざりしこと識りすぎしこと

*

会へばすぐ抱きつく甥とはしやぎゐる子の無き娘を離れ見てをり
群馬　岡田《おかだ》　正子《まさこ》

疫病の後にわが母産みしとふ　知らず過ごしき喜寿なる命

薪《まき》風呂に遊びし姉の手ぬぐひ坊主またと会ふなき親族《うから》の恋ほし

幼き曽孫、三人《みたり》が住めるかの町の　峡《かひ》の瀬音のなつかしきかな
東京　岡野《おかの》　弘彦《ひろひこ》

乳飲み子の寝顔見をればしみじみと老いの心もわかくはなやぐ

水きよき奥美濃に育つ木のごとくすくすくとしてたくましくあれ

*

五十年眠れる亡父のペン先はブルーブラック固まりており
茨城　岡部《おかべ》　千草《ちぐさ》

父遺愛の万年筆を湯に洗うほどけゆく藍ほどけぬ想い

亡き父がノートに我の祝い事記すとすればきっとこのペン

*

外つ国の孫はこの年十八歳けふより大人と元気いっぱい
栃木　岡村《おかむら》　稔子《としこ》

将来は映画監督目標に夢も希望も膨らむばかり

祖父祖母《ぢぢばば》は心《しん》から祈る平和をば争ひのない地球平和を

声高の諍ひも有耶無耶にしてしまふ老いたる夫婦《めを》の春の眠りは

宮城　岡本《おかもと》　勝《まさる》

眠りゐるわれにハタキをかくる妻いたづらつ子の笑顔を見せて

わが妻に幾度「ありがたう」を言ふだらう朝の目覚めから妻眠るまで

*

花籠の届きし去年《こぞ》の父の日よ君晴れやかに子らと語りき

福岡　岡本《おかもと》　瑤子《ようこ》

玄関にひとつスニーカー古びゆく夫の脱ぎたる形のままに

弱音などつひぞ言はずに逝きし夫ジェンダー論の埒外にゐて

*

マグリットの雲の広がる静岡の原を過ぎゆく〈のぞみ〉は西へ

東京　小澤《おざわ》　京子《きょうこ》

「この甕でメダカ飼ってたね」妹もあの夏の日を忘れずにいる

新しき家の増えたる故郷の坂道下る姉妹四人で

祖父母われらに聴かせんとして孫ふたりチェロを抱えて名古屋より来つ

福島　小野《おの》　洋子《ひろこ》

孫ふたりチェリストにして演奏会に出向けぬ吾らに曲を選びて

最高の贈り物よ今宵聴くホームコンサートになみだ滲み来

*

花嫁の姿見せたし九十の祖母にと娘は前撮りに笑む

山梨　樫山《かしやま》　香澄《かすみ》

母と吾《あ》と娘の手並べ桜木の下に写せり結婚指輪

観覧車ネオン煌めく屋上に花嫁姿白く浮き立つ

*

誉め言葉出ずにしばしを黙したり夫の「出し巻き」今朝は上々

佐賀　梶山《かじやま》　久美《くみ》

雲行きが怪しくなれば今朝も出る夫の得意のだんまりの術

娘《こ》と並び黙して海を眺めおり言わねばならぬことは言えずに

秋田　柏谷《かしわや》　市子《いちこ》

乾杯とグラスを四つ合わせたりビールの泡をぱふんと揺らし

乾杯をビールで出来る年齢になりたる子らとくり返す乾杯

幾度も雪の深さを尋ねくる夫よ子規にあらず自らで見よ

＊

福岡　梶原《かじわら》　展子《のぶこ》

父母も吾も使ひし黒電話「未来技術遺産」となれり

子がくれし巣ごもりのための録画なり「戦争と平和」改めて見る

夫と子と五人で囲みし食卓は一人となりて寡黙の夕餉

＊

長野　春日《かすが》　ゐよ

口笛に風を呼びくれし杳き日の母にてありき山の畑に

母の吹く口笛に応ふや眼を閉ぢて待つ子われらに微風は来たり

なにがなしかなしき日なり独り畑に口笛吹きて母の風呼ぶ

秋田　加藤《かとう》　隆枝《たかえ》

看板の文字ひとつずつを声にだす卒寿の母の散歩は遅々と

「あ、そうか」とうなずく母が愉《たの》しくて同じ話を何度でもする

路地ひとつ奥までゆきてよろこべり杖つく母の今日の散歩は

＊

栃木　上島《かみしま》　妙子《たえこ》

手ほどきの置石九個その数が整へにけむわれらが一生《ひとよ》

アクアラインいく度過ぎる「海ほたる」安房より上総《かづさ》記憶のひとへ

亡きひとら へ仏間の障子開け放つ庭に牡丹のほどけそむれば

＊

東京　木嶋《きじま》　洋子《ようこ》

寝込みたるわれに夫が芋粥を作りくれたるあの冬恋し

このご時世知る由もなき君がため新聞広げるお墓の前で

父母や兄妹の写るアルバムをスマホに移し断捨離をする

もろみ味噌を舌にのせればざわざわと体の中の先祖めざめる

東京　木下《きのした》　淑子《よしこ》

ふるさとの手作り味噌を食べながら母はつぶやく子どもの頃を

みそ蔵に閉じ込められた思い出を母は語りぬ「ごんべしよった」

*

幼子《おさなご》がハトのあゆみについてゆくコロナさわぎの園庭静か

静岡　金原《きんばら》多恵子《たえこ》

工具箱に田植えする孫にぎやかに泥水に手をふかぶかしずめて

来年はランドセル背《せ》おう孫あすみ感性つよき子のままであれ

*

闇照らすあかり映りし国道の夜間現場の子よりの写真

東京　栗原《くりはら》　幸子《さちこ》

その父と車椅子の子泳ぎおり夕暮れ近き室内プール

夢見月ひとり琴弾く雛の夜「ただいま」の声ききし気のする

三人目《みたりめ》の安産祈願に誘はれ両手ふさがる孫への土産

新潟　黒川《くろかわ》　千尋《ちひろ》

改札に吾を迎ふる長男に隠れはぢらふ女の孫二歳

四歳の女の孫ブームはなんにでも「めっちゃ」をつけて笑ひを誘ふ

*

老い母のつじつま合わぬ話にも相づち打てるようになり　夏

茨城　黒澤《くろさわ》　初江《はつえ》

朝に晩に食むワカサギのやわらか煮元気なころの母の味する

「家に帰り皆に会いたい」という老母《はは》の「皆」はおおかたあの世におわす

*

さからいて椅子など逆さに置く人に誰かと問えば「おこるくん」と

広島　河野《こうの》　繁子《しげこ》

たましいの底に残せるやさしさに夜中にもらす「すまんのう」

「おこらずに仲良くしよう」と手を伸ぶに申し訳なく涙あふるる

この皐月八人目の孫生まれると　コロナの日々も
孫は増えゆく
岩手　小鳥沢《ことりさわ》雪江《ゆきえ》

ただひとり生まれたその日を見し孫は春には姫路
で中学生になる

インスタで娘と息子の消息がわかる楽しみ　いや
違うかな

＊

若くして先妻後妻に先立たれし父の悲哀をわれ老
いて知る
東京　小林《こばやし》登紀《とき》

後添えの母の時おり厨辺に涙流しし姿眼にあり

父母に甘えし記憶なきわれが二人の最期を看取り
送りき

＊

いつしかにエープリルフール忘れおりはしゃぐ女
孫のうそを楽しむ
千葉　小山《こやま》美知子《みちこ》

昼下りゲーム機のなか次々と人が消される児等達
の手で

しずしずと一日葬が終りたりアフターコロナ義兄
の葬儀よ

かろがろと天使領とも思ふ空をわたれるごとし子
らの和すれば
東京　里匂《さかおり》博子《ひろこ》

木の根道　魔王尊の気《いき》満つる谷　夏の木霊を子ら
は抜けゆく

かろやかに石を飛びゆく二人子の夏の賀茂川風光
りをり

＊

焼き魚好みたる父愛用の藍の角皿わたしが使う
石川　坂本《さかもと》朝子《あさこ》

紅蜀葵父の自慢の花なりし貧しき家にひと本高く

秋日和青葱畑の真ん中に立ちて電話をしている男

＊

幼稚園の園児募集のポスターに写る孫見て笑まう
婆馬鹿
和歌山　作部屋《さくべや》昌子《まさこ》

敬老の日に招かれし幼稚園はにかむ孫に成長を見
る

女男男女の孫四人口を揃えてばあば好きだよ

きさらぎの門前町に肌白き妣顕たせたるはなびら餅の
神奈川　佐々木《ささき》つね

夜通しの昔語りを受け痛む顎にて悔いなく母の晩年

燦燦と立春過ぎの朝日影母に給びたるふきの薹摘む

*

かの日より「こんにちは」に始まるも「さようなら」と仕舞うみじか世
東京　佐藤千代子《さとうちよこ》

出会いたることの不思議に始まりぬ共に歩みてほぼ半世紀

離《か》るること考えもせず面白く皺ふかむまで連れ添いにけり

*

「顔ばかり汗が出るよ」と七十路の妣吾もたうとう同じ齢に
大分　重光《しげみつ》寛子《ひろこ》

「私ねえ、霊感が湧くの」古稀過ぎし妣の言葉をふと思ひ出す

九十五で逝きたる母が「もういいよ」と手招きするまで頑張らうかな

死期近き兄との和解を勧めたる姉の電話に心揺らぐ夜
群馬　志田《しだ》貴志生《きしお》

引揚げの途上に逝きし姉二歳戦争なければ平和であれば

大陸に夢みし父母の墓に降る霾《つちふる》払ひし春の彼岸会

*

夜カレー朝・昼カレーで完食です　単身赴任の息子のメール
神奈川　島《しま》晃子《あきこ》

オミクロンの為に息子の帰国なく山茶花はらはら庭先に散る

父親が単身赴任の男の子五歳違ひの兄にべつたり

*

看護師の声を素直に聞きながらあかんべをする百歳の母
香川　島田《しまだ》章平《しょうへい》

百歳の母の歩みし人生は丸い背中がすべてを語る

愛しみを連れてくるのは海の風縫へばそのまま胸にふくらむ

晴れやかな赤絁《あしぎぬ》の襟元は今しがた君と見しもみぢ色

奈良　島本《しまもと》太香子《たかこ》

てぶくろの中なる心地で　眠りしや絵本のねずみと吾子を抱きて

春浅き病棟に西日ゆるやかに執刀医は描く胃瘻の絵図を

＊

親許を離れてひとり住む息子年賀状をはじめて送る

埼玉　清水《しみず》　克郎《かつろう》

次々と社内放送から流るるニュースを耳に新聞つくる

わが母にしばらくぶりに会えし朝車椅子のりて変わらぬ笑顔

＊

電球の下に親子の団欒も幾年《いくとせ》経れどやさしく灯る

埼玉　清水美知子《しみずみちこ》

みどり児をかまひてをれば上の孫かなしき顔してわれにすがり来

半世紀前の古びし夫《つま》の文読みをれば愛深きを思ふ

志望高校うかりし藍は海へ向き叫ぶ言葉を波がつれゆく

大阪　城《じょう》　富貴美《ふきみ》

子らにもう教へるものは何もなく新しき事をそはるばかり

白ゆりの香りほどけるおぼろ夜を思ふあなたはどこにもゐない

＊

母の忌に風鈴鳴りてへその緒を断ちし鋏も錆びているらん

東京　白道《しらどう》　剛志《たけし》

紅葉の木々の増えるも吾が母の目にせぬ余韻と空しく散りぬ

冬の夜のバスの温もり走る見つ一家団らん邯鄲の夢

＊

こうこうと月に照らされ樹となりぬ雪の高原に夫とわたしは

秋田　菅原《すがわら》　恵子《けいこ》

冬山を恋いつつ手足落ちつかず雪の予報にスキーとわれら

わが息子白髪が少し混じりたり母の知らない長き年月《としつき》

行事にて孫の掘り来しさつまいも重さ測れば一キロを越す

和歌山 杉谷《すぎたに》 睦生《むつお》

孫恵麻が自分の意見はっきりと主張するのを涼しげに聞く

わが為に集まりくれし仲間たち喜寿を祝われ饒舌になる

＊

禍《まが》こえて故郷《ふるさと》に帰れり久方に見し母の顔曇り無き笑み

青森 杉山《すぎやま》 武史《たけし》

あな楽し語り尽せぬ母と我夜の明くるとき来なと思ひぬ

鄙の道振り返り見れば母の顔涙を堪へ我は進まむ

＊

遊覧船待つ間も暑く木陰にて渚に遊ぶ孫を見守る

神奈川 鈴木《すずき》 栄子《えいこ》

背戸山に栗の木柿の木数多植ゑ病みてむなしく兄は逝きたり

八十路なる我を案じて妹は出迎へくれたりＪＲ佐倉駅

いつまでも夫婦元気で仕事するこの幸せを祈る初春

静岡 鈴木《すずき》 喬子《きょうこ》

明日もまた出来ると信じ八十の壁を乗り越え前向きに生く

時々を変はらぬジョーク言ふ夫の傘寿を祝ふ宴和やか

＊

じじ、髪の毛無さ過ぎるんだよ転んだの？長く生きれば何か失う

埼玉 鈴木《すずき》 宏治《こうじ》

喘息の予防キットを貼る妻の息を真闇にたしかめ眠る

ゆるやかに身をしならせて佇立する菩薩は遥かなにょしょうの化身

＊

安らぎを感じるために子らが訪うそういう家でありますように

東京 鈴木《すずき》 孝子《たかこ》

特別に旨いぞと言う子の土産オレオレ詐欺のごとく信じる

「また男」と言いて産みたる次郎子が肩を揉みつつ「元気か」と言う

刺し子刺す娘の横にひたと寄り作品の仕上げ周り
を括る
静岡　たかのふさこ
さあ来いと手で合図する夫を追い仕事再開一服の
後
診察の順番を待つ長椅子で私もコックリ夫もコッ
クリ

＊

母は夢を見てゐるらしくその夢を見守るやうな今
宵の音色
東京　高山《たかやま》　邦男《くにお》
発条《ゼンマイ》が最後に鳴らす「チ」の音のやうに動きぬ母
の左手
天人に寿命があるといふ話うつくし真夏の夕暮れ
にゐて

＊

夫と子等残して単身来し娘傘寿の吾の手助けせむ
と
静岡　田口《たぐち》　安子《やすこ》
春風の中を娘と自転車に「遊蕎庵・無」の手打蕎
麦旨し
爽やかな香り残りし娘《こ》の部屋に茫として座す幸せ
なら良し

吾と子とその腹の子と三人が蝉しぐれ聞く朝の公
園
長野　竹内《たけうち》　正《ただし》
みどり児の握りこぶしぞ愛しけやし小指の先にそ
つと触れたり
初孫が眠る夜空の幻灯機スカイツリーの虹色灯り

＊

屋敷内子が線を引く李承晩ラインの如きコロナラ
インを
和歌山　龍田《たつた》　早苗《さなえ》
逃亡者夜陰に乗じて買いに行くコロナの吾子のポ
カリスエット
百匹の池の目高が愚痴を聞く役で生かされ餌をも
らいぬ

＊

いつ見ても鉄道ファンの二歳児は車輌の描かれた
Tシャツを着る
東京　田中《たなか》　章《あきら》
元《げん》ちゃんのお風呂嫌いを直そうと水陸両用の救急
車を買う
元《げん》ちゃんを大好きでいる曾祖父は来る日をいつも
待ちくたびれる

父母のいない正月　一本の菊正宗を食卓に置く

埼玉　田中《たなか》　拓也《たくや》

陰膳を据え食卓に並べおりもう使わない夫婦の箸を

南天の実は鮮やかに灯りたり母の愛した小さな庭に

*

一年を共に過ごしし愛犬と離れ難しと十七歳は哀しむ

千葉　田村《たむら》　悦子《えつこ》

渡航する孫のパスポートズタズタに愛犬「麦」の歯型残して

十七歳さくらの春に愛犬の写真携えオレゴンへ発つ

*

韋駄天と自慢せしわれ連れだてる妻におくれる散歩のたびに

埼玉　丹波《たんば》　真人《まさんど》

子がくれし鰻の礼を言ふ妻よスマホの出来ぬわれに代りて

めんだうな確定申告この年も妻のちからを借りて果たせり

若き日に父の戦死の報受けし手なり皺深く母は逝きたり

岐阜　近松《ちかまつ》　壮一《そういち》

採りたての野菜の籠をぶら下げて妻は畑の夕映えのなか

鏡のみ知る翳あらん病む妻のそのくらがりに降る夜の雨

*

自閉症スペクトラムと診断のくだる子と父　花冷えの風

北海道　月岡《つきおか》　道晴《みちはる》

匍匐《はらば》ひて滝よぢのぼる坊主ハゼその漸進に子は息を呑む

この先の長く苦しき勾配を子よひとりにて登らせはせぬ

*

北朝鮮ミサイル発射度重なりレーダー基地の娘を思ふ

三重　辻田《つじた》　悦子《えつこ》

結婚の挨拶に来しその人は水陸両用戦車を操る

三曹の試験に合格せる娘防府基地にて訓練を受く

願ひごとサンタに伝ふる役目終ふ中学生に孫なりをりて
新しき三年日記書き初むる夫健やかに仕舞ひ給はん
朝に聴くラヂオの「今日は何の日」にああおとうとの生日なりや
神奈川　土屋《つちや》美恵子《みえこ》

＊

浅間嶺の煙たなびく距離ちかく娘のうかららと遊びて三日
頰杖をつきて見上ぐる浅間みね眉の上なりあさ萌えの山
こんなにも爽やかなりけり共々に齢重ねて呑む菊の酒
神奈川　寺田《てらだ》久恵《ひさえ》

＊

掛け声に悲鳴まじえての立ち座り言わずと言って今日も二声《ふたこえ》
子から孫曾孫《ひこ》をまじえての二十名二人の居場所座るとこ無し
「大切にしてあげてね」と連れ合いを亡くせし教え子が何方《どちら》へともなく
愛知　遠山《とおやま》耕治《こうじ》

昼めしはオレが作ると宣言し君はひとりでキッチンに立つ
ようやっと調味料のある場所おぼえ日に日に君の手順よくなる
目の前に梅干し入れたおにぎりが出てくる「やったネ！」いびつだけれど
千葉　遠山《とおやま》ようこ

＊

われの名を共に刻みて墓石《ぼせき》とす朱を入れられてわが名羞《やさ》しも
遠からず二人の墓となるまでは「あなたの墓」にわれは来るらむ
買ひ足して良き裏庭となりしこと「いいだろ、ごめんね、見せたかつたよ」
京都　永田《ながた》和宏《かずひろ》

＊

荒井浜に孫とその子等泳ぎをり海上亭のテントに見れば
幼な子は箸で上手に焼きそばを食べをり頰に潮風優し
浮輪の子海より上がりテント迄砂浜を来る水を垂らして
千葉　中村《なかむら》正興《まさおき》

椿に下りし二羽の鳥わが金婚を祝うが如く囀りて
息子に送る直配の肉屋は朝早くからながながと列をなす
山道をとぼとぼと行くお使いは長靴に入る雪をはらいて

東京　中村《なかむら》美代子《みよこ》

＊

長男に髭の剃り方教えてた母のわれには入れぬ彼の日
仮免許手にした娘あやぶみて埋め立て道路で父の顔みす
金婚を祝う旅行ができるとは。秋の道東七色うねる

沖縄　仲本《なかもと》恵子《けいこ》

＊

娘《むすめ》らと山に旅したあの日々は最初で最後もうありえない
ふたりからひとりずつ増えひとりずつ減りて食卓　今限界に
ふたり居《い》のこたつ布団にめしつぶが　孫来たあの日を固く留めし

徳島　中山《なかやま》善嗣《よしつぐ》

騒ぐなと言ひても聴く耳持たぬ孫四人揃へば我家は戦場
空腹は知りても飢ゑは知らぬ孫知らざる事を平和と言ふか
食べ残す罪悪感が胸塞ぐ飢ゑに耐へゐる国を想へば

神奈川　成田《なりた》ヱツ子《こ》

＊

始めます手合わせ祈れば本当に涙あふるる感謝の気持
夕飯のしたくする娘《こ》らありがとう膝の痛みとる運動始める
仕事持つ娘《こ》らに夕飯委ねたり膝の痛みも前よりよくなり

千葉　長谷川《はせがわ》綾子《あやこ》

＊

おお来たかほつとしたよに顔をむけ夫はあの世に旅立ちにけり
アジサイの花がちらほら咲き出してわれに生きよとささやきくれる
夫逝きて二年の月日過ぎゆきて朝の日ざしが頬に優しき

大阪　服部《はっとり》京子《きょうこ》

その齢こえて思ひ到りけり強きとみし父可愛げもあり

東京　花輪《はなわ》　隆昭《たかあき》

横書きの墓碑の先駆でありし父謹厳《きんげん》なれど時にひらめく

勲章の父母よろこばせたきに既に亡く冥途の土産となりてしまひぬ

＊

三輪車に「いきもの図鑑」と水筒を乗せて幼は春の探検

愛知　坂野《ばんの》　弘子《ひろこ》

組み立てたベビーベッドに四歳が古巣とばかりに乗りこんでいく

みどりごに四歳の子が寄り添って「り」の字をつくる小さな布団

＊

障害のある子がいると不幸だと思うらしくてくるくる勧誘

大阪　東野《ひがしの》登美子《とみこ》

いつまでも発語せぬ子になりかわり夫はわたしを「かあさん」と呼ぶ

「かあさん」と夫に呼ばれる親しみとうら淋しさのバランスボード

少年の面なりし子は帰る朝丁寧語もて挨拶をせり

神奈川　飛鷹《ひだか》　玲子《れいこ》

訪ね来し子を見送ればホームドア不意に閉りぬ一月二日

ペダル漕ぐ父の背中に飛ぶ雪の記憶のふいに戻りくる夜

＊

まづ荒砥、中砥、仕上げの順番に砥石を父は使ひ分けゐき

福岡　平田《ひらた》　利栄《としえ》

香椎台郵便局前通るとき筆まめだつた母の顕ちくる

異国へはもう行けないと言ひ聞かす夫もわたしも脚の弱りて

＊

梅雨晴れの嵯峨野の古寺を訪ふ二人懐かしき日は遠ざかりゆく

福井　平田《ひらた》　卿子《のりこ》

年明けの市場の朝は活気ある競人《せりびと》の声響き渡れり

故郷の母の味する沢庵漬け今朝頂きし友の手作り

実家処分に仏壇の父母の声聞こゆ「甲斐性無し！」とも「仕様が無い《しょんなかたぃ》」とも　千葉　平山《ひらやま》　公一《こういち》

仏壇に父と母笑む小さき遺影これは私がいただいて帰る

父母の御霊は迷ひゐるならむ実家を処分し初めての盆

＊

炉を閉ざすボタン押されてはらからの会話絶えたる静寂続く　徳島　廣瀬《ひろせ》　艶子《つやこ》

納めたる義兄の手元の王将も競はざる世界に旅立ちゆけり

研ぎ癖の窪みも姑より受け継ぎて朝の厨に濡れて輝く

＊

念願の佐世保を訪いて軍艦を眺むる父に見えるのは何　東京　深沢《ふかざわ》千鶴子《ちづこ》

九十余の父がわれの雛を飾りたれば急ぎてわれも娘の雛を出す

年経りて父の時空は少しずつ行きつ戻りつずれてゆくらし

亡き夫《つま》が連れて行ってくれたるか「歌会始の儀」に吾は臨みし　岡山　藤井《ふじい》　正子《まさこ》

孫を抱き満面の笑みの夫《をつと》なり遺影となりて十二年の過ぐ

渡されし手袋の温もりいまだなほ消えずにありぬ吾の両の手に

＊

病院のロビーに小さく妻座り吾を待ちおり三時間余を　兵庫　藤﨑《ふじさき》　正彦《まさひこ》

妻愛づるピーターラビットの故郷を旅せし友のメールは動画なり

夕べ妻と地図に探すは終戦を父が迎えしビルマのペグー

＊

夕暮れを変はりなきかと子の電話ただそれのみに吾は生きいきす　奈良　藤田《ふじた》　幾江《いくえ》

子や孫が改札入りて遠くなる発車までまだ五分ほどある

渋りしが背中を押され男の孫は良縁成就を護摩木に記す

はるばるとよう来てくれた七回忌オレは元気で極楽にいる

千葉　藤本《ふじもと》　典裕《のりひろ》

小さな手を合わせるようになったんかひ孫も四人に増えとるんやな

法要の始まりに合わせ降り止んでゆく雨何の不思議無けれど

＊

コロナ禍に様変りする卒業式校歌斉唱は演奏のみぞ

岐阜　古井《ふるい》冨貴子《ふきこ》

孫の弾く「ケセラ」の曲に入場す巣立つ学舎に歴史つなぎて

巣立つ日の眞向ふ恵那山洋々と夢いっぱいのつぼみの桜

＊

八朔を剥きてくるるひともし死なばこれから二度と食べることなき

東京　本田《ほんだ》　葵《あおい》

変な顔すれば頬下が痛くなる母に助言す変顔するな

ベランダに洗濯物を干しをれば妻寄りてきぬ紫蘇の葉をとりに

ほんのりと吐く息白く花嫁に朱の番傘はそっとひらかれ

東京　増田美恵子《ますだみえこ》

白無垢は小雨をまとい玉砂利をそろそろとゆくややうつむいて

かけ声のよいしょとともに添える手の木槌で開く鯛の塩釜

＊

母呼ぶは夢かと覚むる冬の朝信州味噌の味噌汁を炊く

静岡　松浦《まつうら》　彩美《さいみ》

飴匂ふ小さな風よ老い母の幼のやうなふいの耳打ち

当つる掌に柔く冷たし母の頬白き柩を小さく眠る

＊

真夜中のおむつ交換した後でしばし語らふ出会ひの頃を

東京　松江《まつえ》　繁樹《しげき》

病みし後もわれを気遣ふ妻が居て介護の吾とエールの交換

「お父さん」と隣の寝床で声がする「なーに」と聞けば「生きてて良かった」

一小節ごと父の後から子供達〃鞭声粛々〃と声を揃へる
弟の木刀か物差し腰に差し〃一剣を磨く〃と父は剣舞を
穏やかに碁客と囲碁を楽しめる父に遺恨あるを訝りし日も

新潟　松永《まつなが》　精子《せいこ》

＊

真白な新築の家孫の家小さき鉢植いくつ並べて
いつの間にか趣味が昂じて書家となり生徒の入選飽きずに眺む
白き月吸いこむほどに深呼吸ラジオ体操夫との日課

茨城　松本《まつもと》　良子《よしこ》

＊

父介護雪降る中に白鷺の飛び行く様を父と短歌に
母介護粥一さじを美味しいと云いて逝きにし母の一言
家守る五人姉妹の長女なれば両親看取るは苦にもならずに

島根　丸《まる》　陽子《ようこ》

詰襟の校章バッジの光りいる子に訪れし青色の春
十八を迎えし娘のリクエストいつもの鮭のグラタンを焼く
お姉ちゃんに近づきたくて八歳が背伸びしながら焼く卵焼き

福井　丸岡《まるおか》　里美《さとみ》

＊

蕾なるハイビスカスの鉢植の茎持ち走る陽夕《ひなた》の早さ
叱られてタオル持ち泣く廊下にて陽大《はると》は眠れず夜十時すぐ
階段を登れる音に「あっパパだ」おかえり連発双児並びて

長野　丸山《まるやま》　英子《えいこ》

＊

十六夜の光とどけよ点滴のしずくに生きる夫のベッドに
お櫃充たした水仙と椿のみが待つ　孤りの目覚めまた春が往く
ふたりして九十歳を越えました　叫んでみたい五月の空へ

香川　三﨑《みさき》ミチル

妻の認知症気付くをはつか後れたり　後追いのみのわれの一生や

長野　南《みなみ》　哲夫《てつお》

赤松の林の中にミュージアム思わせて在り妻焼く館

さめやらぬ余熱の中を骨拾う足を支えし金具二本も

＊

風呂吹きの湯気満ちくれば厨辺に今し元気な母出でこむか

神奈川　箕浦《みのうら》　勤《つとむ》

玄関の海棠の花が見頃なり知らすべき父もう世にをらず

なかなかに受け取りがたき心地せりぢぢと言ふもの初めてなれば

＊

傘寿祝　紫ずきんちゃんちゃんこ　写真にうつり笑ってるわらってる

長野　宮原志津子《みやばらしづこ》

生を受けて80年　いっしょになって55年　我が子3人　孫7人そろって元気

春彼岸　享保15年の祖先の墓石　292年前からつながり続ける命のバトン

子も夫もいない夕べにどっぷりと観たき映画の三本ほど有る

岐阜　武藤《むとう》　久美《くみ》

厚き肉にナイフを入れて頬張りぬそばかす増えし東京の子は

不意に来て横に立ちたる夫の弾く「猫ふんじゃった」なかなかに良し

＊

冬の夜に帰れば炬燵で待ちくれし父のみかんが母のりんごが

広島　森《もり》　ひなこ

土の香も失せてま白き足裏で雲踏みゆくか父の旅路は

液体のソープ嫌がる夫はまだ牛乳石鹸　昭和の男

＊

われ二歳　兄十歳　父逝きて小さき頃より母を手伝う

宮城　森《もり》　美恵子《みえこ》

自我芽生え兄に相談したわれが高校受験を決めたあの日よ

心からありがとうねと声かける八十七歳まで生き切りし兄に

死ぬよりもつらき事あり慢性の肺炎君は寝かされもせず
埼玉　森川《もりかわ》和代《かずよ》
「努力してゐるだけです」と切れ切れに君言ふ言葉かみしめて聞く
補足具をつけて歩行の練習中ひよろりと腰の揺れて定まる

＊

主《あるじ》なき宿となりけり横浜の山家なれども父母の夢
新潟　矢尾板素子《やおいたもとこ》
「横浜市指定名木」倒れにき　桜の庭に父母《ちちはは》の光《かげ》
汝《な》らと吾《あ》を歳ぞ離《さ》くなる荒れ庭の軒端の梅よ春を忘るな

＊

ボルドー産白ワインのグラス傾けるグラスに透ける君のひとみは
埼玉　柳《やなぎ》重雄《しげお》
乾杯とワイングラスの微《ひそ》かなる音は響けり君はおらぬに
君の写真に乾杯とグラス傾けてグラスに写る笑顔飲み干す

おしまひがちかくてあんなに咲くのかと車椅子から母がまた問ふ
香川　藪内眞由美《やぶうちまゆみ》
生きて在ることは動詞に満ちること死にたいと泣く母のすがたも
入浴用車椅子なるものの上《へ》の母のからだにゆずの香そそぐ

＊

十歳《じふ》までを父の暮らしし下町の煎餅うまし門前仲町
東京　山北《やまきた》悦子《えつこ》
正装の家族写真ただ一枚眠るが如く箪笥の底方《ひ》
父母を亡くせし父は十代で志願兵なる選択切なし

＊

夫の手も借りて湿布す老いの身の僅かにやはらぐことをよしとす
長崎　山口《やまぐち》輝美《てるみ》
夕映えの空に尾をひく飛行機雲つかみて行きたや子ら住む街へ
おつとりと母の話を聞くやうにビワの花咲き冬の陽ぬくし

山の色グラデーションに塗り分けて母はぬり絵に春を生みゆく
大分　山下《やました》　純子《じゅんこ》

五分前を思い出だせぬ母なれど忘れずになす夜の戸締りは

風の抜くる場所に寝ころびおさな日の短き夏を姉と語れり

＊

上に行けもやめていいとも言えはせず好物詰め込む塾の弁当
東京　雪村《ゆきむら》　佑《ゆう》

しょげる子の背を押し燃ゆる百日紅ごらんあなたは花まる、花まる

ランドセルおまけのように背に乗せる君を見送る角曲がるまで

＊

文字の書けぬ手となり代りて書く文字の三様ながら書くは手早し
栃木　横山《よこやま》　岩男《いわお》

歌作らぬ子らにてあるも旧仮名を用ゐて三人の書く文字早し

吾に代り歌書きくるる子らのゐて旧仮名なども器用に書けり

父の顔デッサンするを促せり棺に入る朝のしづけさ
岩手　吉田《よしだ》　史子《ふみこ》

鉛筆の走る音のみ聞こえくるわれら家族の別れの儀式

たとふれば返し縫ひのごとく生きゆかん嗚咽する子の肩に手をおく

＊

栗モナカの包みに添えられ届きたる母よりの文すこし黄ばめり
茨城　吉田《よしだ》　陽子《ようこ》

ひとり夜の手持ちぶさたに指先で床《とこ》になぞりし夫の横顔

父母にかくれて野良猫《のら》に餌やりし幼き吾の胸のドキドキ

＊

〈妬む、僻む〉は恥づべきことと言ひまししし妣と摘みたる野あざみの花
茨城　渡辺南央子《わたなべなおこ》

「この家にはあなたの部屋があります」とビデオレターで子の妻が言ふ

ひとかかへ程の蒸し器の錫いろに映りて（おーい）はるかな家族

「産まれました」ホヤホヤ感すごい写真なり夏空ぐんぐん広がりし日に　東京　渡辺《わたなべ》　美恵《みえ》

合歓の木の木陰に揺籃《ゆりご》凪君のふっと笑《え》まえる何の夢見む

このスープおいしいねと五歳児の手にすっぽりと新年の椀

*

ウフィッツィにて「受胎告知」を嘆美せし夫が〈ダヴィンチ〉に腹切らるると　神奈川　渡辺《わたなべ》礼比子《れいこ》

纏めたる重要書類の青ファイルわれに託して夫入院す

病院の支払い終えてわが夫を日常の側にとり戻したり

13

教育・スポーツ

「良い声ね」と境小師《さかいしょうし》に誉められて　ギター弾き
語りし薬大祭《やくだいさい》　群馬　新井恵美子《あらいえみこ》
師の教え　人類愛で世界へ未来へ飛翔の星薬人《ほしやくじん》
「先生、と呼ばれなくて良い」　患者様、お客様と
呼ぶ　我ら薬剤師は

＊

柔道と陸上選手の青き我、　金山《かなやま》あおぎし太田高校
群馬　新井《あらい》　達司《たつじ》
書店街、　駿河台地を踏みしめ通い　法律学びし明
治大学
我の運転が一番、と娘《こ》に言われ　無事故無違反の
ゴールド・ドライバー

＊

卓球が得意の、娘《こ》・恵美子《えみこ》と我と　温泉ホテルで
競いあいし日　群馬　新井《あらい》　冷子《れいこ》
仮免《かりめん》も卒検・本試もストレート　学生より早し我
も娘も
他人《ひと》様を許し神と呼ばれし亡父《ちち》の血《ち》筋は　我に娘
に受け継がれたり

ゴミひとつない日本のロッカールーム前向いて折
り鶴羽ばたく　埼玉　安齋留美子《あんざいるみこ》
世界中泣いて笑って応援した地球の形のサッカー
ボール
その先の新しい景色見るためにもう戦いは始まっ
ている

＊

教材の宝庫と島を指す学生理科教師への孵化はも
うすぐ　富山　浦上《うらかみ》　紀子《のりこ》
百年の恋さえ冷めてしまうような箸の持ち方する
なと育つ
土俵際ひらりと跳びて力士らを避ける行司の足袋
はまっ白

＊

大谷の大ホームランに度肝抜くＷＢＣのテレビに
釘付け　東京　笠井《かさい》　恭子《きょうこ》
わが町に武隈部屋生《あ》れ出陣の豪ノ山関にエールを
送る
あかあかと弥生の空に輝《て》る満月友呼びしばし棒立
ちになる

何度見ても涙ぐんでしまう決勝打、監督の胸にとびこむシーン

白河を越えて来た、来た赤き旗みちのくはやっとひと山千両に

みちの奥と蔑まれきし北の地に悲願百年の紙吹雪まう

宮城　上林《かんばやし》　節江《せつえ》

*

校舎裏に女生徒一人佇みてそこだけ少しブルーな黄昏

隣席で『こころ』読みゐる女生徒の指がときどきピクッと動けり

カラオケで唱ひ終へたる女生徒が「教師になるわ」とマイクに叫びぬ

岩手　菊池《きくち》　哲也《てつや》

*

学校に来る子来れぬ子へだてなく夜の下駄箱うわ靴ならぶ

入りきて「宿題できへん」とう少女　ヤングケアラー声の幼く

こっくりとうなづく少女に椅子よせて多項式とく秋の放課後

奈良　木田《きだ》すみよ

たまきわる世に生まれきて天を翔け球極めんと若人ひとり

マドン監督大谷起用を語る顔わが父孫を語りしに似る

赤々とエンゼルス君のユニフォーム還暦過ぎた我に目映ゆし

東京　黒岩《くろいわ》　剛仁《たけよし》

*

冒険の夢を紡ぎて少年は可能性の船大海へ漕ぐ

少年の一粒の種は陽と水と恵みを受けて大樹に育つ

故郷で大志抱きて歩みだす少年は旅の衣ととのえ

群馬　小畑《こばたけ》　吉克《よしかつ》

*

卒業の朝の教室黒板に癌に逝きたる君の名もあり

黙食の物音もせぬ昼休み職員室に教師うがひす

数少なき男子部員の中にしてクラリネットを吹く君の顔

静岡　桜井《さくらい》　仁《ひとし》

楽しげに登校する子、顔青くふるへて遅刻し登校する子
神奈川　佐藤《さとう》　玄《しづか》

皮肉もて切りかへす子は家に伏す病母と二人暮しの生徒

「頑張れ」も「つらいのは皆同じだ」も時にこころを挫く暴力

＊

百年の扉は開き優勝旗は白河の関越え東北に入る
宮城　佐藤冨士子《さとうふじこ》

往年の名投手らインタビューに感慨深げに優勝称えぬ

これからは白河の関の名も知れてみちのく訪う人多くなるかも

＊

弓道の初心者教室通うなり高校時代を思いおこして
岐阜　島田《しまだ》　聖子《せいこ》

大切に六十余年保管せし彁《ゆがけ》取り出だす弓を射るべく

すり足の作法を学ぶ弓道の初心者教室明るく厳し

高齢の数学教師の名を付けて生徒ら撫でゆく桜の古木
千葉　清水麻利子《しみずまりこ》

四年生の短歌授業は餌を待つ雛鳥に似て歌を見てよと

コロナ禍に中断したる短歌授業依頼ふたたび夏空の下

＊

わが書きし黒板の文字の曲がりたれど参観日なれば誰も笑はず
愛知　鈴木《すずき》　昌宏《まさひろ》

作業指示出されて未だ何もせぬ子の肩軽く叩きて巡視す

男生徒一人が笑へば連鎖して教室にしばしさざ波の立つ

＊

幕内の土俵入りするその脇で拍子木を打つ呼出し次郎
秋田　高貝《たかがい》　次郎《じろう》

太刀山《たちやま》に続く記録をうち立てて鉄人玉鷲優勝したり

平幕優勝ふた場所連続とふ珍事　大関陣に存在感なく

冬晴れの朝をテレビにみておりぬ　箱根駅伝は遊
行寺の坂

東京　釣《つり》　美根子《みねこ》

LINEにて賀詞のやりとり済ます間にイエゴン・
ヴィンセントは八人を抜く

やめどきの分からぬわれは新しきテニスシューズ
に紐をかけゆく

＊

与へたるニンジン食べつつ「元気でゐて」と言ふ
わが顔を見詰めゐる馬

神奈川　中村《なかむら》　規子《のりこ》

高齢のわれ乗せる時は如何《どう》すべきか熟知してをり
賢きオリオン

人の言葉　気持も共に理解して　人に添はむと努
力する馬

＊

昭和より時代は移り若者を導く術もともにうつろ
ふ

北海道　西井《にしい》　健治《けんじ》

子どもらに目線を下げて寄り添へば思ひはつかに
交ふものかな

指導者を孤立させたりにべもなく「黙つて俺に付
いてこい」とは

九回の右ストレートに膝をつく戦い抜きたり村田
諒太

千葉　西澤《にしざわ》　俊子《としこ》

全力の戦い終えてしばらくはその場を去る客ひと
りもおらず

リングにて敬意を籠めて贈るガウン　ゴロフキン
より村田諒太へ

＊

吐いてから登校してくる生徒待つ椅子にはぽすん
と朝日が座る

神奈川　秦《はた》　千依《ちえ》

琺瑯にホワイトアスパラ浸されて独りと思う少女
の手首

上等のプロジェクターの光にはこの世の塵が透か
されており

＊

もうこれがつひかも知れぬと滑りたり去年のゲレ
ンデ如月尽に

北海道　林《はやし》　朋子《ともこ》

ゲレンデに光の春は充ちみちて滑れば悔いなきつ
ひのスキーも

わが夫の弛まぬ導ありてこそスキーなしたりわれ
喜寿までを

「栄冠は君に輝く」今年こそ晴れやかに聞く育英優勝

百年の壁の厚さを新幹線に越えたり深紅の優勝旗は

朝刊の大き見出しを幾たびも読み返しおり手柄顔して

宮城　山本《やまもと》　秀子《ひでこ》

14
旅

遠く来てランタンまつりの灯の街にしばし忘れむ戦《いくさ》のことは

福岡　飯田《いいだ》　幸子《さちこ》

ランタンのまつりの馬は天駆けて火色の体を反しつつ飛ぶ

目立たざるチャイナ服着て逃避せむランタンまつりの光の中に

＊

「いかにわが　たちにしひより　ちりのきて」兼好法師いたち川詠む

神奈川　井澤《いざわ》　幸恵《さちえ》

あの人は蜃気楼の町に棲み春のおぼろの橋に手を振る

手を振れば振り返しくる穏やかな軍港に思う「いざ」という時

＊

澄みわたる明神池にかがよふは黄の葉朱の葉めぐり音なし

東京　大塚《おおつか》　秀行《ひでゆき》

手術より七年経しかここの地に来て河童橋わたるよろこび

かづく雪光れる穂高連峰よ残生ゆたかに在らしめたまへ

霜月の小春日和に歌仲間さんざめくなり熱海起雲閣

東京　大沼《おおぬま》美那子《みなこ》

満開の枝垂れ桜に酔わされぬ迎賓館のただひとともとの

雨上がりの京油小路を訪えば楽美術館はひっそりとあり

＊

檀一雄が「律子」を看取りし家のこと長く思ひゐき能古島めざす

岡山　大森《おおもり》　智子《ともこ》

大き櫨の根方に一雄の歌碑はあり「下照る妹」の在らぬを嘆き

志賀島はるかに見ゆる也良岬《やらさき》に荒雄の船待つ防人の歌碑

＊

満開も蕾のところもあるという京の桜は少しいけずで

神奈川　小笹岐《おざさき》美子《みこ》

足早に歌舞練場へと消えてゆく芸妓目で追う春宵の路地に

先斗町の片泊りの宿にくつろぎて鴨川沿いの桜見ている

雲の居る弥陀が原より流れくる川を面影に滝を見上げぬ

福井　加賀《かが》　要子《ようこ》

若き日に喘ぎ上りし八郎坂紅葉色褪せ霧流れくる

草藪は紅葉となりて細々《ほそぼそ》と大日岳への登り口あり

＊

蚕室の火鉢を囲み本読みしふる里語る果てなく続く

群馬　神澤《かんざわ》　静枝《しずえ》

共にせし京の旅を生き生きと語りし姉が「ランチまだかしら」

これやこの三姉妹共に似るものか老いたる母の笑ひ皺まで

＊

新緑のやさしき色彩繰り広ぐ三陸道の行き摺りもよし

宮城　菊地《きくち》　栄子《えいこ》

まだ若きりんご畑の白き花永き未来が待ち受けている

平らかなこの集落に垣根なしまばらな樹木が表札がわり

くさまくら旅のわずかな贅沢に〈とかち3号〉指定席買う

神奈川　倉石《くらいし》　理恵《りえ》

露天湯の庭へ入りくる鹿二頭どちらが母でどちらがむすめ

分岐部を指して「Ｆｒｏｇ《フログ》」と娘《こ》は言いぬカエルの足にわれは見えねど

＊

友とゆく旅の途中に飲む酒が一番おいしく思えてきつつ

東京　さとうすすむ

友とゆく列車の中で乾杯と笑顔で飲めば酒またうまし

今日は旅我れよりはやく友が来て笑顔でむかえ挨拶をする

＊

恐山参りの人らそれぞれが喉をうるほしし古代の湧水

茨城　猿田彦太郎《さるたひこたろう》

沿道の木々に絡《から》まるスヒカヅラ日の照るあたり黄のあざやけし

妻の七回忌をへてけふ来つ恐山参りの境内熱暑日の輝る

むつ湾の渚の雪にまぎれゐる白鳥みえて大湊線ゆく

千葉　鈴木《すずき》ひろ子《こ》

雪雲の下にレーダー基地のたつ釜臥山は北の防人

朝食のバイキングにて世話になるふんはりごはん盛りつけロボット

＊

ラフカディオ・ハーンの机に頬寄せて息吹きかける吾は雪女

東京　関沢由紀子《せきざわゆきこ》

空を映すお濠を屋形船がゆくもうすぐ雪虫風に舞ふころ

決めしこと崩れ去るまで三秒とかからなかつたあの曲がり角

＊

身延線《みのぶせん》聖母のように街抱く富士現るる窓のときめき

群馬　関根《せきね》由紀《ゆき》

湧玉《わくたま》の池の反照受くる枝にゆるる光をわが身も受けつ

テラスから向き合う富士にもくもくと雲湧き立ちて両翼となり

宮古路の吹きくる風は涼しくて海の地平の紅《くれない》夜明け

千葉　髙野《たかの》勇一《ゆういち》

南国の茫々の海の白波は幾筋かありスカイブルーに

南国の広々とせし空と海琥珀に染めて夕陽落ち行く

＊

うつすらと粉をふくがの黄緑の羽持つ鶯《うぐひす》ほんに愛らし

埼玉　髙橋《たかはし》京子《きょうこ》

余るほど蜜柑実るか釣り具屋に自由にどうぞと店先に置かる

学生と踊り子の恋思ふ時青春のころのわれよみがへる

＊

久々にガタガタゴトンと列車に乗る眼の検査しに盛岡の旅

岩手　千葉《ちば》喜恵《きえ》

ＪＲポニーテールの運転手は若き女性と気付く頼もし

境内に修学旅行の戻りつつマスクの生徒は静かに二列

青梅路《おうめじ》の茶店《ちゃや》より川を見下せばカヌーの青年手を
振りくれる　東京　内藤《ないとう》二千六《ふちむ》
「マスクして会話おさえて」のアナウンス娘《こ》と
久々の陸奥里《みちのくさと》へ
幼友《ようゆう》と半世紀ぶり次に会う訛途切れて電車は動く

＊

春にゆき秋にもゆきたる裏磐梯　猪苗代湖にさざ
波立つも　埼玉　橋本《はしもと》久子《ひさこ》
「この上がほんとの空です」の立て札に汗をふき
ふき岩道のぼる
安達太良の乳首あたりが核心部クサリを攀づれば
まつさをな空

＊

ハブあまた潜めりといふ加計呂麻島みちべに沿ひ
て茂るくろのき　大分　羽田野《はだの》とみ
加計呂麻島白砂の浜に這ひて咲くはまひるがほの
うす紅の花
特攻の訓練基地たりし日の杳く加計呂麻の浜波し
づかなり

雪原を目指し飛びくる丹頂鶴空を廻りてゆるく着
地す　埼玉　服部《はっとり》えい子《こ》
茅葺の屋根に苔見ゆ雨に濡れ飛び石あるく臥龍山
荘
太古からつづく地熱を足裏に受けつつしばし歩を
進めたり

＊

劇的に日付変更線を知らしめし『八十日間世界一
周』　岡山　濱田《はまだ》棟人《むねと》
日曜の朝はアラウンド・ザ・ワールドの旋律流れ
「世界の旅」へ
らくらくと海越え空を飛びゆける兼高かおるの旅
ぞおもしろ

＊

山道を掻い潜りつつ抜けたとき木魂を持たぬ天空
ひらく　愛媛　平山《ひらやま》繁美《しげみ》
日中から宵待草が月光の羽をひろげるカルスト台
地に
天空の地に突き刺さりたる石灰岩しろき岩肌は骨《ボーン》
のごとし

日の出づる海に差しくる朱の帯沖ゆく舟に乗りて
横切る
潮かをるふくぎ並木をゆく先に光やはらかき海和
ぎて見ゆ
夏空に入道雲をあふぎつつさたうきび畑《はた》のしづけ
さに立つ

埼玉　細貝《ほそかい》　恵子《けいこ》

＊

地図を手に友らと歩く善光寺道《だう》　猿ヶ馬場峠《さるがばんばたうげ》の枯
草を分け
向井潤吉描きし街道桑原の家並替はれど道はひと
すぢ
鞍を掛け義仲休みし石のこる横田河原の古戦場跡

長野　松林《まつばやし》のり子《こ》

＊

マロニエの木陰によりて青年は美《は》しき人をふわり
包めり
旅の朝セーヌをわが手にさよならを指よりふるふ
るこぼれる真珠
たっぷりのコーヒーラテを香らせてわが部屋パリ
の朝のきらめき

北海道　水間《みずま》　明美《あけみ》

浜名の海《み》古くは淡き湖《うみ》なりし琵琶湖と比ぶ近き遠
きを
神の代の伝へに纏はる社在り浜名湖望む宿場近く
に
街道に目に鮮やかに松並木浜名の湖《うみ》の風の吹き抜
く

東京　宮野《みやの》　恵基《けいき》

＊

参道の左右に深し神の森北限の木と南限の木と
震災の揺れを押さえてくれしこと我は信じるこの
要石
うららかな大気に我も溶けてゆく節分近き鹿島神
宮

茨城　武藤《むとう》ゆかり

＊

差しかかり窓をひらけば潮の風海近き方もう少し
あく
灯台の外から風に吹かれきて螺旋にのぼる潮の声
は
入り口の鏡にわが身映したり旅の終わりの部屋を
出でゆく

東京　山内《やまうち》　頌子《ようこ》

栄養分乏しき花崗岩地盤木木の根地を木を岩を這ひたり　愛知　山田《やまだ》みよこ

陽だまりの西部林道屋久猿の数多腹見せ毛繕ひなす

我が物顔に道を占拠の屋久猿もスピード変へぬ車に譲る

＊

バイク音ひびかせ走る三十二号線合歓の季《とき》にはねむの花咲く　高知　依光《よりみつ》邦憲《くにのり》

山径を走らすバイクこの先の限界集落ひと一人住む

このカーブまがれば公孫樹の立つ森のありて今年の秋の来たれり

＊

暁鐘のとほくひびけり湯の宿の朝のさ霧が思考をうばふ　愛知　若尾《わかお》幸子《ゆきこ》

氷《こほり》灯ろうをたのみてゆかむ橋渡り石段のぼり薬師如来堂《おやくっさま》へ

小さき声かはしつつ夜の石段を登りきて御堂の中覗き込む

話さない為に広げた傘閉じてひとりで歩む雨けぶる森　東京　渡邊《わたなべ》富紀子《ふきこ》

森の色空の色した水面には人は映らぬ　雨の湖

吾が胸もほんのり碧に染まりたり少し元気に都会に帰る

15 戦争

シベリアに抑留死せし四万余　リモートにつなぎ
名を読みあげる　広島　相原《あいはら》　由美《ゆみ》
わが読める五百のいのちその中に父も在りたり三
十二歳没
三昼夜かけて読みたる死者の名にそれぞれの命そ
れぞれの家族

＊

青空と小麦畑の色の国旗《はた》踏みにじられし日のわが
空の青　神奈川　青戸《あおと》　紫枝《しえ》
キャタピラの轟のなか砕かるるひとびとの日々
小麦の大地
独裁も戦も知らず享けきたる自由の重さ　けふさ
くらさく

＊

戦争はかくも間近に迫りくる二十一世紀なのにと
キーウの娘　東京　秋山佐和子《あきやまさわこ》
昨日までパン生地こねゐし嫗ならむ手を引かれ国
境の板橋わたる
スパシーバ《ありがたう》のウクライナ語はジャークユ　国境の
なき野鳥のさへづり

大戦後の七十八年を生きてゐる敗れし日々のリア
ル語れど　北海道　足立《あだち》　敏彦《としひこ》
スクランブル絶えぬとぞ知る不戦わが国の青空果
てなく澄むも
大戦後の七十八年守りゐる守り抜けわが不戦の国
力

＊

戦場の地下シェルターに演奏者は身なり整えバイ
オリン弾く　大分　阿部《あべ》　尚子《なおこ》
白リン弾は聖夜の如く雪降らし二〇〇〇度の炎ゆ
るり降り来る
生きていることが花と「猪木」言う花を摘み取る
プーチンの刃

＊

十歳の誕生日に死を覚悟せり新型爆弾落つと聞き
し日　東京　天野《あまの》　潮音《しおね》
かの日より七十七年のいのち得てつくつく法師を
夕光に聞く
大根と油揚げを煮るおだやかな八月六日の夕べ尊
し

ひとつ田に鷺と烏と鴨がゐて梅雨入り前の水面の平和　福井　綾野《あやの》　洋子《ようこ》

埋め立て地に重機が並び動き出す眩暈とともにウクライナが浮かぶ

片隅に居てもネットやテレビあり激動の地を間近に覚ゆ

＊

マクベスのように眠りを殺されるいずれプーチンの夜夜《よよ》の眠りは　埼玉　井ヶ田《いけだ》弘美《ひろみ》

泣く吾子を強く抱きしめ頬ずりを迷彩服の若き兵士が

命・日常・夢を刈り独裁者は錯誤なる偶像まみふかき闇

＊

ロシア軍のウクライナ侵略始まりぬ六十八の吾の生日　愛知　池田美恵子《いけだみえこ》

「てぶくろ」のウクライナ民話繰り返し読めとねだりし子四十を超ゆ

房なして馬酔木の白く俯けりロシアのウクライナ侵略止まず

ソ連解体がたどりつきたる血の轍《わだち》　母なるキーウを争う兄弟《あにおと》　東京　池田裕美子《いけだゆみこ》

戦車ごとスナイパー砲に撃ち抜かる初陣兵にもロシアの母が

砲火停《や》む戦場に草のみどり萌え穀雨が濡らす無数の柩

＊

泣きながら避難者の列に紛れゐしあの少年の足どり忘れず　神奈川　石井弥栄子《いしいやえこ》

戦ひのイコンのごとく少年は報道画面を飾りて歩く

おはじきの陣取り遊び思ひ出づるや意地悪さらさらなくて

＊

神風の吹かざる国に彗星の尾を引くがごとミサイルの降る　大分　伊勢《いせ》　方信《ほうしん》

撃たれたる戦争の残骸無限軌道《キャタピラ》の泥も凍れり朝のニュースに

今村昌平逝きて十五年「黒い雨」観し映画館いまも息衝く

東の赤銅《あかがね》の月よロシアなすウクライナの地の血潮ひきよす

督戦隊とウクライナ軍にはさまれて若き露兵のつぶれゆく胸

福島　伊藤《いとう》　正幸《まさゆき》

独裁のロシアの長《をさ》の小さき脳　核もて脅せば地球の重み

*

津波にはあらず人らが人襲ふ攻守も一人に一つの命

広島　伊藤《いとう》　玲子《れいこ》

ししくしろ旨き領土か爆撃の炎は舐めつ逃ぐる人らを

ひと莢に九粒の豆ひそみあふ　シェルターに在る人らに空あれ

*

米軍機の常の爆音と思えども心に刺さるウクライナ侵攻

沖縄　伊波《いは》　瞳《ひとみ》

侵攻の口実はどうにでもなる　騙されやすきわれかも知れず

「国境」は女性名詞とぞ泣き濡《そぼ》ち国境越える母と子の群れ

ナレーターはネバーギブアップで締めくくる八月六日の式典中継

宮崎　今枝《いまえだ》美知子《みちこ》

核兵器さえ使わねばとう意含まぬか総理大臣の声明続く

式終えて四百羽の鳩惑い見せ低く飛び立つ原爆ドームを

*

すぎゆきを封印されし魚なりき　湖底のほかの世界を知らず

神奈川　上田《うえだ》木綿子《ゆうこ》

家族《うから》らは魚を心に閉ぢ込めて高度成長を戦ひ生くる

湖底《うなぞこ》の藻草の森に病む眼《まなこ》見開くままに魚は眠らむ

*

父母を恋ふヘルソンの子らの声聞こゆ強制連行のプーチンは聞くや

東京　上原《うえはら》　奈々《なな》

十四歳を軍事訓練さすプーチン枯れ野を腹這ふあどけなき顔顔

「鳥の歌」かなしく響くウクライナゆ避難の少女が奏でるになほ

連日の映像に見るウクライナ敗戦日本の焼土浮かび来
埼玉　上村《うえむら》理恵子《りえこ》

戦中国《いくさなか》を逃避の幾百万隣接諸国の愛の尊し

満州へソ連侵攻の暑き夜吾が胸に置く八月《はづき》九日

＊

一匹の秋蠅とゐるこの昼の静寂の中　戦争を視る
秋田　臼井《うすい》良夫《よしお》

戦争といふ語がまたも現実になりゐる日々をテレビが映す

プーチンに贈りやりたる秋田犬生きてゐるかや〝ゆめ〟の名を持ち

＊

ひまわりはウクライナに咲くか空爆に荒れし畑よ発電所よ
北海道　内田《うちだ》弘《ひろし》

プーチンの独断がぬかるむウクライナのマンションを撃つ送電線を撃つ

集合住宅をミサイルでぶち抜き核使用をちらつかせ嘯くプーチンの顔

「俘虜収容所《ラーゲリ》」より父の出したる文黄ばみ七十年余の歳月遥か
埼玉　大川《おおかわ》芳子《よしこ》

予科練の多くは南の海に散る特攻の名の下一途たりしか

国のため死を厭わずと覚悟せし若きらの遺書に乱れも見えず

＊

人間の心は如何にプーチンは穀象虫にも劣るか蛮行
神奈川　大友《おおとも》道夫《みちお》

プーチンよ人の心のあるならば化けの皮脱ぎ素顔曝さむ

他国にて兵を挙《こぞ》りて意に染まぬ自国に銃口向ける勇気ぞ

＊

国まもり戦禍の街をはなれぬとふウクライナの若人の声
東京　大貫《おおぬき》孝子《たかこ》

隣国を侵すロシアの正教は如何なる神かイースター来る

山蕗の皮を剝きつつすべもなくウクライナ思ふ昼の厨に

ロシア兵のブチャの虐殺　ひとびとの癒えない心傷は深かり
奈良　岡野《おかの》　淳子《じゅんこ》

迫りくる核軍拡を押へつつ核廃絶をいかに伝へんか

ウクライナ戦渦の民を思ふ時　己が暮しの日々ありがたし

＊

蟬氷《せみごほり》かざす指《おゆび》に危ふかり光の奥のプーチンの眼《まなこ》
岐阜　小川《おがわ》　恵子《けいこ》

冬蝶におゆび触るれば美しき形くづれる一瞬の怒り

決別に愛の否定の永久に無しこの悲しみよさよなら生きる

＊

ミサイルの過ぎてより鳴るアラートに客のカットの鋏を止めず
山梨　小俣《おまた》はる江《え》

軍人の似合ふ俳優敬礼の細き爪先手入れの届く

ミサイルを撃ちつぐ国の隣国に花を育ててわれは住むなり

かすかなる音を伴ひ灯火より時に千切れて飛ぶ炎あり
広島　香川《かがわ》　哲三《てつぞう》

癒ゆる無き七十七年日月《じつげつ》の過去を悼みて川面に対ふ

修復を終へたるドームにかすかにて残る煉瓦の色の寂しさ

＊

たはやすくいのち奪はれゆく日々に鶺鴒はその尾を打ちつづく
宮城　梶原《かじわら》さい子《こ》

押入れの暗き谷間のぞくぞくと疎林を抜けて兵は出てゆく

出汁なかに固まりてゆく白き肉眺めてゐたり支配者の目が

＊

武器が足りぬ戦車が足りぬ兵力の応酬のみに戦の闌くる
東京　春日《かすが》いづみ

戦争に飽きられトップニュースからウクライナまたずり落ちてくる

何待つか知らねど今宵は前夜なりさやゑんどうの筋を剝きつつ

あたたかな春の陽受くる眼裏に祖国逃るる民の過
れり
新潟　勝見《かつみ》　敏子《としこ》
隣国を攻むるロシアに逃げ場なき島国日本と気づ
く太平
与那国《よなぐに》島の公道走る戦闘車がもはや日本のニュー
スにならず

*

容赦なく万の人生奪われるWARというたった三《み》
文字の下に
長野　神池《かみいけ》　あずさ
青空と菜の花見ればうらがなし今しウクライナの
春を思えば
ナポレオンの冬のロシアの戦いを思わせ歴史は繰
り返される

*

一碗の麺をすするにこだはるに麦の沃野に戦さは
止まず
東京　雁部《かりべ》　貞夫《さだお》
クリミアのセヴァストポリーの攻囲戦何故《なぜ》に読み
しや少年の日に
土間に立ち大根一本乞ひし兵終戦の日のひとつ思
ひ出

晩夏光恋ひびとたちは笑ひつつ、どこかで兵士が
召集される
愛知　河田《かわだ》　育子《いくこ》
怪物が見おろす町に平然と物喰らふ人を描《か》きしボ
ッシュは
死後もなほ鮮やかなるか落葉《らくえふ》は。黄金《わうごん》の髪、燃ゆ
る頬。

*

剥き出しの戦ひなるか原爆の脅威ちらつかすプー
チン無念
宮城　川田《かわだ》　永子《えいこ》
此の地球全てが映る今の世に戦争などは愚かしき
こと
人類も争ひ好む動物か思へば虚しと若人なげく

*

昨今の露軍の残虐許すまじ機銃掃射を受けたる戦
中
東京　神田《かんだ》美智子《みちこ》
小六の学校帰りの実体験小児麻痺の陽子チャン、
脊負いて逃げし日
回りには遮《さえぎ》る家も人もなし一途に走る「逢妻川」
の土手

橋を落とすといふ苦しみよ戦場が自国であれば自国の橋を
千葉　北神《きたがみ》　照美《てるみ》

自然数の簡素さをもて兵隊は死者も負傷者も数へられたり

かみなりが訓練のごとく鳴り終はる　人は戦争をしてしまふもの

＊

二十一世紀によもやと思いし戦争が現実となりウクライナに激し
福島　北郷《きたごう》　光子《てるこ》

隣国の避難者をみな引き受けるとポーランドの人らに苦難の過去あり

「戦争を止めよ」プーチンの一語にて何千否萬の命救えるに

＊

爆音と機影に怯えし日々はるか炎暑夕焼け熊蟬のこゑ
群馬　木村《きむら》あい子《こ》

シェルターに生れし嬰児に思ひ馳せキーウに続く空を見上げる

忘れゐし戦禍の記憶まざまざと空爆シーンのテレビ消しをり

武力には武力しかないものなのか　気づけばウクライナ軍を応援してゐる
神奈川　木村《きむら》　雅子《まさこ》

知ることがせめて私のできること　ニュースと歴史を視る読む惟《おも》ふ

誰でもが詠める歌でも詠まねばならぬ理不尽を見すごして何を詠む？

＊

この国の隣のとなりはウクライナ確かと廻さう回覧板を
東京　清田《きよた》　せい

目の前に戦車ぐおんと現はれて麦の畑を潰してゆきぬ

亜麻色の髪のをとめが地下壕におびゆる瞳あの日のわたし

＊

向日葵の蜜をたつぷり含むと言ふ百花蜜買へり丘のファームに
東京　久保田《くぼた》　登《のぼる》

シベリヤに交はしし言葉スパシーボ、スパシーボは有難う優しかりしが

人を殺めることが正義となりゆかむ侵攻止《や》めよ今日も雨なり

ポーランドはウクライナより避難せし家族受け入れ心繋がる
広島　久保田由里子《くぼたゆりこ》

戦後には家一軒の部屋毎に数世帯住みし時もありしよ

庭先に七輪出して家族ごとに料理作りぬ戦後の日々は

＊

あの山を越えて僧兵攻め来しと年月経なば物語なり
大阪　髙田谷智恵《こうだやちえ》

涼風の山越えて来る太古よりのかはらぬ暮らしに平和かみしむ

沖縄戦子供心に刻みしはかびの匂ひと「戦艦大和《やまと》はまだか」

＊

みこもかる塩田平のしらかしの蔭にならびて開館をまつ
山梨　河野小百合《こうのさゆり》

戦病死　戦死　戦死　無言館の絵画の下につづく略歴

つややかなオリーブの葉を飾らんよロシアの家とウクライナの家

渚辺を素足に駈ける少年よ　武器を持たすな紺碧の海
北海道　小島美智子《こじまみちこ》

麦畑ひまはり畑黄金《こんじき》色に戦争は生む怨念だけを

破壊されし瓦礫の街が大写しに幼な子は泣き恐怖に戦く

＊

今はただもの言はぬ吾が歩みゐるは真珠湾へとむかふ道かも
大分　後藤邦江《ごとうくにえ》

日々に観る戦禍は語るこの国のせしことされしことしさうなること

丸木位里の「原爆の図」の衝撃を八月なれば夫と語れり

＊

この国のゆくてに戦なきことを念じて仰ぐ雪煙の富士
東京　小林洋子《こばやしようこ》

思うだけでどうにもならぬこと増せど思いを重くし地球はまわる

ウイルスに罪なしされど他の国に攻め入る罪ははかり知れない

いづこの国よりうばひたる秋のあを空ならむ深きその色
長野　小宮山久子《こみやまひさこ》

戦争は始まつてゐるかわが国に防衛費増税すばやく決まり

来む年をうたがはざれば走るなり小学生もわれのこころも

＊

全世界たった一人のプーチンの暴走許す　人類危うし
神奈川　小山《こやま》　常光《つねみつ》

終わりなき戦の陰で微笑むは武器を商う死の商人か

「ひまわり」を君と観しより半世紀墓標の再び立ち並ぶとは

＊

無事であれと願ひをこめて送信すウクライナと地続きの国の友らへ
福井　紺野《こんの》　万里《まり》

攻め入りてまづチェルノブイリを占拠せしと聞く息つめて東洋にゐて

月明の列島　ゐならぶ原発は戦からとほくしづもるいまは

収穫の歌が聞こえる黄に染まる麦の大地に風が応える
神奈川　三枝《さいぐさ》　昂之《たかゆき》

ある男が遺した言葉「体調がよいとピアノを一人弾くんだ」

左手で奏でるピアノ単純な何も持たないてのひらとなる

＊

爆撃の映像の中に映りこむ一瞬ありて黒き鳥たち
東京　桜井《さくらい》　京子《きょうこ》

戦争で地震でコロナで死ぬ人よわたしは窓辺に灯りをともす

褒めごろし嵌めごろしああ皆殺し戦争とふは殺しあふこと

＊

親族《うから》なるゆとり世代がゲームではない戦争を真顔で見つむ
青森　佐々木絵理子《ささきえりこ》

誰ひとり諫めるもなき彼の人のおごりの春が闌けてゆくなり

島国であるということちっぽけな救命ボートの安心に似て

おおきなあおいトランクをもち白犬をつれてキーウをはしる人あり　東京　佐佐木幸綱《ささきゆきつな》
いちれつににげるひとらのかたわらをゆきにまみれた戦車がとおる
せんしゃにはZのもんじ　砲身をふるようにしてかどをまがれり

＊

ウクライナを脱出せむとする民の深き帽子に雪降りつづく　埼玉　佐田《さた》　公子《きみこ》
マリウポリを検索したりネットには美《は》しき街並み未だに残る
紅々と躑躅は日向に咲きにけり　ミサイルは今、炸裂したり

＊

国民に真実知れと訴ふるロシア女子アナに思はず拍手　新潟　佐藤《さとう》　愛子《あいこ》
千キロの道を歩きて親捜すウクライナの子よママに会へたか
ユニセフを通じて送る安全水ウクライナの子らに疾く届けよと

戦時中ザリガニを釣りて食べしこと母は海老天食べながら言う　千葉　佐藤《さとう》　綾子《あやこ》
竹槍でB29に立ち向かう母の姉たち真面目に信じ
戦闘のリアルタイムに慣れてきてスイッチを消す傍観者たち

＊

なにごとも無きがごとくに岩つばめ弾跡のこる崖を群れ飛ぶ　大分　佐藤《さとう》　信二《しんじ》
たちさわぐ波しづまりて光る海すなどる人の島唄きこゆ
若きらの水着が染むるこの浜もかつて軍靴で埋め尽くされし

＊

永らへてまたもいくさを目にすとは電話に友の嘆きはふかく　青森　佐藤《さとう》　嘉子《よしこ》
一本の鉛筆あればの唄に和しわたしも記す何より平和と
今こそと書棚にさがす『みどりのゆび』さがせどさがせど影さへ無くて

宮城　佐野《さの》　督郎《とくろう》

一人《いちにん》の力は弱しと言ふなかれ狂れたるヒトラープーチンがゐる

ツルゲーネフ　チェホフ　ドストエフスキー　ロシアは親しき国ではあつた

死は人の摂理なれどもなあ皆んな戦死とふ語は死語にしないか

*

神奈川　佐波《さば》　洋子《ようこ》

侵攻を続ける国はかつて父を捕虜となしたり極寒の地に

ペテルブルク美しと見し旅の日に戦車は普通にバスを止めたり

占領と奪還の報繰り返すニュースの地図のいずこが無傷

*

東京　清水《しみず》　素子《もとこ》

プーチンの頬がほんのり赤くなった嘘をはっきり口にした時

ウクライナ大統領が降伏を口にしているフェイクニュースだ

独裁者の指の差すままクルクルと黒いうず潮海に立つなり

長崎　下田《しもだ》　秀枝《ほづえ》

たたかふため祖国にのこる父親へ伝へたき言葉を少年は呑む

会へる保証なき父と子が引き裂かる崩るるビルの背景のなか

コロナ禍にありても屋内《やぬち》に寝て起きて三度の食のとれる贅沢

*

埼玉　下村《しもむら》すみよ

出征する老兵の目のかなしみをとらえし嘉一の歌を忘れず

避難する駅構内にて産気づきしウクライナの女性の恐怖やいかに

年長の男子の孫は十六歳行く手に赤紙来る日のあるな

*

東京　新藤《しんどう》　雅章《まさあき》

始まった自国民保護の名目で進出という侵略戦争

米英が鬼畜なりしにいま鬼はロシアとなるか雪の如月

判断の材料のない報道にだから忘れぬ昭和の戦争

番組に割り込むニュースに兆すものありてかなしきウクライナ、ロシア
埼玉　鈴木《すずき》みどり

堪へがたき報道写真のつづく日に桜咲きそむ淡雪のなか

迷はずに願文を書く長崎の原爆の日に経写しゐて

＊

教科書に穀倉地帯と学びたるウクライナの麦の穂波を想ふ
群馬　善如寺《ぜんにょじ》裕子《ゆうこ》

ロシアにもウクライナにも慈しむ命のありて母のボルシチ

ゼレンスキーの眉間の皺の歌減りて日常拾ふ新聞歌壇

＊

ウクライナの国旗の色に花浮かぶ手水舎に祈《ね》ぐ戦乱よ熄《や》め
神奈川　髙畠《たかばたけ》憲子《のりこ》

タグの名に怯みながらも購へるサイパンレモンの苗に花咲く

大喰ひの番組にあれこれ言ふわれは戦争知らざるおばあさんなり

この星に八十億の正義あり戦の言い訳とせし為政者
東京　多田《ただ》優子《ゆうこ》

巡る夜はがれきの街を照らすのか冬月に透くうさぎ悲しき

宇宙より見下す地球の美しと戦火も飢えも見えねばきっと

＊

ウクライナの地下の乳呑子はるかなる昭和の防空壕のわたしよ
山口　溪山《たにやま》嬉恵《よしえ》

わが顔を帽子とマスクで包みこみ誰れにも心見られぬように

わずかなる水田は雲も鳥影も映しとりこむスマホのように

＊

ミサイルの雨はいらない欲しいのは穏やかな日々澄み切った空
北海道　筒井《つつい》淑子《としこ》

特攻隊の記事読む窓辺に体当りヒヨドリ二羽の息絶えており

人類の紛争いくつ抱えつつ地球は廻るよ除夜の鐘鳴る

沖縄　照屋《てるや》　敏子《としこ》

奪はれてなほ変はらざる故里の青き空より母の声する

わが背丈はるかに越ゆるフェンス越し遊び戯れし故里望む

照明弾と艦砲射撃に追はれたる恐怖の極み忘られざらむ

＊

鹿児島　泊《とまり》　勝哉《かつや》

子も父もその父もまた銃をもてロシアに対ふコサックの裔

身を捨てて核の脅しに立ち向かふウクライナ人を決して忘れず

あかあかと入りゆく夕日　麦萌ゆるウクライナの野の砲声よ止め

＊

千葉　冨野光太郎《とみのこうたろう》

津軽沖をロシアの艦隊通り過ぐ猫が狭庭《さには》を横切る如く

原爆の焦土に咲きたる夏の花七十七年カンナは赤し

ランドセル捨てて逃れし空襲を幾度も語る卒寿の媼は

石川　永井《ながい》　正子《まさこ》

追ひ詰めて核のボタンを押さぬかと一人の窮鼠《きゆうそ》に世界の怯ゆ

破壊なき国より焦土を思ひやること無かるべしロシアの民は

山菜を分け合ふ円座にプーチンの長きテーブル誰か言ひ出づ

＊

熊本　中川《なかがわ》　晶子《あきこ》

竹槍の稽古をやめて嫁ぎしに間なく夫征く村の駅より

九九のけいこ共になせしが征きゆきて白箱と化《な》り還り来にける

花影にはらから集ひ円座してひるげなしをり戦ぞ寄るな

＊

長野　中島《なかじま》　雅子《まさこ》

土の染み抜けぬズボンを穿く刹那ふいに過り来女性兵士が

匍匐前進の女性兵士が振り向けりこの青空《そら》のもと目も鼻も無き

膝を付き草を抜きつつもの思ふ「もはや戦前」真つ向から風

アジア人二千万人殺めたり思い知るべしわれらの
業火
大阪　長野《ながの》　晃《あきら》
もういない首里で育ったテルちゃんがいつも言っ
てた「土掘れば骨」
戦死したウクライナ兵とロシア兵の母の涙に違い
があるのか

＊

郵便は三日で届く三日のち尋ねどころに暮らしは
ありて
大阪　永野《ながの》　千尋《ちひろ》
しがいせんは未来のシミになるからね横断歩道を
子どもが渡る
そんなことがわからないなら燃費から考えてもよ
い　戦車を止めよ

＊

今日もまた戦の標的となる話ウクライナではない
沖縄の現実《うつつ》
沖縄　仲間《なかま》　節子《せつこ》
与那国を守ると伝えし国の策演習と言い戦車の走
る村
耕せば手榴弾の破片顔を出す戦後七十年残骸あま
た

引き金を引くこともなく為政者は今日も多くの自
由をうばう
滋賀　中村《なかむら》　宣之《のぶゆき》
軍隊は味方の部隊まもるのみ　古老の語る声はち
いさく
笑み浮かべ泥にまみれたぬいぐるみ瓦礫のそばで
友だちを待つ

＊

愛国と謀《たばか》り為せる侵攻に祖国の宝失ふばかり
埼玉　中村《なかむら》美代子《みよこ》
逃げまどふ人びとの中子等も居り無力非力を詫ぶ
るに遠し
慣るまじと軍事用語の氾濫に抗ひにつつ歌詠める
日日

＊

シェルターを造る動きの与那国《よなぐに》とミサイル想定訓
練せし那覇
沖縄　永吉《ながよし》　京子《きょうこ》
訓練は新しい戦前の始まりと言ひしは誰か風が苦
しい
言霊の幸はふ国といふからに戦争がくると言うて
はならず

紅旗征戎わがことならねど黒海の浪の下にもモスクワの候《そろ》
兵庫　西橋《にしはし》　美保《みほ》

テュラテュラ……とたのしく歌ふ「一週間」首都は修羅修羅燃えどもおちず

しづ心なくいのち散るらむ春の日にしづ心なくいのち散るらむ

＊

ミサイルを積んでをらぬか戦闘機旋回せる時両翼を見せ
宮崎　二宮《にのみや》　信《まこと》

焼け跡はどちらも同じと思へども野焼きと違ふ空爆の痕

戦闘機の爆音響く夕暮れに雷なのかと母はのたまふ

＊

反戦の意見を力でねじ伏せて沈黙の民の「ウラー」の叫び
茨城　野村《のむら》　喜義《きよし》

土手に座し見上げるさくら　その先の染み一つなき空の青さよ

声上げて反戦言えぬ露西亜国かつての日本と暗く重なる

春雷を空襲と言ひし亡き母の命日に聞く「ロシアの侵攻」
埼玉　橋本《はしもと》みづえ

「あやまち」をくりかへさぬと誓ひしも核のボタンを押すも人間

人の世は止むこともなく殺しあふ賤の地球か今日は満月

＊

キーウの街の切り絵になりしアンドレイ坂侵攻前の明るき家並み
山口　羽仁《はに》　和子《かずこ》

いつだつて少数の者が火をつける五歳のわれを弄《なぶ》りしも戦

戦争さへなければ生きられし人幾億こぶし振り上げ叫びたき宵

＊

戦禍の報に傷めるこころと眼の慰藉に行かむとするか「ホキ名品展」
宮崎　浜﨑《はまさき》勢津子《せつこ》

返す返すも悲惨なるかなウクライナ画面にあふるる向日葵の花

彼の地にもありし豊かな野と町と人を死なしめし思想かなしむ

街いくつ廃墟と化してまだ止まぬ人の手がなす悲しき戦さ
国潰し人殺めよと命じゐる非情な性も同じ人間
山口　林《はやし》　芙美子《ふみこ》

完膚なきまでに建物壊しゆく人の心もずたずたにして

＊

馴鹿《トナカイ》の鈴の音ひびくふるさとは眞岡なりけり蘇《か》へり来よいま
同胞の血があまた流れしかの島を呼ぶごとくして鳴く山鳩は
東京　林田《はやしだ》　恒浩《つねひろ》

「虜囚」とはとらはれ人のことなりて白夜を詠ふ　父のおもひは

＊

広島に原爆投下されてから七十七年の時が流れて
終戦時童《あに》の背にいし包帯の幼児の名前は竹本秀雄
三重　樋田《ひだ》　由美《ゆみ》

「ありがとう」「人をほめましょう」「ごくろうさま」竹本さんの魔法の言葉

国を信じず人を殺すをためらひしロシアの兵もありしと伝ふ
若者は国を護ると信じしに悪魔の手先となりて死にしか
富山　日名田《ひなた》高治《たかはる》

おそろしや日本も外つ国このやうに蹂躙せしかブチャ「死の通り」

＊

街角の児童公園父が子のブランコ揺するウクライナはや
夏雲を破る砲弾降らずけり朝顔にちさき蕾がふふむ
島根　弘井《ひろい》　文子《ふみこ》

日日の糧なる小麦を楯となし戦を続ける　死者の食べざる

＊

中世の絶対君主がよみがへる当時なかりし武器をたづさへ
口すぼめ中の異物を吐くやうにわれらは発すプーチンのプー
神奈川　廣實《ひろざね》　正人《まさひと》

難民の経験あらずもしあらば国境越えてわれらいづこに

侵略の重さ二十世紀に証明済みそれでも起きたウクライナ侵攻
秋田　福岡《ふくおか》　勢子《せいこ》

土足にてずかずか入りくる国を拒めぬ軍備必要のわけとか

広大で淋しげな歌ロシア民謡　憎みたくない「歌声喫茶」

＊

たちまちに毀たれてゆく住宅にウクライナの市民の未来はありや
静岡　藤岡《ふじおか》　武雄《たけお》

砲撃の刹那の映像　七十年前のわが身に迫りし実弾

友人の死骸あつめて火葬する「終戦がもっと早ければナァー」

＊

恋人とキスし戦地へハルキウの青年自由な未来のためと
青森　藤田久美子《ふじたくみこ》

反戦のデモの若者ロシアでは拘束ののち召兵さるる

ロシア兵さへも「死ぬのが怖い」とふウクライナの子はもつとだらうに

戦いの中に在るのはよそ事に映らぬ明日の自国の戦禍
秋田　藤田《ふじた》　直樹《なおき》

真実はどこにあるのか分からない在るのは空が敵味方超え

民主主義という圧力に対峙して恐れを抱く独裁者たち

＊

九十を越えてコロナに逝く人の戦中戦後の困苦を想ふべし
広島　藤原《ふじはら》　勇次《ゆうじ》

あたたかき冬の陽が射す木の椅子にシベリア抑留の歌を読みをり

アルマティに泊りしホテルとほど近くロシアの空挺部隊が降るとふ

＊

五十年つづく戦争ウクライナ人ロシア人死者計数不能
東京　藤原龍一郎《ふじわらりゅういちろう》

サイボーグなれば不屈の闘志あり我等がゼレンスキー大統領は

プーチンは脳のみになり生きつづけ「聖戦続行」を主張しやまぬ

戦記物のＤＶＤに惹かるるも昭和一桁戦争反対
宮城　堀江《ほりえ》　正夫《まさお》
六千のユダヤ民族救いたる日本大使の伝記を探る
宿命のようないくさと説いている地政学とう本を
開きぬ

＊

「この戦争に馴れないで下さい」ウクライナ大統
領夫人の静かな叫び
身近にも侵攻の気配ひたひたと世界の地図を変え
てはならぬ
埼玉　本多《ほんだ》　眞理《まり》
さいわいに戦い知らず生かされて願うは先の世の
安らかなこと

＊

特攻に還らざりし友残りし友生死を分けし八月
十五日
千葉　前澤《まえざわ》　宮内《くない》
かの戦に征きて還らざりし幼馴染ら幸薄かりし大
正生れ
生き残り九十七年を生かされて滅びに向ふこの国
を見る

戦場へ父を送りし六歳の夏我ら三人父の無い子に
熊本　益子《ましこ》　薫《かをる》
生後十一カ月の弟おぶって乗船待ちぬ釜山港午前
二時引揚船乗り場
千人針のわたしの虎はどこへ消えた父の戦死で行
き方知れずに

＊

暗ぐらと非在の如く立ち尽くし何処《いづく》見つむる忠霊
塔は
栃木　増田《ますだ》　律子《りつこ》
戦場に倒れし叔父の名刻まれて忠霊塔は暗く翳れ
る
写し絵に笑まふことなく叔父の見む瑞穂の国の戦
下の暮らし

＊

ウクライナの曲はかなしきレミファソラ習ふピア
ノにけふも弾きつつ
東京　間瀬《ませ》　敬《たかし》
詩は嘆く異国のそらをさすらへる小鳥のやうなを
とめのことを
戦争が終はらば来ぬかとルガンスクの画像は河と
森のみどりと

裏庭にクリスマスローズ咲き出してウクライナ戦争二年目となる

戦争を自ら仕掛けし暴君の戦果上らず焦りすら見ゆ

日本もかつて起こしし戦争を思ひ起せり人のなす罪

埼玉　町田《まちだ》のり子《こ》

＊

炎《ひ》の上がるキーウの街の残像に駅ピアノ弾く少年を見る

メジャー観て戦火の街の動画見て夕さればビールこぽこぽと注ぐ

一八歳以上の男国外に出るなと言われる君はどうする

愛媛　眞部《まなべ》　孝司《たかし》

＊

シベリアを描く香月泰男復員し故郷離れずわが父もまた

黄土色と木炭の絵肌三角形の陰影で描く虜囚のかほかほ

たどり着く〈渚ナホトカ〉砂浜に偲ぶ虜囚は異郷の土に

埼玉　三上《みかみ》　智子《ともこ》

元旦に届きし賀状の反戦歌郡山様いまだお元気

ウクライナまたも攻撃ロシアかな大国主義の悪魔とぞ見ゆ

反戦と言へば言ふほどミサイル飛ばす朝鮮半島平和の寒し

千葉　水崎《みずさき》野里子《のりこ》

＊

断たれしは日常の起居団らんのありし窓辺ゆ噴き出す炎

赤子抱く手の爪汚れゐることのいたいたしくもシェルターの隅

若き母われより子をとかき抱く髪乱しつつ必死なるかな

石川　三井《みつい》　ゆき

＊

雪厚く凍れる大地に燃え尽きし高層ビルの形骸映す

国ひとつ追われて廃墟となる無残、テロか戦か突きつけらるる

あの日見た長蛇の列を忘れない　老女　少年　子を抱く女の

三重　三原《みはら》　香代《かよ》

爆風に飛ばされ壁にぶつけられ潰れる熟れた柿の実になるな

兵庫　三宅《みやけ》　桂子《けいこ》

サイレンの唸りはうねり切れ目なく上《のぼ》りては下《お》り鳴りつぐ怖さ

どの腕を振って命じた侵攻か　嬰児《みどりご》幾たり一期《いちご》を終えし

＊

大戦の最中に生まれし黄の薔薇《さうび》「ピース」とふ名を負ひてけふ咲く

大分　宮武《みやたけ》千津子《ちづこ》

野いばらの生みたる薔薇《さうび》「天の川」星の黄色か一重のやさしさ

「ピース」とふばらの花束贈らむか少年の日のロシアのあなたに

＊

クリミアを奪還せしとプーチンの高揚したる演説の声

神奈川　宮原喜美子《みやはらきみこ》

領土とふ争ひの因《もと》力づくに奪ひ合ふ国戦の続く

ウクライナとロシアの戦のはげしきにポーランドに住む友を気遣ふ

兄戦死の公報つかみいでゆきし父の姿今に忘れじ

愛媛　村上《むらかみ》　咲枝《さきえ》

長男戦死に婿二人失ひし父母の一生《ひとよ》今に思ふも

刀剣に真鍮の火鉢を供出せし父母の姿顕ちくる

＊

ジェノサイドのニュースは止まず春の夜スピカは青く澄みて瞬く

京都　村上太伎子《むらかみたきこ》

牛飼い座の麦星光りぬウクライナの小麦畑は打ち砕かれし

身じろぎもせず七月のアンタレス地球の戦火見つめているや

＊

教科書に学びし大河ドニエプル今戦場のニュースに出会う

茨城　村山《むらやま》　重俊《しげとし》

泣きながら一緒に逃げてと顔たたく戦地に残る父に抱かれて

一斉にカメラを見つむ地下壕に避難の人びと願いをこめて

石道にゐんじゆの花のうすみどり散り敷くこの世
に戦場のある
千葉　森《もり》　みずえ

「ああ、あの子が生きてゐたならば」とうたふ長
崎　けふ原爆忌

どこからかニンゲンホロベの声のして世界を右へ
傾けさせる

＊

バスを待つ二月の夜の背の震え寒いか怖いかわか
らぬままに

無惨なる街の廃墟が日々映る感情の何割か蓋をし
見ている
東京　森《もり》　利恵子《りえこ》

『戦争は女の顔をしていない』読みつつ次第に重
きみぞおち

＊

昭和20年3月受験のありて疎開より帰浜。五月の
横浜大空襲に死にかけたり

戦没者数この国の公表は信じ難きぞ！三一〇萬プ
ラスα
東京　森《もり》　玲子《れいこ》

ニクソンと核密約を交したる　密使は後に自裁せ
しとぞ

逃げ惑うウクライナの民の映像に御真影背の父重
なりぬ

すべからく閣議決定なすならば国会要らず議員も
要らず

戦争は嫌だと叫ばん今こそは手塩にかけし子は渡
さぬと
東京　森下《もりした》　春水《はるみ》

＊

〈海ゆかば〉命捧げて来しといふ歌流れゐし時代《とき》
ぞわするな

かく生きて八十路を歩むわが裡に埋《うづ》む歌あり〈明《あ》
日《す》はお発《た》ちか〉
東京　森脇《もりわき》　正基《まさき》

遺し来しみ霊《たま》思はば〈かえり船〉故国《くに》への海路な
づみ往くらむ

＊

父の帰還待ち待つ祖父が梁に吊る塩鮭の脂《あぶら》土間に
したたる

昭和二十三年ウラジオストクに抑留の父の最後の
葉書が遺る
岩手　八重嶋《やえしま》　勲《いさお》

ふるさとの林檎ひそかにナホトカの父の墓前に供
へて祈る

蝉の声消えて眞昼の街は「黙」けふ終戦忌七十七年　兵庫　保田《やすだ》　ひで

ジャングルの日日は語らず陶芸に生きし横井氏を偲ぶその妻

戦争をしない為には人間が欲捨てること横井氏のことば

＊

地下駅に戦下の子らが眠る日を窓辺に居眠りしているなんて　兵庫　山田《やまだ》　文《ふみ》

外つ国の戦に乗じ「反撃」とう戦力保有もくろむ誰か

揺らぐこと勿れ戦争放棄せしそを誇りとし保てよ日本

＊

旧ソ連もロシアも所詮は同じこと兵士の常なる凌辱行為　千葉　山野《やまの》　吾郎《ごろう》

ウクライナへ戦車つらぬる映像がわが心拍数をにわかに増やす

満洲のかの日の戦車が重なりぬ隣国侵すまたもや蛮行

人の世が滅びにむかひゆく日日も地よりアネモネ・ムスカリの花　神奈川　山本登志枝《やまもととしえ》

アネモネの花びらはらり風に散るしづかなしづかな春の日なれど

戦争は止められないがいけないといふ気にさせるとぞ音楽は

＊

七十七年目の終戦記念日よみがへる空襲の恐怖九歳なりき　福島　吉田《よしだ》　信雄《のぶお》

日米共同の軍事演習するといふ憲法九条蔑《ないがし》ろにして

非核非戦の誓ひは脆《もろ》くも潰《つひ》えむかロシア侵攻口実にして

＊

アメリカより戦火激しきウクライナに戻りし青年に祖国ありけり　愛媛　芳野基礎子《よしのきそこ》

戦場のマリウポリより逃れ来し少女の慟哭「戦争は嫌」

「妻よ子よパパは生きてる」戦場のキーウ守りて煤ける人は

前線基地巡視に向かう鴨の中の孔雀屠れとの㊙電
ありしに　富山　米田《よねだ》　憲三《けんぞう》
孔雀にも擬せられし長官の搭乗機その迎撃に群が
るハゲタカ
搭乗機の左翼無惨にちぎれ遺す　死して神となり
たる五十六《いそろく》

*

豊饒の緑の大地ウクライナ秋ともなれば黄金波打
つ　東京　渡辺《わたなべ》志保子《しほこ》
朝夕に海外ニュース飛び交ひてウクライナ侵攻ロ
シアの暴挙と
豊饒の国土は裂かれ民惑ふ泣き叫ぶ子は凍土へ拉
致す

*

戦争を体験したるわが世代望みは一つ戦なき世を　愛知　渡辺《わたなべ》　礼子《れいこ》
学徒動員したる彼の日の工廠の空爆の音耳を離れ
ず
防衛費増額の声に戦時下の悪夢を想ふ歳重ねきて

16

社会・時事

三年も祭なければ村人は老いにムチ打ちマスクにいのち
限界の集落守る村人のあくなき執念マスク離さず
静岡　渥美《あつみ》　昭《あきら》

コロナ禍も七波に及べば心揺れいよいよ願うマスクとおさらば

*

不感地帯知床半島沖思《も》へば体の芯に凝る春寒
朝なさなラジオニュースに死はあふれその圏外に珈琲する
北海道　阿部《あべ》　久美《くみ》

《排他的経済水域》有体に言へば海なりありふれた海

*

地下鉄が唯一安全なる場所とキーウ市民の声悲痛なり
「人間は本質的に善である」アンネの言葉信じたき今
神奈川　石川《いしかわ》　洋一《よういち》

本屋また一軒無くなり新刊のにほひ愉しむ居場所うしなふ

親なれば子の幸願い名を付けたはずが悪漢別名ルフィ
日日記すコロナウイルス感染者何になるのと娘は馬鹿にする
和歌山　井谷《いたに》みさを

四五人は必ず持てる551難波帰りの南海電車

*

アフガンで殺害されし中村医師の声を聴きたり夜のラヂオに
医療より命のためには水路をと医師の晩年まるで土木屋
東京　市川《いちかわ》　義和《よしかず》

中村医師の原点にあるは川筋の気質《かたぎ》との説に納得したり

*

断った人もたくさんいただろう編集されて街角の声
問題はメディアにあると言う人の「長いものにはハサミがいるね」
鳥取　井上《いのうえ》　政彦《まさひこ》

食レポがニュースの後に始まってわれはラーメン鍋から食べる

公園のベンチで休む青年と中年男性非正規雇用者
埼玉　井上由美江《いのうえゆみえ》
あれこれと国際情勢語り合い雇用の不安を紛らす二人
このご時世生活《たつき》辛いよそうだよね冗談めかしさり気なく言う

＊

鳴り止まぬ胸の音叉をもてあましけふも向かひき奈良・西大寺駅
京都　植田《うえだ》　珠實《たまみ》
老いてゆく町のかたすみ籠りゐて銃をつくりしをとこが居りぬ
撃つひとを哀しみてをり空蝉は砕け銃弾の破片となりき

＊

ウクライナ映像に怒り湧く日々は娯楽番組見る気起こらず
広島　梅本《うめもと》　武義《たけよし》
穀物も天然資源も豊富にてサタンも育つロシアの大地
黙りゆく香港の民黙らせる中華の恐怖日本にもじわり

手造りの火器跳ぶ道へ曲げらるる男と元首相の四肢は
神奈川　大野《おおの》　道夫《みちお》
翅《はね》模様《もよう》亡くせし蝶のかなしみの文化的性別喪失《ジェンダーレス》が舞い飛ぶカ壇
キーウフを盗《と》られ奪《と》ってもこの店の軍艦マーチは5時に鳴り出す

＊

キエフとうレストランにてウクライナ支援のケーキ二つを買いぬ
茨城　小野瀬《おのせ》　壽《ひさし》
九条は世界の宝と言う君のスカーフ赤しねたましきまで
吾が兄に最初で最後の花贈る棺に入れるこの白い菊

＊

〈舳倉島《へぐらじま》〉とふ領土知る北朝鮮ミサイル三百キロ沖に落ち
千葉　風間《かざま》　博夫《ひろお》
技術院元院長は言ひ続けたりブレーキを踏んだ踏んだと
サル一匹電線渡りゆく都内確保するまでニュースとなりぬ

銀河渡り今宵会ふとふ二つ星　地上に戦《いくさ》、疫止まざるを
高知　梶田《かじた》　順子《みちこ》

南風号四国の難所駆け抜ける平和の危機に大歩危《ぼけ》小歩危《ぼけ》

高知市の東部に新たなる九条の会発足の報告を聞く

＊

戻ることかなはぬ里にひろがりしソーラーパネルの鈍き反射光
福島　鎌田《かまだ》　清衛《きよえ》

貯蔵地にされて消えゆく里を思《も》ひいくたび集ふ記録残すに

逐はれたるあの日のあるに再稼働　新設するとふ国の放題

＊

感染に注意と夕に流れたる防災無線が今日より朝も
山梨　亀田美千子《かめだみちこ》

侵略のありて知りたりウクライナ場所も国旗も大統領も

戦争に子等送れずと八十路過ぎ老いは今でも教師の貌に

かあさんと泣く百歳の媼の背摩り来たりと介護士の娘は
山梨　川﨑《かわさき》　勝信《かつのぶ》

水底に透きて揺らめきフクシマのデブリは殺意のごとく沈めり

ロシアへの恐れ湧けれど反撃のミサイル持てと我は叫ばず

＊

安楽死なき宙吊りの猿之助なにはともあれ堕ちるといはむ
千葉　菊池《きくち》　裕《ゆたか》

ゼレンスキー大統領は正装のTシャツ姿で来日しをり

第七子誕生祝ふ黄昏のロバート・デ・ニーロ七十九歳

＊

眼《まなこ》のみの顔は美醜と老若を均衡せり格差社会に
山梨　桐谷《きりたに》　文子《ふみこ》

売る女と買ふ男がゐる現世《うつしよ》に使用済みなるマスクの売買

マスク買ふ男の貧しさマスク売る女の貧しさ　国の貧しさ

ウクライナ侵攻のあさ香りよきロシアンティーを飲みしか彼は　千葉　久《く》々《く》湊《みなと》盈《えい》子《こ》

帰国して兵役につくという若者のカノンがひびく空港ピアノ

少年の鼓笛隊ふいに立ち止まり挙手の礼などすることなけれ

＊

荷を下ろしゴミ持ち帰るヘリコプターアルプスの夏くり返し飛ぶ　埼玉　窪《く》田《ぼた》　幸《さち》代《よ》

青年よ車窓の夕日見てごらんスマホばかりをやっていないで

「知覧」の名高速道路の標識に　世界にはなお戦闘のあり

＊

子連れ狼と呼ぶ人ありき赴任地に幼子ひとり連れ行く吾を　東京　倉《くら》木《き》　豊《とよ》史《ふみ》

核実験のニュースが世界をかけた朝おむつを替える父親もいた

父ひとり向き合う笑顔涙顔育児はたのし育児はかなし

たはやすく〈平和〉は崩れゆくものか　さくらは桜の花となるべく　静岡　小《こ》林《ばやし》　敦《あつ》子《こ》

現実《うつつ》には遠き映像正目にて元宰相の斃れゐる視つ

幾たびも重ねらるるかにんげんの斃れし瞬を人間は撮る

＊

黄のダチュラ花の喇叭がときをつげ千枚目なるマスクを外す　神奈川　三枝《さえぐさ》むつみ

スギ花粉みちづれに降る三月の雨は苦しい細魚のいろに

ランプの灯にじむごとくに露文あり言語修むるは火屋磨くこと

＊

コロナ禍に新ワクチン開発も負けじと変異し抵抗したる　岩手　酒《さか》井《い》　久《ひさ》男《お》

震災の復興にとて増税なるも詭弁を弄じミサイル買う

プーチンさんプチンと切れてウクライナ攻めたるらしや大義はいずこ

この国に在るまじきこと今起きる七月の熱瘦軀に逆巻く

京都　坂部《さかべ》　昌代《まさよ》

むき出しの怨念の果て背後より撃つ拓落の銃の爆音

他人には断たるるまいぞこのいのち真青あさがほ咲ける朝焼け

＊

銃弾に倒れし安倍氏を運びゆくドクターヘリの轟音ひびく

福島　佐藤《さとう》　輝子《てるこ》

国家鎮護を希ひし女帝建立の西大寺上空を飛ぶドクターヘリ

前《さき》の世も後《のち》の世もおぼろ凶弾の引きおこしたる波紋のゆくへ

＊

聞く耳を持たざる人に引き摺られ「戦後」生れが「戦前」となるか

新潟　佐藤《さとう》　由紀《ゆき》

コロナ禍も十三代のにらみにて退散させん天の果てまで

友人も親子もいるだろう何故に停められぬ戦わねばならぬ

地下街の壁の向こうに（守られたバビルの塔があるなら）逃げろ

埼玉　佐藤《さとう》　理江《りえ》

ミサイルが六ヶ所村を跨ぎつつ動画を基地に送った噂

アラートとJアラートを区別せよ日の本の出す警報であるぞ

＊

登録を心待ちゐる昼下がり告ぐる字幕を息のみて見つ

島根　嶋田《しまだ》　友江《ともえ》

世界遺産の名乗りをあげて十五年石見銀山今煌めけり

龍源寺の四面切り立つ大き間歩銀を掘りたるのみ跡鋭し

＊

空襲のほぼなき奈良の軍人墓　二万九千二百四十三人が戦争で死んだ

奈良　勺《しゃく》　禰子《ねこ》

翌日に献花したとふ青年は「選挙はいかない。安倍さんが好き」

鉄砲水は鉄砲発明以後の名で平城京に出でし水はも

渋谷駅まへを過《よぎ》ればあらはれき「只で手相を拝見
します」　埼玉　菅野《すがの》　節子《せつこ》
わざとらしくほほゑむかほを睨みつけ「正体はわ
かつてゐます」あ、逃げた
今ぞ知るあの者達は都合よき集金マシーン　は
よ、目覚めよ

＊

外交と忖度茶番の国葬にもはや主役は忘れ去らる
る　東京　鈴掛《すずかけ》　典子《のりこ》
主権たる国民の自死赤木氏に報ゆる責任彼は果た
さず
真実を語る機会を永遠になくせし失策その死惜し
まぬ

＊

島国を眺め撃ちたくなるだろうまた増える白き大
き円柱　東京　鈴木《すずき》　英子《ひでこ》
美味しさも悲しさもみな「めちゃめちゃ」のこの
にっぽんにちいさく生きる
「仕方がない」のにがさの違い　児童婚はホタル
ブクロのなかなる螢

朝なさな新聞ひらけど開かざるきのふがずつと続
くばかりだ　東京　鈴木《すずき》　良明《よしあき》
主体なき「波紋」「反発」「物議」てふ言葉あふれ
てメディアは死んだ
双子六兵衛ウクライナにてひとごろし人殺しとぞ
叫んでくだされ

＊

飛び散った血潮は宙に赤い月マリウポリに咲くあ
かいヒマワリ　千葉　園田《そのだ》　昭夫《あきお》
モノクロの映画なれども「独裁者」ラストのシー
ンはカラーの記憶
百十二年たちて再び秋水の非戦の叫びは世界にど
よめく

＊

黒き羅を纏いて蝶の還らまし白き波濤の海の原越
え　埼玉　髙田《たかだ》　明洋《あきひろ》
シャッターとガードレールにスプレーの霊長類の
マーキング痕
少子化を憂える声とうらはらのかたはらいたきマ
タハラ、パタハラ

麦藁に塩からトンボの「寺山修司」も復員兵もゐない八月

福岡　田嶋《たじま》　光代《みつよ》

朝顔のしまひの花は瑠璃の色どこかで誰か「いってきます」と

筆先をつゝとすべらせヒマハリの線描刻みセベロドネツク陥《お》つ

＊

テロにては何も生まれず然れども世は幾重もの息苦しさよ

京都　田中《たなか》　成彦《しげひこ》

英・米・仏いづれの国も暴動の起こりし後に今のあるなり

来《きた》るべき年の良かれとこれほどに願ひしことは未だ覚えず

＊

四度目のワクチン接種を躊躇するわれに先生はその意義を説く

東京　谷浦恵美子《たにうらえみこ》

被爆地で母と別れて看護師として生き来たる長崎の人

サヨウナラ長年みんなを和ませたパンダ中国に帰り行きたり

自家用車の窓から綿棒迫り来るフェイスシールドの顔が近づき

山口　俵田《たわらだ》ミツル

社会的仕分けをさるる心地せりコロナ陽性をケータイで聞く

ここ三年恐れて調べてゆくうちにマイノリティのばあさんとなる

＊

記入事項、手続き、未来、数へれば吾が手に重し婚姻届

茨城　藤《とう》　しおり

新しき家庭増えたり戸籍には遂に母のみ残されてをり

新姓と旧姓使ひ分けていく私はだあれ「妻」と呼ばれて

＊

安倍晋三氏へ供花の列の累累とそは沖縄への無関心の列

沖縄　當間《とうま》　實光《じっこう》

報道に「献花の列の絶えない」と、列の長さは差別の長さ

テロリズムは何も生《な》さぬと言いたるが次次顕《あらわ》る闇の繋がり

戦場にカメラが捉へたクロッカス瓦礫のなかで春風に揺る

石川　栂《とが》　満智子《まちこ》

血と汗と叡智に築きたるものを破壊すること戦禍と言へり

やがてくる混沌を予告するやうな有無を言はさぬ物価上昇

＊

一億の貢物など知らぬこと関係ないと統一見解

静岡　戸口《とぐち》　愛策《あいさく》

参院は三日で終る議長決め顔突き合はせ何事もなく

五歩前に踏み出したこと誰知らず白昼・銃声人の倒れる

＊

オミクロン小癪な娘の名のやうでぱつと広がる三が日すぎ

広島　鳥山《とりやま》　順子《よりこ》

完膚なきまで囲ひたる金網の網目より出た見えざるものは

蔓延防止を言ふわが知事の前髪の目にたつ白さわが子も然り

マーガリン一生懸命塗ったっけ昭和の朝がテラテラ光る

和歌山　中尾《なかお》　加代《かよ》

昭和なら雨はブルースだったのに今ではハードロックみたいだ

太陽の歌多かった昭和には私もちょっと輝いていた

＊

Ｚｏｏｍ会議このごろ増えて押し殺す思いのひとつ人にあいたし

神奈川　中川《なかがわ》　佐和子《さわこ》

「難民」のなくならざる世に住みながら無力であるか問われていたり

車内にはケータイ人のあふれかえり日本の死語か祖国というは

＊

街を行くシルバーヘアの美しく　人生百年悪くはないか

神奈川　中島《なかじま》　由美子《ゆみこ》

会話なく過ぎし一日《ひとひ》はぬばたまの深夜にコンビニ訪ねてみたり

楽し気に狭き通路を歌い来るファミレス「ガスト」の配膳ロボット

青丹よし奈良の大路の真昼どき宰相逝きぬ凶弾の下

秋田　永田《ながた》賢《けん》之助《のすけ》

くに民の自由叫びし先達の幾つ果てしか明治昭和史

非業の死遂げし英傑悼みつつかたや危ぶむ国の右傾化

＊

月光と闇の錯綜する森と戦火の国を抱き朝が明く

石川　中藤《なかとう》久《ひさ》子《こ》

野に山に木の芽すんすんのびひかり桜咲き群れ戦争憎む

ウクライナの難民ウクライナへ帰ると言い空地の千草へ月光そそぐ

＊

再びを「軍人節」を唄わすな夕陽しずかに海へ入りゆく

沖縄　仲西《なかにし》正《まさ》子《こ》

川向こう那覇より聞こゆ事始め「ミサイル避難訓練」に竦む

捨て石はそのままにしてその下に核シェルターの話ちらつく

昨夜より積もりし雪が踏まれおり北京五輪の光と闇よ

東京　中村《なかむら》陽《よう》子《こ》

一点の翳りもあらぬ青葉なりフェイクニュースがとびかう日々に

PCR検査のテントは静まりて大道芸のみ歓声響く

＊

国道に轢かれし猫をそっと抱くまだあたたかし戦場《ウクライナ》思う

沖縄　中村《なかむら》ヨリ子《こ》

沖縄忌の基地の国旗が気になりぬキャンプフォスター半旗にあらず

慰霊の日半旗にせぬが国葬の日には日の丸半旗の米基地

＊

戦なき世へと詠み継ぐ今年また土佐の山河に初日差し初む

高知　中山《なかやま》恭《やす》子《こ》

ともかくも今日春菊の種播かむロシアがキエフを包囲したる日

ただならぬ嵩に雪積み年暮れて元日の朝晴れて雲なし

ひと枝を欲しと思ひつつ見ては過ぐやしろの崖の
白玉椿　東京　奈良《なら》みどり

空襲に焼け残りたる石鳥居炎痕いまに七十七年

季《とき》どきの花を咲かせて牛天神コロナ禍マスクの人
を憩はす

＊

前身はコメディアンと工作員いずれあっぱれ国の
指導者　福岡　成吉《なるよし》春恵《はるえ》

はとぽっぽ票が欲しいかそらやるぞ汝が国腑抜け
にするためにやる

ＳＮＳにあやつりつらるる闇バイトつまりは強盗
この世混沌

＊

「力には力」とばかり軍事費を二倍にという政策
恐る　千葉　野田《のだ》忠昭《ただあき》

年を追い軍事費予算増えつづけ蔑《ないがし》ろにす平和憲法

「九条」を保持する国に許せざり敵基地攻撃能力
保有

難多き今年の漢字「戦」となり国家は誰のためか
と思う　茨城　長谷川《はせがわ》泰子《やすこ》

原発の耐久年数四十年明記されたる約束いずこ

隣国に脅えて軍備増強し脅やかさるる非戦の誓い

＊

兵数多集まり征きにし広島港その地に隣るにＧ７
集ふ　広島　東《ひがし》　木《こ》の實《み》

Ｇ７それもよからむされど今ヒロシマに来て欲し
き人はプーチン

Ｇ７に集へる人らの心意気・叡智を集めて戦《いくさ》止め
なむ

＊

ランドセル下ろして一つまた一つ大人が近づく
戦争が寄る　北海道　樋口《ひぐち》智子《さとこ》

禿頭のつやつや脂ぎりたるは清盛入道プーチンい
ずれ

港湾は女の鎖骨　狙われるかつての釧路、やがて
オデーサ

図書館で五十六《いそろく》・悌吉《ていきち》を繙けば終始変はらぬ真心の友

大分　樋口《ひぐち》　繁子《しげこ》

国葬儀は大和心にありたきを分断見する国民の魂《たま》

たまものの一粒の原子《アトム》を邪《よこしま》に扱ふべきやバイオ科学を

＊

十代にて初の衛星中継に斃れるケネディ見し夜忘れず

広島　菱川《ひしかわ》　慈子《よしこ》

六十年経てまた悪夢か病院のテレビに映る安倍氏への銃撃

教団の反社会性知らざりしと関はる議員らの釈明続く

＊

一g取り出すにさえ梃摺るは安価というより原発暗花

埼玉　日向《ひなた》　勝《まさる》

「ワオー!ちん!覚えておけよ!」に大笑いふりさけ見れば仁科《にしな》先生

百年の開かずの扉を開いたる投手兼打者「大谷翔平」

ロシアには軍事会社が現にある兵は雇はれ命を賭すか

佐賀　廣澤《ひろさわ》益次郎《ますじろう》

戦争に敗れて怒る民の声朝のドラマの中でまた聴く

宰相はシャモジ土産に訪問す戦火の止まぬウクライナへと

＊

ＡＩが面接をして評価する人の意欲を秤りにかけて

宮崎　古川《ふるかわ》　仁《ひとし》

がんにより失くした地声《こえ》を再現し家人と話すＡＩの声

まちがいを説いて示せば心得て礼儀正しく詫びるＡＩ

＊

沖縄の返還密約をあばきたる西山太吉氏逝去のニュース

千葉　逸見《へんみ》　悦子《えつこ》

忘れてはならぬ事件の西山太吉記事を切り抜き五十年経つ

ドラマにて描かるる西山太吉氏の新聞記者たりし執念は燃ゆ

男孫《まご》四歳《よっつ》鉄棒二回の前回り戦争なんかに行かせるものか

コロナとう戦場にある息子らよ救命救急息子《こ》の仕事なり

茨城　堀内《ほりうち》　道子《みちこ》

強盗が真冬の先に立っていた聞こえないのか親のなげきを

＊

日本の曾ての姿視るごとくウクライナの今茶の間に届く

愛知　松野《まつの》登喜子《ときこ》

加害者にも被害者にもなりし一世紀よ、満州事変太平洋戦争、また火花舞ふ

半藤《はんどう》一利がいまさば何と語るだらう、歴史を学ぶ意義とは何と

＊

「敵基地の先制攻撃」ああ嘗てパールハーバーその後の惨禍

千葉　三浦《みうら》　好博《よしひろ》

ウクライナを国際社会は支援する先制攻撃せぬ理がありて

また攻めてくると思ふよ軍拡に過去を知りたる周辺国は

功罪の是非定まらぬ今もなほ権謀の渦に巻かれゐる死者

国葬を外交の具とするならむ税の浪費を考へるべし

愛媛　三島《みしま》誠以知《せいいち》

票田に使ひ捨てたる教団をサタンの如く彼ら忌避せり

＊

台風の雨に流され新しき新道がまたいただきめざす

埼玉　御供《みとも》　平佶《へいきち》

「平」をピン駅を「車站」の隣国に足踏み入れず八十となる

再放送頻繁に出る俳優のその迫真さ見せて逝きたり

＊

春の日の四十代の背骨には一つひとつに積まれし憲法

東京　三原《みはら》由起子《ゆきこ》

人権の重みを想う先人の背骨の中に成り立つものと

簡単に書き換えられてしまうなら日本の背骨は骨粗鬆症

世の中が早回しとなり息苦し昭和のゆつたり感がいとほし
北海道　村田《むらた》　正則《まさのり》

だれかれに老年といふ荒野ありオセロゲームのごとかへしたくも

不安、危機多しこの時代ため息をひとつ転がして正気をさがす

＊

言い訳に半分くらいは本当があるのだろうか奥目のプーチン
千葉　望月《もちづき》　孝一《こういち》

国益を押し出し蛮行せる「大義」国接すれば蒔く種はある

欲望のとどのつまりをトルストイ『人にはどれほどの土地が要るか』

＊

人を避け人に避けらる感染に自粛十日の未来は重し
東京　安廣《やすひろ》　舜子《きよこ》

玄関に弁当届く気配あり食欲は失せ人に飢ゑゆく

十日間の隔離は解けて踏み出《い》だす現《うつつ》の世界はぬばたまの闇

別れゆく子は泣きながら父を撲つ兵士となりて残れる父を
長野　矢花《やばな》　彪二《ひょうじ》

キッチンに葱を刻みし鋏もて辺野古守れの記事を切り抜く

広げたる新聞に載るプーチンの顔の上にて足の爪切る

＊

入園はマスク着用満ちるフィトンチッドも吸えぬ森林公園
千葉　山内《やまうち》　活良《かつよし》

鬼気迫る訴え淀みなき口上オレオレ詐欺に似る市長選

かつてない侵略の危機と煽られて危うし九条専守防衛

＊

見慣れたる「朝日新聞」の題字まさに七十七年前と変わらず
茨城　山川《やまかわ》　澄子《すみこ》

大戦中の「天声人語」は「神風賦《しんぷうふ》」と改題終戦の九月復活

戦時中はとなり近所と助け合い母から聞きし乳兄弟おり

農繁期過ぎし葬儀に生者らは孝行者と亡き人を言ふ
秋田　山中《やまなか》　律雄《りつゆう》

労働の対価は入れず差しひきて出でし黒字を農夫よろこぶ

農家にも勝ち負けありて負け組のひとりが村の未来を憂ふ

＊

石楠花の葉は筒のごとく縮みたり極寒むかえし民の生活《たつき》も
北海道　山本《やまもと》　司《つかさ》

学者にもマスコミまでも三猿を求めておりぬ日本の政府は

コロナ禍の軽視と共に軍拡を政府がまねく日本の不幸を

＊

背に腹はかへられぬ日本資源なき危機に原発増設を言ふ
神奈川　結城千賀子《ゆうきちかこ》

反原発掲げて人ら集ひしは秋の茱萸坂《ぐみざか》国会前に

秋の陽にひとすぢ長き坂ありてそこのみ白く照りゐし記憶

古都奈良ににぶく響ける銃声に元総理果つ　白昼夢ならず
和歌山　脇中《わきなか》　範生《のりお》

内と外と国葬あいつぎその違いつぶさに観せて中継終わる

否の声多きをおさえ宰相の国葬終わる　何も残らず

17

都市・風土

雲低く浮く冬空に弧を描く鷹は琵琶湖を抱《いだ》くがごとく
稲田減り大豆のみどり蕎麦の白実りの景色いつしか変わる
高速路帰る大津のインターに眺むる碧水われをしずめる

滋賀　今西早代子《いまにしさよこ》

*

万緑の中を走りて三輌の秩鉄《ちちてつ》は行く荒川も見え
指を折り数える程の客乗せてのどかに走る秩父鉄道
真っ直ぐに続く鉄路の彼方には武甲《ぶこう》山の姿どしりと有りぬ

埼玉　梅津佳津美《うめつかつみ》

*

照準は猫といふとも人の児の耳宮をも衝くモスキートーン
鳥さへも翔ぶを許さぬ加毘礼《かびれ》山斎《さんゆ》つ磐座《いはくら》に人間は立つ
年よりは年よりどちの物語花がちるちるお薬師堂に

茨城　大内《おおうち》　徳子《のりこ》

仁徳陵めぐれば堀の傍らに磐姫の歌碑ひっそりとあり
嫉妬とは愛深きゆえの苦しみぞ足もあがかに人恋い抜いて
恐妻と呼ぶは気の毒愛されて履中反正允恭の母

大阪　小西美根子《こにしみねこ》

*

秋田へと嫁御むかへの大鵬の車列を見しは薄野の道
色褪せしレコードジャケット「大いなる秋田」石井歓は厳しかつた
亡き父も生誕百年　正露丸ゴールデンバットほのかに匂ふ

秋田　小松《こまつ》　芽《めぐみ》

*

撥を手に稽古する子らドンドドン櫓に上がれ今年の夏は
保冷剤首に巻きつけ来るはずのバスを待ちをり遠く逃げ水
真夜中の舗装工事か白く浮くバルーンライトに蒸気が上がる

埼玉　島崎《しまざき》　征介《せいすけ》

祖父安兵衛肥後に武士なる身分失せ北指ししゆえ今のわれあり

神奈川　陣内《じんない》　直樹《なおき》

和の美なる非対称とは真《ま》反対整然さぞ佳き生地札幌

志《こころざし》　果たししならね死なば帰る藻岩《もいわ》山の墓地が頭《ず》に広がり来

＊

三越のライオン大きマスクして座りゐる前人多く待つ

東京　多賀《たが》　洋子《ようこ》

スリットの切れ上がる裾翻しハイヒールの人大股に行く

ライオンの足にちらと触れてみる寄りかかりても触るる人なし

＊

愛本で箍《たが》外されし黒部川ひろらに流る里うるおして

富山　高野《たかの》　佳子《よしこ》

家持の鐙ぬらしし早月《はやつき》川の雪解の水の卯月に勢う

まな板に透きとおるよな碧き肌みせてピクリとはねる落ち鮎

塩田の遠浅続きし瀬戸の里今は住宅みる影もなし

東京　田村《たむら》　智恵子《ちえこ》

夏休み同胞集いて墓まいり素麺すすりし瀬戸内の海

傍らの火鉢に餅を焼く記憶　あの五右衛門風呂はいつまでもあり

＊

はつ夏の大気に霞む高層のビル群清洲橋　橋梁のあを

東京　鶴見《つるみ》　輝子《てるこ》

コロナ禍に久しぶりなる町歩き深川の露路に昭和が残る

ハンストを決行し吾を悩ませし君らはいづこに古稀迎ふるか

＊

朝焼けてサーモンピンクに彩らるる津波にやられしまあるい校舎

宮城　永岡《ながおか》ピロエル

彩雲に見守られたる基地よりのブルーインパルスからもらう元気

子と父と祖父が刈り取る田んぼにはかけ声・鼻唄・コンバインの音

口喧嘩、なんてしちゃって切り図持て毘沙門までを　そろそろ呑まん
東京　中山《なかやま》　春美《はるみ》

夕光に花びら踏みて帰るときふっと二人は孤児だと思う

あらたまの「鼓月」「あげづき」神楽坂漱石居士と見上ぐる月夜

＊

針桐は手の平のやう葉を拡ぐ四代の裔見守りてゐる
北海道　長谷川《はせがわ》敬子《けいこ》

存命なら白寿となりし亡き母のもんぺ姿の戦時をいたむ

小樽への車窓に冬の海見ゆ寄せくる皺を詠ひしはふみ子

＊

台北の鴉片工場跡地にて珈琲を飲みレモンパイ喰ふ
台湾　服部《はっとり》　崇《たかし》

ひさかたの天花と呼ばれし疫を思ふ晴れ上がりたる空を見上げて

夜の更けて窓より見える世界一高かりしビルに蒼きが灯る

喫茶店おきな堂城下町松本の誇りを堅持して
長野　光本《みつもと》　恵子《けいこ》

暴れてる玄関の靴あかい靴あおい靴いっぱい咲いた花

星に包まれ山に抱かれ宇宙に呼吸《いき》するひとつの命
湖の街諏訪《すわ》よ

＊

ザビエルがクリスマスの祝福をせしところ瑠璃光寺の影直近にみゆる
山口　森元《もりもと》　輝彦《てるひこ》

ボランティアの光れる額に浮かびくる茂吉秀歌の赤茄子の歌

リンパ腫の放射線治療に通ふ君海の藍深むを言ひて黙しぬ

＊

雪解けを二月の末と信じつつ大阪より来る君の小樽よ
北海道　吉田《よしだ》　理恵《りえ》

セキレイが水浴びをする石狩の川の両岸にマーガレット咲く

パソコンの立ち上げ画面一杯に我が街小樽の運河広がる

18

災害・環境・科学

ひさびさの帰郷に乗りたる〈ひたち号〉水田に空
を映しつつ行く
東京　遠藤《えんどう》たか子《こ》
帰還困難区域ふるさとに残されて〈しまむら〉に
ずらり服吊さるる
十一年も陳列されゐるブラウスが今朝は車駆るわ
れを見てゐる

＊

豪雨にて水に没せし林檎園園地を棄つるほかなし
と言ふ
青森　風張《かぜはり》景一《けいいち》
大雨の水退き乾《ひ》く林檎園視界モノクロ泥の実、泥
の樹
隕石を数式基に追ふといふ若き学究《ひと》らよ　こよひ
星降る

＊

２０１１年惨月《さんぐわつ》の波のこゑ　朝凪これもわが貌で
ある
宮城　北辺《きたべ》史郎《しろう》
濡れたままあいつの肩がやってくる海からもどり
駅のホームを
浜木綿のひとむらひかり集めむと十年《ととせ》まへなるし
ぐさにそよぐ

温暖化確実に進み後何年スキー出来るかスキー板
なでる
富山　佐伯《さえき》悦子《えつこ》
立山に降る雪の量年ごとに少なくなりぬああ、
神々よ
夕映えの雪の剣《つるぎ》が神のごと光るを見つつ広報紙配
る

＊

天災は忘れし頃にやって来て雨量４０４ミリわが
町襲う
静岡　酒井《さかい》春江《はるえ》
台風の置き土産なる断水にストレス溜めて給水車
待つ
断水の不便ようやく去りし朝　富士山頂に初雪光
る

＊

一滴の水を惜しみて使ひたる震災の記憶トルコに
重ぬ
宮城　佐藤《さとう》節子《せつこ》
浜に積む流石流木かき分ける不明者捜索遺骨みあ
たらず
大津波に遭ひし漁港に湯気たてる浜ゆで若布緑鮮《あたら》
し

阪神・淡路の被災の無念が蘇る離りて住めど思ひは一つ
北海道　佐藤《さとう》　智洞《ちどう》

追悼の竹灯籠が描きたる「むすぶ」の火炎字《ほむらじ》まなうらに顕つ

「上を向いて歩こう」の唱《うた》に心を継ぎゆかな悔みの涙こぼれぬやうに

＊

この地球《ほし》の天変地異の前触れか素魚《しろうを》の遡上拒みしは何
青森　鹿内《しかない》　伸也《のぶや》

皆無とふ前代未聞の素魚漁野内《のない》の川面に夕日影落つ

素魚漁は半世紀に及ぶといふ友は潮時とぽつり呟く

＊

温暖化進む中にも植物の実りの時は過たず来る
東京　真保《しんぼ》　義子《よしこ》

豊かなる水に恵まるるこの地球《ほし》の植物の進化奇しきこととなり

植物の実り確かにありてこそ今を極める人類の在り

五十年使い慣れいし三面鏡震度六なる地震が壊す
福島　田中《たなか》　寿子《としこ》

部屋中が本とガラスがごちゃ混ぜに飾りし絵画も額がバラバラ

地震より五ヶ月を経し猛暑日よ吾が部屋ようやく修理の終わる

＊

駅近のタワーマンションの輝けるガラスいつしか凶器とて降る
東京　永田《ながた》　吉文《よしふみ》

スマホより応答のなきひと時の寒々とするコロナ禍の部屋

髪を梳く愛する吾子もなき身にて音なき部屋に点となり座す

＊

「召使いになりますから」と助け乞い瓦礫の下に弟かばう少女《こ》
東京　永谷理《ながたにり》一郎《いちろう》

〈進化〉さえ滅びに向かう階段か　いまや衰退途上国　日本

人類は進化の失敗作なのか　チャットＧＰＴよ答えよ

マスクして座せばマネキン四十体いま「おはやう」と誰がいつたか
岐阜　三《み》田《た》村《むら》広《ひろ》隆《たか》

「黙食」の指導せよとて教室にそれぞれの口を飽かず見たりき

生徒らが黙つて食べる弁当の彩りあはれコロナ二年目

*

洪水とコロナ七波と灼熱に翻弄される日急に秋めく
石川　山本《やまもと》美《み》保《ほ》子《こ》

一瞬を熊かとたぢろぐ畦道の農業用の黒きビニール

訓練の機影の消ゆと基地のある町によもやの速報流る

19
芸術・文化・宗教

首里城の復元に望む木遣歌「国頭サバクイ」の勇壮な舞
沖縄　安仁屋《あにや》升子《ますこ》

王朝の祭事再現の木曳式令和に出遭ふ文化の薫り

神女ともに木遣行列粛々と祈りは深く首里城への道

＊

松園の「雪月花」にみる平安の雅《みやび》に遊ぶこのたまゆらを
福岡　天児《あまこ》都《くに》

樹々の間に遊ぶ鳥らに語り掛く「七宝四季花鳥図花瓶」の

芙蓉咲き白萩も開き涼風を待てば鳴き出すつくつくほふし

＊

ひぐらしの啼くこゑひとつききながら盆支度する朝涼の墓所
富山　在田《ありた》浩美《ひろみ》

墓所に吹く風が卒塔婆を鳴らすとき亡きひとよりのささやきときく

大型の扇風機まはる本堂に焼香のけぶり大いにうねる

東国にいます稲荷のかみやしろ御札守《おんふだもり》の耳とほき老婆
群馬　石原《いしはら》秀樹《ひでき》

手のひらを耳元に寄せ近づきぬありがたきかな媼のもてなし

晴れわたる師走の空ゆ時雨ふりこんこん様のいたづらならむ

＊

きのふから細く降る雨ぬばたまの軍艦茉莉の甲板濡らす
神奈川　大西《おおにし》久美子《くみこ》

暮れ初むる夏の冷気が立ちのぼる宮沢賢治産湯の井戸の

父母祖父母伯父伯母従兄弟はもうゐない白い詩集が色褪せてゆく

＊

リハビリと脳トレを兼ね再開すピアノレッスンに心弾みて
岐阜　片岡《かたおか》和代《かずよ》

「この音は美味しい音よ」と先生はミレドと下がる音符に丸打つ

三時間かけて仕上げに調律師はショパンのワルツをさらりと弾きぬ

汽水域の砂洲たそがれてやはらかく神聖娼婦立ち
顕れる　愛媛　片上《かたかみ》　雅仁《まさひと》
とことんの無縁のなかに浸りたく夏の竹下通りを
歩く
柿の実をツグミがつつきしその夜は遮光器土偶抱《いだ》
きて眠る

＊

幣《ぬさ》をふる彩衣の袖の衣ずれの風にかはりて辞儀の
肩ふく　茨城　川田《かわた》　泰子《たいこ》
卒塔婆の文字も手馴れぬ住職をつぎし妻女の二十
年経つ
迸る水の記憶にひらかれし巌の龍の空ろなる口

＊

偽りのあらぬ言葉と聞きてをりさぐることばは退
会の理由《わけ》　静岡　君山宇多子《きみやまうたこ》
その理由を文語に帰するに同調する声も本音か三
人四人
詠むなれば必然として文語あり識らしめにけり永
き歳月

明治期の文明開化も偲ばれる当て字の多き書簡読
みゆく　埼玉　齋藤《さいとう》　秀雄《しゅうゆう》
漱石や正岡子規は文章の当て字造語で時代革新
毛筆の大正末の書簡読む百年前の人生此処に

＊

「恋日和」の阿久悠の歌詞憎からね「あとの一日
短歌を詠んで」　神奈川　斎藤《さいとう》　寛《ひろし》
已然形と思ひをりしは命令形？「大和と思へ」の
謎に嵌りぬ
渓谷のしじまを飽かず描き来ぬ独立展の世利徹郎
は

＊

技巧なく淡たんと語る小三治のまくらの噺にどっ
と笑いが　東京　ささげ・てるあき
ひとことで爆笑誘う巧みさに高座の小三治燻し銀
の芸
タレントと化す噺家の目立つなか落語ひとすじ高
座ひとすじ

ピアノ弾きにもチエリストにも成れなかつた薔薇窓に照る若きキリスト　大阪　篠原《しのはら》　節子《せつこ》

ほとばしる熱気・汗・貫禄の反田恭平これぞポロネーズ

手も足も明るめ花の降りしきるエルグレコの光コラールの風

＊

梶棒をあらはに山車の廻るなへ絡繰《からくり》にんぎやう眼をしばたたく　岩手　清水《しみず》　亞彦《つぐひこ》

歌加留多ぢげなる曾禰好忠のほこりかに持つ白扇ぞよき

みづからの頭《づ》の重みにて倒れこむ百合の傍《かた》へや跳びとびの石

＊

わが祖父は津軽の歌人真心のひと世に出づる里と詠みけり　青森　杉山《すぎやま》　靖子《せいこ》

写し絵に遠き日偲ぶ鉄幹と晶子を迎へし里の歌会

ひとに優しき祖父の心根思ひつつウクライナからのモノローグ聞きをり

荒彫りの終りは近しわが父は釈迦の面の螺髪彫りゐつ　愛知　竹本《たけもと》　英重《ひでしげ》

毛描き終へ面「痩男」をわが父は顔につけ手にかざしても見る

ただ惜しむわれは子なれば父は打ちし般若の面火に投げ入れつ

＊

何よりも今一番に欲しいもの叶うのならば母のぬくもり　栃木　塚越《つかごし》　孝広《たかひろ》

今更になって初めて解る事司祭の孤独イエスの孤独

神様に宛てた手紙のひとつには握りしめてる拳の行方

＊

首の無きはた苔むす仏《ぶつ》、怒る仏、微笑《みせう》の仏の「瀧の観音」　長崎　辻《つじ》　武男《たけお》

十八の羅漢のおはす境内はせせらぎの音と木立吹く風

十丈の滝のかたへに笑み湛ふる羅漢の座して旅人迎ふ

昼休みの小学校でよく聴きし『軽騎兵序曲』悼みも含み

東京　筒井《つつい》由紀子《ゆきこ》

エルガーの『弦楽のためのセレナード』情感溢るる魅惑の曲よ

マーラーの『交響曲第五番』憂愁、諦観、憧憬を込む

＊

北斗星《ブルトレ》に眠りてゆかな上野まで然らばエゴン・シーレに会へる

北海道　内藤《ないとう》　和子《かずこ》

美術学校《アカデミー》の門が歴史を動かしぬ　シーレの合格ヒトラーの落選

自画像のシーレの百枚ヒトラーも描き切つたらアウシュビッツ無し

＊

おごそかに初香席の事始めまづ御仏に伽羅の香献ず

埼玉　中村《なかむら》　和江《かずえ》

香匙に掬ひて小さき香木を焚きて燻らす伽羅のいのちを

香満ちて部屋に漂ふ伽羅の香はこの世にありてこの世にあらず

閉店時夜桜われまで匂いきて妙見尊《みょうけんそん》の観よと呼ぶ意志

福島　野口《のぐち》　晃伸《あきのぶ》

突然に湧き立つ雲も無心にて人の心の及ばざるごと

雁とても湖とてもその心無きにしあれど姿を映す

＊

昭和から令和に歌誌「迯水《にげみづ》」は市井の人の想ひ束ねし

東京　野﨑《のざき》　益子《ますこ》

信州人赤木賢而《あかぎけんじ》氏亡き師の意汲みて支へて五三四号

締め切りに追はれすがりて年を経し百余の誌友仰ぐ朝月

＊

わが立つる砂利音寂しく響きゐて歩みを止めて大き息吐く

奈良　野中《のなか》　智子《ともこ》

大楠の葉擦れの音の響きゐる空見上げつつ向かふ夢殿

厨子の中にましますみ仏その長き救世の祈りの終はる日やある

夫とゆく祇園祭の宵山はコンチキチンの誘《いざな》うままに

京都　蓮川《はすかわ》　康子《やすこ》

夕闇に浮かぶ提灯煌々と洛中に現る動く宝石

京町屋ぎおんばやしに包まれて疫病退散ちまきに守られ

＊

秩父音頭うたふ左門次らうらうと鉢巻き法被に鯔《いな》背《せ》な兄い

埼玉　浜口《はまぐち》美知子《みちこ》

大太鼓、小太鼓、鉦を連打する秩父囃子はマグマの響き

小太鼓に割り込むやうに大太鼓打ちゐる男阿修羅と言はむ

＊

しっとりと古典を踊る所作の美し第九回君子の舞台

沖縄　比嘉《ひが》　道子《みちこ》

見ることが支援になると友言えば君子の舞台の客の一人に

君子の目に涙の玉の光りおり一筋の芸大きくジャンプ

三成は数々の陰謀巡らすと徳川の世に決めつけられぬ

京都　久富《ひさとみ》　利行《としゆき》

江戸時代の固定観念今もなほ受け継がれをり三成悪しと

秀次も利休も三成が陥れぬと信ずる人の今も多きか

＊

干からびた昆虫ばかりに出合ふ舗道　友逝きたるを知りたるあした

香川　兵頭《ひょうどう》なぎさ

合歓の樹にはなの咲きし日ひとつ蝶落下するかのやうに降りくる

かたち失ひし貝殻《かひ》あまた散りばへるある星の夜の家路なりけり

＊

三重塔をあふげば垂木にはどんぐりまなこの隅鬼のゐて

奈良　藤川《ふじかわ》　弘子《ひろこ》

邪鬼を踏み立つ四天王立像の腰をしぼれるうしろ姿わかし

右書きにアサヒビールと書かれたる鏡の掛かる鬼の茶屋なり

鋭《と》きこころ編みこみゆたけき綾をなす白布の滑《ぬめ》りをたもつ文体

東京　古谷《ふるや》　智子《ともこ》

語るもの聞くものみながら死なしめて『ペスト』終章今につづけり

記録する力《ちから》のあれよこれの世のすみに閉ざさぬ目の人あれよ

*

待ってました！十三代目團十郎憂ひの世に見る夢の現し世

東京　増田《ますだ》　啓子《ひろこ》

とめどなく舞ひ散る銀杏に歌舞伎座の稲荷の狐まなこ細める

三升紋柿色裃の團十郎まさかり髷に睨みをきかす

*

みほとけにお参りすると吾の名をいずこからともなく呼びかけくるる

富山　松浦《まつうら》　曙美《あけみ》

涼風が御堂《みどう》に満ちてお朝事《あさじ》の正信偈《しょうしんげ》の声心に届く

五指を合わせお参りすればよみがえる大正琴を弾いている妣《はは》

わが世代衝撃受けし陽が落つる「太陽の季節」の石原慎太郎

香川　宮地《みやじ》　正志《まさし》

山里で旗を横にし地名とせし〈横旗〉守る平《たひら》の子孫

〈横旗〉に平氏の裔《こはな》住まひけり氏神祀り生業重ぬ

*

「倭歌」と表記の木簡平城《なら》に出で其にかすかな五七調のあり

神奈川　宮下《みやした》　俊博《としひろ》

西行の詠みし名残りの水面《みなも》には名を知らぬ鳥一羽泳げり

中世は鍋やしやもじの妖怪ら夜陰にまぎれ出没せしと

*

玉三郎　地上を舞えり一瞬の身のひらめきに左右の蹠

群馬　武藤《むとう》　敏春《としはる》

無伴奏チェロの響に寄り添いて玉三郎の妙なるうごき

無伴奏チェロを捉えて揺れはじむ白き衣裳はうおんうおんと泣く

その語感こころよきゆゑふるだぬき、ふるだぬき
と言ひ紙の数よむ　大阪　安田《やすだ》　純生《すみお》

古だぬき古ぎつねゐて古うさぎ古猫をらず古人《ふるびと》は
をり

部屋にゐて右手左手あげて振る「さらば、さら
ば」と告ぐるがごとく

*

うべしこそ「この世を旅するものであれこの世の
ものとなるなかれ」ぞや　群馬　矢端《やばた》　桃園《とうえん》

「俗世に生きてしかも俗人となるなかれ」この世
の旅は試練と修行

しらずしらず不軽《ふきょう》菩薩を範として旅行く我か和し
て流せず

*

夕闇に和歌を称ふる巫女の舞は篝火に揺れ浮き立
ちてくる　神奈川　山下《やました》　紘正《こうせい》

たけなはにうつらうつらし能を観る詞《ことば》が音のうね
りに変はり

狂言の男女の別れのかけひきに笑ひ広がり切なさ
残る

雨音を聞きつつ坐る小一時間雑念溢れ蠟燭の燃ゆ
おのおのの業は負はされ起りたり撃ちたる人も撃
たるる人も　大分　山田《やまだ》　義空《ぎくう》

宇佐美師の祥月は如月加藤師の弥生を過ぎて卯月
の良道忌

*

母もわれも〈叙情短詩〉書く異邦人〈LE MAD-
RIGAL〉に座せしパリの夜　広島　山本《やまもと》　真珠《しんじゅ》

マンションの玄関の簡素な赤き樹はヤマボウシ
赤きBERET《ベレー》掛けたし

バロックパール貰《もら》いて遥《はる》か　朝シャンをしながら
聴きし「朝のバロック」

*

歌会に「あんたがたどこさ」「くまもとさ」歌ふ
ひとありここを粮とす　千葉　横山《よこやま》　鈴子《すずこ》

幕あがりそこより琴曲流れ出で溢れ滴り客席に満
つ

みやぎみちをの「きぬた」のねいろ　ながるれ
ば　帝都のかなしみ　しづかにみつる

幾人のうた人集う「新歌人」年輪太し昭和を歌う
石川　吉田《よしだ》　雪美《ゆきみ》

新歌人と歩み来令和84の吾袋井幸子師102を先頭に

朱鷺守る村本良雄師語らうに97歳は死んでおれぬ
と

＊

降りしきる地球《ほし》より涙吸いあげて　しとしとぴっ
ちゃん雨の美術館
東京　愛《り》　絆《ぼん》

感性ははじめましてのハリネズミ　色鮮やかにひ
とつ、また、ひとつ

歌い方　忘れちゃったの　もう一度　歌いたかっ
た　嵐のあとに

＊

こゑにのみわれをたづねる四十雀のPlease《プリーズ》 Please《プリーズ》・
Me《ミー》がきこえる
東京　和嶋《わじま》　勝利《かつとし》

ウィズ・コロナ寧日With The Beatles《ウィズ・ザ・ビートルズ》旧譜ばか
りに埋れて過ごす

風に聞け　Let It Be《なすがまま》と四十雀夏の終はりの光《かげ》曳
きながら

参加者名簿・作品索引

［あ］

相川　和子　あいかわかずこ
群馬　82
会川　淳子　あいかわじゅんこ
埼玉（花實）　82
会沢ミツイ　あいざわみつい
茨城（香蘭）　82
相原　明美　あいはらあけみ
山梨（富士）　126
相原　茂　あいはらしげる
千葉（佐倉短歌の集い）　162
相原　由美　あいはらゆみ
広島（綱手）　202
青木　節子　あおきせつこ
長野（潮音）　82
青輝　翼　あおきつばさ
埼玉（短歌人）　20
青木　陽子　あおきようこ
愛知（国民文学）　48
青戸　紫枝　あおとしえ
神奈川（濤声）　202
青野　里子　あおのさとこ
静岡（水甕）　140
青山　侑市　あおやまゆういち
鳥取（香蘭）　140
赤井　千代　あかいちよ
大阪（白珠）　126
赤尾登志枝　あかおとしえ
石川（新歌人）　126
赤澤　篤司　あかざわあつし
岩手（コスモス）　82
明石　雅子　あかしまさこ
北海道（短歌人）　28
赤松　伴子　あかまつともこ
和歌山（火の木）　6
秋葉　静枝　あきばしずえ
茨城（星雲）　74
秋山佐和子　あきやまさわこ
東京（玉ゆら）　202
秋山　星華　あきやませいか
岡山（潮音）　6
阿久津利江　あくつとしえ
茨城（潮音）　162
吾子　一治　あこかずはる
北海道（新墾）　82
浅井　義久　あさいよしひさ
奈良（山の辺）　140
麻木　直　あさぎちょく
徳島（心の花）　162
朝倉　正敏　あさくらまさとし
山形　48
あさと愛子　あさとあいこ
沖縄（黄金花）　20
浅野真智子　あさのまちこ
石川（国民文学）　74
浅見美紗子　あさみみさこ
埼玉（響）　83
飛鳥　游美　あすかゆみ
石川（運河）　48
足立　尚計　あだちしょうけい
福井（短歌人）　64
足立　敏彦　あだちとしひこ
北海道（新墾）　202
安達由利男　あだちゆりお
埼玉（新アララギ）　120
安達　芳子　あだちよしこ
静岡（沃野）　83
渥美　昭　あつみあきら
静岡　226
安仁屋升子　あにやますこ
沖縄（未来）　250
安部　歌子　あべうたこ
島根（かりん）　83
阿部　栄蔵　あべえいぞう
群馬（青垣）　28
阿部　一　あべかつ
岩手（歩道）　20
阿部　久美　あべくみ
北海道（短歌人）　226
阿部　尚子　あべなおこ
大分（朱竹）　202
安部真理子　あべまりこ
東京（谺）　83

阿邉みどり　あべみどり
福島（覇王樹）　162
安部　洋子　あべようこ
島根（未来）　6
阿部　洋子　あべようこ
東京　40
阿部　容子　あべようこ
神奈川（香蘭）　83
天児　　都　あまこくに
福岡（朔日）　250
天野　潮音　あまのしおね
東京　202
雨宮　清子　あめみやきよこ
山梨（富士）　120
綾野　洋子　あやのようこ
福井　203
綾部　光芳　あやべみつよし
埼玉（響）　64
新井恵美子　あらいえみこ
群馬　188
新井　俊一　あらいしゅんいち
埼玉（曠野）　40
新井　達司　あらいたつじ
群馬　188
新井　冷子　あらいれいこ
群馬　188
新垣　幸恵　あらかきさちえ
沖縄（藍の会）　162
新垣せい子　あらかきせいこ
沖縄（花ゆうな）　48
荒木　清子　あらききよこ
山梨（国民文学）　83
荒木　る美　あらきるみ
石川（ポトナム）　40
在田　浩美　ありたひろみ
富山（短歌時代）　250
有村ミカ子　ありむらみかこ
鹿児島（林間）　6
安齋留美子　あんざいるみこ
埼玉（曠野）　188
安蔵みつよ　あんぞうみつよ
茨城（茨城歌人）　74
安藤　勝江　あんどうかつえ
栃木　84
安藤　チヨ　あんどうちよ
山形（山麓）　40
安藤　直彦　あんどうなおひこ
兵庫（八雁）　48

［い］

飯島智恵子　いいじまちえこ
神奈川（香蘭）　28
飯田　幸子　いいださちこ
福岡（仙台風の会）　194
飯田　健之　いいだたけゆき
東京（こえ）　6
伊狩　順子　いかりじゅんこ
奈良（山の辺）　84
井ヶ田弘美　いけだひろみ
埼玉（かりん）　203
池田美恵子　いけだみえこ
愛知（国民文学）　203
池田みどり　いけだみどり
佐賀（ひのくに）　6
池田裕美子　いけだゆみこ
東京（短歌人）　203
池本　一郎　いけもといちろう
鳥取（塔）　7
伊佐山啓助　いさやまけいすけ
埼玉　140
井澤　幸恵　いざわさちえ
神奈川（ぷりずむ）　194
石井　孝子　いしいたかこ
北海道（長風）　64
石井　雅子　いしいまさこ
千葉（香蘭）　126
石井弥栄子　いしいやえこ
神奈川（玉ゆら）　203
石尾曠師朗　いしおこうしろう
東京（富士）　7
石尾　典子　いしおのりこ
和歌山（水甕）　84
石垣美喜子　いしがきみきこ
富山（弦）　126

石神　順子　いしがみじゅんこ
茨城（歌と観照）　74
石川　茂樹　いしかわしげき
広島　84
石川　皓勇　いしかわてるお
東京　140
石川　洋一　いしかわよういち
神奈川（未来）　226
石田志保美　いしだしほみ
北海道　162
石田悠喜子　いしだゆきこ
京都（たかんな）　84
石田　吉保　いしだよしやす
愛知（国民文学）　163
石飛　誠一　いしとびせいいち
鳥取（塔）　163
石野　豊枝　いしのとよえ
東京（NHK 学園友の会）　126
石橋由岐子　いしばしゆきこ
島根（中部短歌）　84
石原　華月　いしはらかげつ
岡山（潮音）　64
石原　豊子　いしはらとよこ
広島（歩道）　7
石原　秀樹　いしはらひでき
群馬（笛）　250
石渡美根子　いしわたりみねこ
神奈川（林間）　140
泉　非風　いずみひふう
北海道（北土）　141
伊勢　方信　いせほうしん
大分（朱竹）　203
磯田ひさ子　いそだひさこ
東京（地中海）　163
伊田登美子　いだとみこ
神奈川（醍醐）　7
井谷まさみち　いたにまさみち
和歌山（水甕）　64
井谷みさを　いたにみさを
和歌山（水甕）　226
市川　一子　いちかわかずこ
千葉（歌と観照）　163
市川　義和　いちかわよしかず
東京（香蘭）　226
一ノ関忠人　いちのせきただひと
神奈川　28
市場　和子　いちばかずこ
鳥取（星雲）　7
井出　和枝　いでかずえ
山梨　85
伊藤　栄子　いとうえいこ
奈良（山の辺）　74
伊藤　幸子　いとうさちこ
岩手（コスモス）　7
伊藤　早苗　いとうさなえ
福島（歌と観照）　163
伊東さゆり　いとうさゆり
大分（朱竹）　48
伊藤　純　いとうじゅん
静岡（沃野）　163
伊東　民子　いとうたみこ
東京（玉ゆら）　141
伊藤　英伸　いとうひでのぶ
岩手　141
伊藤　雅水　いとうまさみ
福島（星座α）　28
伊藤　正幸　いとうまさゆき
福島（潮音）　204
伊藤　麗子　いとうれいこ
岐阜（萌）　28
伊藤　玲子　いとうれいこ
広島（むくげ）　204
稲垣　紘一　いながきこういち
神奈川（潮音）　127
稲葉　信弘　いなばのぶひろ
大分（歌帖）　29
乾　醇子　いぬいあつこ
大阪（ヤママユ）　127
井野　佐登　いのさと
愛知（まひる野）　164
井上登志子　いのうえとしこ
大分（ぷりずむ）　49
井上　槙子　いのうえまきこ
新潟（冬雷）　85

井上　政彦　いのうえまさひこ
鳥取　226
井上美津子　いのうえみつこ
埼玉（玉ゆら）　85
井上由美江　いのうえゆみえ
埼玉（地中海）　227
井ノ本アサ子　いのもとあさこ
京都（林間）　164
伊波　　瞳　いはひとみ
沖縄（かりん）　204
今井　恵子　いまいけいこ
埼玉（まひる野）　40
今井　千草　いまいちぐさ
東京（短歌人）　85
今井由美子　いまいゆみこ
岐阜（コスモス）　29
今枝美知子　いまえだみちこ
宮崎（塔）　204
今西早代子　いまにしさよこ
滋賀（好日）　242
今西　節子　いまにしせつこ
埼玉（長風）　85
藺牟田淑子　いむたとしこ
東京（綱手）　164
伊予久敏男　いよくとしお
群馬（まひる野）　164
伊良部喜代子　いらぶきよこ
宮城（かりん）　85
岩浅　　章　いわあさあきら
長野（白夜）　74
岩尾　淳子　いわおじゅんこ
兵庫（未来）　20
岩崎美智子　いわさきみちこ
埼玉（花實）　127
岩田　明美　いわたあけみ
島根（香蘭）　86
岩田　　亨　いわたとおる
神奈川（星座α）　127
岩永ツユ子　いわながつゆこ
長崎（あすなろ）　86
岩渕真智子　いわぶちまちこ
北海道　127
岩本ちずる　いわもとちずる
長崎（覇王樹）　49
岩本　幸久　いわもとゆきひさ
広島（かりん）　141
印藤さあや　いんとうさあや
徳島（徳島短歌）　164

［う］

宇井　　一　ういはじめ
奈良　164
上木名慧子　うえきめえこ
千葉（橄欖）　49
植木　保子　うえきやすこ
神奈川（マグマ）　8
上條　節子　うえじょうせつこ
広島（塔）　165
上杉　里子　うえすぎさとこ
栃木（木立）　165
上田　正枝　うえたまさえ
鳥取（湖笛）　86
上田　　明　うえだあきら
大阪（白珠）　86
植田　珠實　うえだたまみ
京都（山の辺）　227
上田木綿子　うえだゆうこ
神奈川（歌のまれびと）　204
上田　洋一　うえだよういち
富山（短歌時代）　8
上田　善朗　うえだよしあき
福井（塔）　141
上中　幾代　うえなかいくよ
奈良（覇王樹）　86
上原　奈々　うえはらなな
東京（かりん）　204
上村理恵子　うえむらりえこ
埼玉（覇王樹）　205
宇佐美ヒロ　うさみひろ
栃木　64
氏家　珠実　うじいえたまみ
北海道（新墾）　29
氏家　長子　うじけひさこ
香川（りとむ）　120

牛山ゆう子　うしやまゆうこ
東京（滄）　29
臼井　良夫　うすいよしお
秋田（覇王樹）　205
薄井　由子　うすいよしこ
神奈川（表現）　165
歌川　功　うたがわいさお
宮城（塔）　86
宇田川ツネ　うだがわつね
埼玉（黄金花）　29
打越眞知子　うちこしまちこ
和歌山（水甕）　65
内田貴美枝　うちだきみえ
埼玉（長風）　87
内田　くら　うちだくら
東京（からたち）　8
内田　民之　うちだたみゆき
群馬（萩）　87
内田　弘　うちだひろし
北海道（トワ・フルール）　205
内田美代子　うちだみよこ
埼玉（曠野）　20
打矢　京子　うちやきょうこ
秋田（運河）　40
内屋　順子　うちやよりこ
鹿児島（華）　65
内山　輝子　うちやまてるこ
東京（マグマ）　49
海野　隆光　うみのたかみつ
東京（早稲田大学社会人講座）　65
梅澤　鳳舞　うめさわほうぶ
埼玉（堺歌人クラブ）　75
梅津佳津美　うめつかつみ
埼玉（表現）　242
梅埜　國夫　うめのくにお
福岡（ひのくに）　65
梅原　秀敏　うめはらひでとし
愛媛（かりん）　87
梅村　久子　うめむらひさこ
青森（潮音）　75
梅本　武義　うめもとたけよし
広島（地中海）　227
浦　萠春　うらほうしゅん
奈良（あけび）　141
浦壁あけみ　うらかべあけみ
東京（日本歌人クラブ）　165
浦上　紀子　うらかみのりこ
富山　188
浦出　弘子　うらでひろこ
大阪　8
運天　政徳　うんてんまさのり
沖縄　49

［え］

江頭　洋子　えがしらようこ
長崎（コスモス）　142
江口　絹代　えぐちきぬよ
千葉（香蘭）　127
江澤　幸子　えざわゆきこ
千葉（姫由理）　142
江尻　映子　えじりえいこ
富山（短歌時代）　142
江副壬曳子　えぞえみえこ
佐賀（ひのくに）　128
栄藤　公子　えとうきみこ
千葉　41
江藤九州男　えとうくすお
宮崎（創作）　142
海老原輝男　えびはらてるお
茨城（波濤）　87
エ　リ　えり
神奈川（短歌人）　128
遠藤たか子　えんどうたかこ
東京（かりん）　246
遠藤千恵子　えんどうちえこ
神奈川（地中海）　87

［お］

及川　廣子　おいかわひろこ
東京（かりん）　165
生沼　義朗　おいぬまよしあき
埼玉（短歌人）　165
大石　弘子　おおいしひろこ
静岡（沃野）　49

大井田啓子　おおいだけいこ
神奈川（香蘭）　87
大内　徳子　おおうちのりこ
茨城（まひる野）　242
大川　芳子　おおかわよしこ
埼玉（やまなみ）　205
大口ひろ美　おおくちひろみ
北海道（原始林）　29
大久保園恵　おおくぼそのえ
栃木（大田原短歌会）　8
大久保冨美子　おおくぼふみこ
大分（小径）　50
大久保正子　おおくぼまさこ
静岡（ポトナム）　88
大熊　俊夫　おおくまとしお
東京（星雲）　88
大河内喜美子　おおこうちきみこ
和歌山（水甕）　120
大島　悠子　おおしまゆうこ
千葉（歌と観照）　50
大関　法子　おおぜきのりこ
北海道（新墾）　142
太田　公子　おおたきみこ
東京（新暦）　128
太田　宅美　おおたたくみ
大分（歌帖）　50
太田美弥子　おおたみやこ
大分（日本歌人クラブ）　88
大滝志津江　おおたきしづえ
新潟（歌と観照）　128
大瀧　　保　おおたきたもつ
山形（山麓）　88
大谷真紀子　おおたにまきこ
岡山（未来）　50
太田屋　滋　おおたやしげる
岩手（宮古市社会経験者大学短歌クラブ）　142
大地たかこ　おおちたかこ
兵庫（塔）　30
大塚　秀行　おおつかひでゆき
東京（歩道）　194
大塚　洋子　おおつかようこ
茨城（塔）　41
大槻うた子　おおつきうたこ
宮城（表現）　88
大渡キミコ　おおときみこ
大分（歌帖）　143
大友　圓吉　おおともえんきち
宮城（歩道）　143
大友　清子　おおともきよこ
熊本（ヤママユ）　88
大友　道夫　おおともみちお
神奈川（香雲）　205
大西久美子　おおにしくみこ
神奈川（未来）　250
大貫　孝子　おおぬきたかこ
東京（歩道）　205
大沼美那子　おおぬまみなこ
東京（宇宙風の会）　194
大野　景子　おおのけいこ
愛媛（まひる野）　128
大野　友子　おおのともこ
京都（footnote）　89
大野　秀子　おおのひでこ
東京（新暦）　75
大野　雅子　おおのまさこ
大阪（覇王樹）　166
大野　道夫　おおのみちお
神奈川（心の花）　227
大野ミツエ　おおのみつえ
東京　166
大平　勇次　おおひらゆうじ
茨城（コスモス）　143
大森　悦子　おおもりえつこ
東京（水甕）　75
大森せつ子　おおもりせつこ
山梨（忍野村紅富士短歌会）　89
大森　智子　おおもりともこ
岡山（龍）　194
大森　幹雄　おおもりみきお
茨城（長風）　120
大和久浪子　おおわくなみこ
東京（林間）　30
岡　　貴子　おかたかこ
東京（まひる野）　89

小笠原和幸　おがさわらかずゆき
岩手　143
小笠原小夜子　おがさわらさよこ
静岡（天象）　128
岡田　謙司　おかだけんじ
東京（曠野）　143
岡田　正子　おかだまさこ
群馬（地表）　166
岡田美代子　おかだみよこ
三重（表現）　50
岡野　淳子　おかのじゅんこ
奈良（山の辺）　206
岡野　弘彦　おかのひろひこ
東京　166
岡部　千草　おかべちぐさ
茨城（潮音）　166
岡村　稔子　おかむらとしこ
栃木（はしばみ）　166
岡村　恵　おかむらめぐみ
福岡　65
岡本　育与　おかもといくよ
愛知（醍醐）　143
岡本　弘子　おかもとひろこ
宮城（まひる野）　89
岡本　勝　おかもとまさる
宮城（まひる野）　167
岡本　瑤子　おかもとようこ
福岡（国民文学）　167
小川　恵子　おがわけいこ
岐阜（池田歌人）　206
小河原晶子　おがわらまさこ
茨城（かりん）　8
奥井満由美　おくいまゆみ
滋賀（覇王樹）　30
奥平　沙風　おくひらさふう
鳥取（情脈）　89
尾﨑　弘子　おざきひろこ
愛知（未来）　50
尾崎まゆみ　おざきまゆみ
兵庫（玲瓏）　51
小笹岐美子　おざさきみこ
神奈川（香蘭）　194
小澤　京子　おざわきょうこ
東京（塔）　167
小澤婦貴子　おざわふきこ
長野（塔）　144
押切　寛子　おしきりひろこ
東京（宇宙風の会）　65
押山千恵子　おしやまちえこ
北海道（未来）　41
小田　実　おだみのる
和歌山（御坊短歌会）　75
小田倉玲子　おだくられいこ
茨城（波濤）　41
小田嶋昭一　おだしましょういち
秋田（秋田歌人懇話会）　89
小田部瑠美子　おたべるみこ
埼玉　144
落合　妙子　おちあいたえこ
神奈川（白路）　90
小沼　常子　おぬまつねこ
東京　144
小野　洋子　おのひろこ
福島　167
小野瀬　壽　おのせひさし
茨城　227
小野寺ヨシ子　おのでらよしこ
岩手（きなみ）　20
小原　文子　おはらあやこ
茨城（塔）　144
小原　正一　おばらしょういち
栃木　120
小原　裕光　おばらひろみつ
神奈川（香蘭）　144
小俣　悦子　おまたえつこ
大分（日本歌人クラブ）　144
小俣はる江　おまたはるえ
山梨（富士）　206
織本　英子　おりもとえいこ
北海道（星雲）　41

［か］

甲斐美那子　かいみなこ
鹿児島（日本歌人クラブ）　90

貝塚　薫　かいづかかおる
東京（星雲）　145
貝沼　正子　かいぬままさこ
岩手（未来山脈）　90
加賀　要子　かがようこ
福井（新アララギ）　195
香川　哲三　かがわてつぞう
広島（歩道）　206
笠井　恭子　かさいきょうこ
東京　188
笠井　忠政　かさいただまさ
愛知（中部短歌）　121
風間　博夫　かざまひろお
千葉（コスモス）　227
笠巻　睦　かさまきむつみ
埼玉（心の花）　129
梶田　順子　かじたみちこ
高知（海風）　228
加島あき子　かしまあきこ
香川（ポトナム）　90
樫山　香澄　かしやまかすみ
山梨（富士）　167
梶山　久美　かじやまくみ
佐賀（ひのくに）　167
柏谷　市子　かしわやいちこ
秋田（短歌人）　168
梶原さい子　かじわらさいこ
宮城（塔）　206
梶原　展子　かじわらのぶこ
福岡（ひのくに）　168
春日いづみ　かすがいづみ
東京（水甕）　206
春日　ゐよ　かすがいよ
長野（波濤）　168
春日真木子　かすがまきこ
東京（水甕）　21
風張　景一　かぜはりけいいち
青森（コスモス）　246
片岡　明　かたおかあきら
茨城（長風）　30
片岡　和代　かたおかかずよ
岐阜（新アララギ）　250
片上　雅仁　かたかみまさひと
愛媛（遊子）　251
勝見　敏子　かつみとしこ
新潟（国民文学）　207
加藤　廣輝　かとうこうき
福島（表現）　9
加藤志津子　かとうしづこ
愛知（林間）　75
加藤　隆枝　かとうたかえ
秋田（短歌人）　168
加藤冨美恵　かとうふみえ
岐阜（日本歌人クラブ）　90
加藤満智子　かとうまちこ
千葉（短歌人）　145
金井と志子　かないとしこ
長野　41
金澤　孝一　かなざわこういち
宮城　90
金子智佐代　かねこちさよ
茨城（コスモス）　145
金子　靖子　かねこのぶこ
三重（長流）　145
金子　正男　かねこまさお
埼玉（長風）　91
金戸紀美子　かねときみこ
石川（国民文学）　30
金原　瓔子　かねはらようこ
広島（表現）　129
兼平　一子　かねひらかずこ
青森（悠）　145
雅　風　子　がふうし
神奈川（未来）　51
鎌田　国寿　かまたくにとし
埼玉（覇王樹）　129
鎌田　清衛　かまだきよえ
福島　228
鎌田　保　かまだたもつ
青森（コスモス）　9
鎌田　昌子　かまだまさこ
岩手（歩道）　51
神池あずさ　かみいけあずさ
長野（ポトナム）　207

上島　妙子　かみしまたえこ
栃木（玲瓏）　168
上條　雅通　かみじょうまさみち
埼玉（笛）　21
上條美代子　かみじょうみよこ
大阪（波濤）　91
上平　正一　かみひらしょういち
神奈川（未来山脈）　129
神村　洋子　かみむらようこ
沖縄（沖縄県歌人会）　91
神谷　由里　かみやゆり
栃木（はしばみ）　9
神谷ユリ子　かみやゆりこ
栃木　91
亀田美千子　かめだみちこ
山梨（富士）　228
亀谷　善一　かめやぜんいち
沖縄（八重山短歌会）　91
唐沢　樟子　からさわしょうこ
滋賀（ポトナム）　66
雁部　貞夫　かりべさだお
東京（新アララギ）　207
苅谷　君代　かりやきみよ
神奈川（塔）　145
河井　房子　かわいふさこ
長野　91
河合真佐子　かわいまさこ
東京（歌と観照）　9
川上美智子　かわかみみちこ
大阪（笛）　146
川北　昭代　かわきたあきよ
奈良（山の辺）　9
川久保百子　かわくぼももこ
埼玉（香蘭）　21
河分　武士　かわけたけし
滋賀（好日）　146
川﨑　綾子　かわさきあやこ
滋賀（好日）　51
川﨑　勝信　かわさきかつのぶ
山梨（富士）　228
河﨑香南子　かわさきかなこ
山口（塔）　92
川﨑　文恵　かわさきふみえ
京都（水甕）　66
かわすみ暁　かわすみさとる
群馬（短歌人）　9
川住　素子　かわずみもとこ
東京（まひる野）　92
川添　良子　かわぞえりょうこ
神奈川（コスモス）　21
川田　　茂　かわたしげる
神奈川（中部短歌）　51
川田　泰子　かわたたいこ
茨城（長風）　251
河田　育子　かわだいくこ
愛知（音）　207
川田　永子　かわだえいこ
宮城（群山）　207
川田由布子　かわだゆうこ
東京（短歌人）　30
河野美津子　かわのみつこ
山口（華浦）　146
川原　優子　かわはらゆうこ
埼玉（香蘭）　66
河村　郁子　かわむらいくこ
東京（未来）　146
神澤　静枝　かんざわしずえ
群馬（黄花）　195
神田あき子　かんだあきこ
愛知（歩道）　66
神田　絢子　かんだあやこ
埼玉　92
神田美智子　かんだみちこ
東京（ぱにあ）　207
神田　宗武　かんだむねたけ
千葉（歩道）　121
菅野　石乃　かんのいしの
福島　92
管野多美子　かんのたみこ
長崎（あすなろ）　92
上林　節江　かんばやしせつえ
宮城　189

［き］

菊田　弘子　きくたひろこ
京都（吻土）　92
菊地　栄子　きくちえいこ
宮城（地中海）　195
菊地かほる　きくちかほる
宮城（かりん）　146
菊池　哲也　きくちてつや
岩手（幟）　189
菊池　　裕　きくちゆたか
千葉（中部短歌）　228
菊永　國弘　きくながくにひろ
鹿児島（南船）　10
木﨑三千代　きざきみちよ
埼玉（宇宙風の会）　10
木沢　文夫　きざわふみお
東京（照葉）　51
岸野亜紗子　きしのあさこ
埼玉（朔日）　42
木嶋　洋子　きじまようこ
東京　168
北　　芳子　きたよしこ
神奈川　31
木田すみよ　きだすみよ
奈良（山の辺）　189
北神　照美　きたがみてるみ
千葉（塔）　208
北久保まりこ　きたくぼまりこ
東京（心の花）　146
北郷　光子　きたごうてるこ
福島　208
木立　　徹　きだちとおる
青森（希望の会）　52
北辺　史郎　きたべしろう
宮城（かりん）　246
木下　孝一　きのしたこういち
東京（表現）　93
木ノ下葉子　きのしたようこ
静岡（水甕）　42
木下　容子　きのしたようこ
愛知（中部短歌）　52
木下　淑子　きのしたよしこ
東京（心の花）　169
木俣　道子　きまたみちこ
栃木　93
君山宇多子　きみやまうたこ
静岡（濤声）　251
木村あい子　きむらあいこ
群馬（清流）　208
木村　雅子　きむらまさこ
神奈川（潮音）　208
清田　せい　きよたせい
東京（水甕）　208
桐谷　文子　きりたにふみこ
山梨（心の花）　228
金原多恵子　きんばらたえこ
静岡（あると）　169

［く］

久々湊盈子　くくみなとえいこ
千葉（合歓）　229
久下沼昭男　くげぬまあきお
茨城（表現）　121
草刈あき子　くさかりあきこ
宮城（覇王樹）　31
草本貴美子　くさもときみこ
大分（青天）　76
楠田　立身　くすだたつみ
兵庫（象）　52
楠田智佐美　くすだちさみ
兵庫（象）　93
國分　道夫　くにぶみちお
埼玉　93
久保　尚子　くぼひさこ
香川（音）　31
窪田　幸代　くぼたさちよ
埼玉（曠野）　229
久保田清萌　くぼたせいほう
千葉（りとむ）　93
久保田　登　くぼたのぼる
東京（まづかり）　208
窪田　政男　くぼたまさお
大阪（月光）　147

久保田由里子　くぼたゆりこ
広島（表現）　209
熊谷　淑子　くまがいよしこ
北海道（個性の杜）　10
倉石　理恵　くらいしりえ
神奈川（心の花）　195
倉木　豊史　くらきとよふみ
東京（トワ・フルール）　229
倉沢　寿子　くらさわひさこ
東京（玉ゆら）　66
くらたか湖春　くらたかこはる
滋賀　129
倉地　亮子　くらちりょうこ
愛知（沃野）　129
蔵増　隆史　くらますたかし
東京（鮒）　31
栗田　幸一　くりたこういち
茨城（かりん）　147
栗原　幸子　くりはらさちこ
東京　169
黒岩　剛仁　くろいわたけよし
東京（心の花）　189
黒川　千尋　くろかわちひろ
新潟（国民文学）　169
黒木　沙椰　くろきさや
神奈川（かりん）　93
黒﨑　壽代　くろさきひさよ
千葉（歩道）　31
黒澤　富江　くろさわとみえ
栃木（朔日）　21
黒澤　初江　くろさわはつえ
茨城（潮音）　169
黒瀬　珂瀾　くろせからん
富山（未来）　147
黒田　純子　くろだすみこ
千葉（表現）　52
黒田　雅世　くろだまさよ
京都（白珠）　94
黒沼　春代　くろぬまはるよ
千葉（合歓）　66
桑田　　忠　くわたただし
愛知（未来）　21
桑田　靖之　くわだやすゆき
岐阜（未来）　147
桑原憂太郎　くわはらゆうたろう
北海道（短歌人）　121
桑原　昌子　くわばらまさこ
新潟（歌と観照）　147

［こ］

小市　邦子　こいちくにこ
神奈川（潮音）　67
小岩　充親　こいわみつちか
東京　94
髙田谷智恵　こうだやちえ
大阪（水甕）　209
高野　和紀　こうのかずのり
埼玉（曠野）　94
髙野　恭子　こうのきょうこ
埼玉（曠野）　67
河野小百合　こうのさゆり
山梨（みぎわ）　209
河野　繁子　こうのしげこ
広島（地中海）　169
光山　半彌　こうやまはんや
群馬（清流）　52
古角　明子　こかどあきこ
愛媛（青垣）　67
子川　明治　こがわあきはる
愛媛　94
古志　　香　こしかおり
埼玉（かりん）　130
古志　節子　こしせつこ
島根（湖笛）　94
小島　熱子　こじまあつこ
神奈川（短歌人）　94
小嶋　一郎　こじまいちろう
佐賀（コスモス）　95
児島　昌恵　こじままさえ
東京（心の花）　52
小島美智子　こじまみちこ
北海道（潮音）　209
小島由紀子　こじまゆきこ
佐賀（ひのくに）　130

腰山　佑子　こしやまゆうこ
茨城（星雲）10
小城　勝相　こじょうしょうすけ
千葉（香蘭）53
兒玉　悦夫　こだまえつお
群馬（塔）130
後藤　邦江　ごとうくにえ
大分（朱竹）209
小鳥沢雪江　ことりさわゆきえ
岩手（こえ）170
小浪悠紀子　こなみゆきこ
東京（学士短歌会）147
小西美根子　こにしみねこ
大阪（風の帆）242
小畑　定弘　こばたさだひろ
徳島（水甕）130
小畑　吉克　こばたけよしかつ
群馬（地表）189
小林　あき　こばやしあき
山形　95
小林　敦子　こばやしあつこ
静岡（濤声）229
小林　功　こばやしいさお
群馬（地表）148
小林　邦子　こばやしくにこ
神奈川（国民文学）148
小林　登紀　こばやしとき
東京（丹青）170
小林　直江　こばやしなおえ
千葉　76
小林　幸子　こばやしゆきこ
千葉（塔）31
小林　洋子　こばやしようこ
東京（新暦）209
小林　鐐悦　こばやしりょうえつ
秋田　148
駒沢恵美子　こまざわえみこ
山梨（樹海）148
小松　芽　こまつめぐみ
秋田（かりん）242
小峯　葉子　こみねようこ
千葉（水甕）148
小見山　泉　こみやまいずみ
岡山（龍）95
小宮山久子　こみやまひさこ
長野（滄）210
小山　常光　こやまつねみつ
神奈川（歌と観照）210
小山美知子　こやまみちこ
千葉　170
近藤　栄子　こんどうえいこ
新潟（鮒）95
近藤　和正　こんどうかずまさ
香川（やまなみ）148
近藤かすみ　こんどうかすみ
京都（短歌人）22
近藤　芳仙　こんどうほうせん
長野（地中海）149
近藤　光子　こんどうみつこ
栃木（香蘭）95
今野恵美子　こんのえみこ
宮城（覇王樹）10
紺野　万里　こんのまり
福井（未来）210
紺野　節　こんのみさお
福島（きびたき）95

［さ］

三枝　昂之　さいぐさたかゆき
神奈川（りとむ）210
財前　順士　ざいぜんじゅんじ
滋賀（覇王樹）96
斎藤　彩　さいとうあや
愛知（りとむ）96
齋藤　秀雄　さいとうしゅうゆう
埼玉（曠野）251
齋藤たか江　さいとうたかえ
神奈川（ぷりずむ）149
斎藤　知子　さいとうともこ
神奈川（玉ゆら）96
斎藤　寛　さいとうひろし
神奈川（短歌人）251
齋藤美和子　さいとうみわこ
宮城（日本歌人クラブ）10

齋藤　芳生　さいとうよしき
福島（かりん）　67
齋藤　嘉子　さいとうよしこ
栃木（りとむ）　130
佐伯　悦子　さえきえつこ
富山（綺羅）　246
三枝むつみ　さえぐさむつみ
神奈川（水甕）　229
三枝　弓子　さえぐさゆみこ
長野（未来山脈）　22
酒井　和代　さかいかずよ
千葉（潮音）　11
堺　　薫　さかいかほる
奈良　96
酒井　敏明　さかいとしあき
北海道（水甕）　32
酒井　春江　さかいはるえ
静岡（波濤）　246
酒井　久男　さかいひさお
岩手（清流）　229
里旬　博子　さかおりひろこ
東京（玉ゆら）　170
榊原　勘一　さかきばらかんいち
埼玉　22
坂倉　公子　さかくらきみこ
愛知（年輪）　76
坂部　昌代　さかべまさよ
京都（潮音）　230
坂本　朝子　さかもとあさこ
石川（新雪）　170
作部屋昌子　さくべやまさこ
和歌山　170
桜井　京子　さくらいきょうこ
東京（香蘭）　210
桜井　健司　さくらいけんじ
神奈川（音）　67
桜井　園子　さくらいそのこ
神奈川（かりん）　76
桜井　　仁　さくらいひとし
静岡（心の花）　189
櫻井　雅江　さくらいまさえ
茨城（かりん）　149
桜木　　幹　さくらぎみき
愛知（ポトナム）　121
左座　路子　さざみちこ
福岡（水甕）　11
佐々木絵理子　ささきえりこ
青森（未来）　210
佐々木佳容子　ささきかよこ
大阪（白珠）　130
佐々木絹子　ささききぬこ
宮城　11
佐々木つね　ささきつね
神奈川（花實）　171
佐々木伸彦　ささきのぶひこ
新潟（歌と評論）　53
佐佐木幸綱　ささきゆきつな
東京（心の花）　211
ささげ・てるあき　ささげてるあき
東京（表現）　251
笹田　禎果　ささだていか
愛知　131
佐田　公子　さたきみこ
埼玉（覇王樹）　211
早智まゆ李　さちまゆり
岐阜（中部短歌）　96
佐藤　愛子　さとうあいこ
新潟（石菖）　211
佐藤　綾子　さとうあやこ
千葉（未来）　211
佐藤エツ子　さとうえつこ
神奈川　11
佐藤　三郎　さとうさぶろう
神奈川（相模原市民短歌会）　121
佐藤　　玄　さとうしづか
神奈川（コスモス）　190
佐藤　信二　さとうしんじ
大分（歌帖）　211
さとうすすむ　さとうすすむ
東京　195
佐藤　節子　さとうせつこ
宮城（群山）　246
佐藤　智洞　さとうちどう
北海道（潮音）　247

佐藤千代子　さとうちよこ
東京（歌と観照）　171
佐藤　輝子　さとうてるこ
福島（歌と観照）　230
佐藤　紘子　さとうひろこ
宮城（都留波美）　149
佐藤冨士子　さとうふじこ
宮城　190
佐藤　文子　さとうふみこ
福島（歩道）　42
佐藤　靖子　さとうやすこ
宮城　96
佐藤　由紀　さとうゆき
新潟（歌と観照）　230
佐藤　嘉子　さとうよしこ
青森（八戸潮音会）　211
佐藤　理江　さとうりえ
埼玉（未来）　230
里田　　泉　さとだいずみ
埼玉（ひのくに）　53
里見　佳保　さとみよしほ
青森（りとむ）　22
佐野　督郎　さのとくろう
宮城（長風）　212
佐野　豊子　さのとよこ
東京（かりん）　149
佐野　琇子　さのゆうこ
北海道（新墾）　53
佐波　洋子　さばようこ
神奈川（かりん）　212
佐山加寿子　さやまかずこ
新潟（かりん）　67
猿田彦太郎　さるたひこたろう
茨城（歩道）　195
沢口　芙美　さわぐちふみ
東京（滄）　149
澤村八千代　さわむらやちよ
愛知　11
寒川　靖子　さんがわやすこ
香川（日本歌人クラブ）　150
三條千恵子　さんじょうちえこ
茨城（茨城歌人）　53

［し］

椎木　英輔　しいきえいすけ
富山（短歌人）　97
椎名　夕声　しいなゆうせい
千葉（短歌人）　22
塩川　治子　しおかわはるこ
長野（水甕）　11
塩田　文子　しおだふみこ
神奈川（香蘭）　53
鹿井いつ子　しかいいつこ
熊本（梁）　97
鹿内　伸也　しかないのぶや
青森（群山）　247
重光　寛子　しげみつひろこ
大分（歌帖）　171
志堅原喜代子　しけんばるきよこ
沖縄（黄金花）　150
志田貴志生　しだきしお
群馬（萩）　171
篠田　理恵　しのだりえ
岐阜（幻桃）　150
篠田和香子　しのだわかこ
秋田（心の花）　42
篠原　節子　しのはらせつこ
大阪（かりん）　252
柴田　典昭　しばたのりあき
静岡（まひる野）　32
柴屋　絹子　しばやきぬこ
千葉（長流）　150
渋谷代志枝　しぶやよしえ
富山（原型富山）　97
島　　晃子　しまあきこ
神奈川（ぷりずむ）　171
島崎　榮一　しまざきえいいち
埼玉（鮒）　131
島崎　征介　しまざきせいすけ
埼玉（運河）　242
島田　章平　しまだしょうへい
香川（塔）　171
島田　聖子　しまだせいこ
岐阜（表現）　190

嶋田　友江　しまだともえ
島根（江津短歌）　230
島本　郁子　しまもといくこ
奈良　42
島本太香子　しまもとたかこ
奈良　172
清水あかね　しみずあかね
神奈川（心の花）　131
清水　克郎　しみずかつろう
埼玉　172
清水　亞彦　しみずつぐひこ
岩手　252
清水菜津子　しみずなつこ
埼玉（曠野）　42
清水麻利子　しみずまりこ
千葉（花實）　190
清水美知子　しみずみちこ
埼玉　172
清水　素子　しみずもとこ
東京（覇王樹）　212
下田　秀枝　しもだほづえ
長崎（波濤）　212
下田　裕子　しもだゆうこ
神奈川（波濤）　131
下村すみよ　しもむらすみよ
埼玉（短詩形文学）　212
下村百合江　しもむらゆりえ
千葉（国民文学）　97
勺　　禰子　しゃくねこ
奈良（短歌人）　230
城　富貴美　じょうふきみ
大阪（香蘭）　172
東海林美知子　しょうじみちこ
東京　97
白石トシ子　しらいしとしこ
千葉（波濤）　131
白木キクヘ　しらききくえ
岐阜（岐阜県歌人クラブ）　54
白倉　一民　しらくらかずたみ
山梨（新宴）　54
白道　剛志　しらどうたけし
東京（水甕）　172
白鳥　光代　しらとりみつよ
宮城（未来）　54
白柳玖巳子　しらやなぎくみこ
静岡　97
新藤　雅章　しんどうまさあき
東京（まひる野）　212
信藤　洋子　しんどうようこ
静岡（水甕）　54
陣内　直樹　じんないなおき
神奈川（現代歌人協会）　243
真保　義子　しんぼよしこ
東京（宇宙風の会）　247

［す］

水門　房子　すいもんふさこ
千葉（舟）　98
末武　陽子　すえたけようこ
山口　68
末次　房江　すえつぐふさえ
千葉（太陽の舟）　150
末光　敏子　すえみつとしこ
福岡　98
菅　　泰子　すがやすこ
神奈川（濤声）　32
菅野　節子　すがのせつこ
埼玉（玉ゆら）　231
菅原　恵子　すがわらけいこ
秋田（かりん）　172
杉岡　静依　すぎおかしずえ
兵庫　12
杉沢　正子　すぎさわまさこ
埼玉（曠野）　98
杉谷　睦生　すぎたにむつお
和歌山（林間）　173
杉本　明美　すぎもとあけみ
京都（ポトナム）　98
杉本稚勢子　すぎもとちせこ
北海道（短歌人）　43
杉本　照世　すぎもとてるよ
神奈川　68
杉本　陽子　すぎもとようこ
青森（暁歌人の会）　150

杉山　敦子　すぎやまあつこ
東京　131
杉山　靖子　すぎやませいこ
青森（暁歌人の会）　252
杉山　武史　すぎやまたけし
青森（暁歌人の会）　173
杉山　知晴　すぎやまともはる
徳島（日本歌人クラブ）　132
鈴掛　典子　すずかけのりこ
東京（国民文学）　231
鈴木　栄子　すずきえいこ
神奈川（短歌人）　173
鈴木　喬子　すずききょうこ
静岡（国民文学）　173
鈴木　宏治　すずきこうじ
埼玉（万象）　173
鈴木　孝子　すずきたかこ
埼玉（曠野）　132
鈴木　孝子　すずきたかこ
東京（マグマ）　173
鈴木千恵子　すずきちえこ
北海道（ポトナム）　12
鈴木　信子　すずきのぶこ
東京　98
鈴木　紀男　すずきのりお
福島（潮音）　76
鈴木　英子　すずきひでこ
東京（こえ）　231
鈴木　容子　すずきひろこ
北海道（樹樹）　98
鈴木ひろ子　すずきひろこ
千葉（歩道）　196
鈴木　正樹　すずきまさき
東京（かりん）　22
鈴木　昌宏　すずきまさひろ
愛知（日本歌人クラブ）　190
鈴木みどり　すずきみどり
埼玉　213
鈴木由香子　すずきゆかこ
東京　99
鈴木　良明　すずきよしあき
東京（かりん）　231
角　公邦　すみひろくに
鳥取（白珠）　43
角　広子　すみひろこ
香川（心の花）　23

［せ］

関　千代子　せきちよこ
茨城　32
関口由季子　せきぐちゆきこ
東京（マグマ）　23
関口　洋子　せきぐちようこ
茨城（香蘭）　76
関沢由紀子　せきざわゆきこ
東京（心の花）　196
関根　綾子　せきねあやこ
千葉（覇王樹）　151
関根　由紀　せきねゆき
群馬　196
関谷　啓子　せきやけいこ
東京（短歌人）　99
雪春郷音翠　せつしゅんごうおんすい
福岡　12
善如寺裕子　ぜんにょじゆうこ
群馬（黄花）　213

［そ］

楚南　弘子　そなんひろこ
沖縄（黄金花）　151
園田　昭夫　そのだあきお
千葉（かりん）　231
園部　恵子　そのべけいこ
栃木（笛）　132
園部眞紀子　そのべまきこ
茨城（短歌 21 世紀）　99
園部みつ江　そのべみつえ
茨城（国民文学）　151

［た］

田尾　信弘　たおのぶひろ
北海道（かりん）　122
多賀　洋子　たがようこ
東京（笛）　243

高尾富士子　たかおふじこ
大阪（覇王樹）　99
高貝　次郎　たかがいじろう
秋田（覇王樹）　190
高木　　陸　たかぎむつみ
神奈川（響）　132
高倉くに子　たかくらくにこ
福井　99
高佐　一義　たかさかずよし
北海道　99
高瀬寿美江　たかせすみえ
岐阜（歌と観照）　32
髙田　明洋　たかだあきひろ
埼玉　231
髙田みちゑ　たかだみちえ
神奈川（香蘭）　132
高田　　好　たかだよしみ
京都（覇王樹）　132
高田　理久　たかだりく
福井（未来）　133
たかのふさこ　たかのふさこ
静岡（覇王樹）　174
髙野　勇一　たかのゆういち
千葉（万象）　196
髙野　佳子　たかのよしこ
富山（短歌時代）　243
高橋　公子　たかはしきみこ
千葉（水甕）　68
高橋　協子　たかはしきょうこ
石川（作風）　77
髙橋　京子　たかはしきょうこ
埼玉（まひる野）　196
高橋　茂子　たかはししげこ
広島（表現）　151
髙橋　朋子　たかはしともこ
山口（短歌人）　100
高橋　弘子　たかはしひろこ
大阪（日本歌人クラブ）　100
高橋美香子　たかはしみかこ
東京（覇王樹）　100
高橋　康子　たかはしやすこ
埼玉（曠野）　23
高橋　良治　たかはしりょうじ
埼玉（花實）　54
髙畠　憲子　たかばたけのりこ
神奈川（香蘭）　213
高原　　桐　たかはらとう
東京（地中海）　54
髙間　照子　たかまてるこ
滋賀（覇王樹）　77
高松　恵子　たかまつけいこ
東京（かりん）　23
髙山　克子　たかやまかつこ
神奈川（歩道）　68
高山　邦男　たかやまくにお
東京（心の花）　174
瀧澤美佐子　たきざわみさこ
山梨（富士）　32
田口　安子　たぐちやすこ
静岡（国民文学）　174
竹内貴美代　たけうちきみよ
石川（澪）　100
竹内　彩子　たけうちさいこ
茨城（谺）　68
竹内　　正　たけうちただし
長野（波濤）　174
竹内　由枝　たけうちよしえ
埼玉（りとむ）　55
竹田　京子　たけだきょうこ
広島（天）　100
竹野ひろ子　たけのひろこ
東京（青垣）　55
竹本　幸子　たけもとさちこ
千葉（香蘭）　100
竹本　英重　たけもとひでしげ
愛知（歩道）　252
田嶋　光代　たじまみつよ
福岡（ひのくに）　232
多田　優子　ただゆうこ
東京（歌と観照）　213
橘　　まゆ　たちばなまゆ
千葉（かりん）　55
橘　美千代　たちばなみちよ
新潟（新アララギ）　43

龍田　早苗　たつたさなえ
和歌山（水甕）　174
建部　智美　たてべともみ
山口（覇王樹）　12
田中　愛子　たなかあいこ
埼玉（コスモス）　151
田中　　章　たなかあきら
東京（覇王樹）　174
田中恵美子　たなかえみこ
埼玉（滄）　55
田中　　薫　たなかかおる
千葉（心の花）　151
田中喜美子　たなかきみこ
石川（国民文学）　43
田中　成彦　たなかしげひこ
京都（吻土）　232
田中　純子　たなかじゅんこ
千葉（曠野）　12
田中須美子　たなかすみこ
長崎（コスモス）　101
田中　聖子　たなかせいこ
千葉（歌と観照）　101
田中　節子　たなかせつこ
神奈川（音）　23
田中　拓也　たなかたくや
埼玉（心の花）　175
田中　寿子　たなかとしこ
福島（歌と観照）　247
田中　春代　たなかはるよ
秋田（覇王樹）　101
田中比沙子　たなかひさこ
北海道（新墾）　133
棚野　智栄　たなのちえ
石川　101
谷　満千子　たにまちこ
神奈川（砂金）　55
谷浦恵美子　たにうらえみこ
東京　232
谷垣恵美子　たにがきえみこ
茨城（短歌人）　133
谷川　博美　たにがわひろみ
長崎（かりん）　152
谷口　ヨシ　たにぐちよし
埼玉（曠野）　77
谷原芙美子　たにはらふみこ
兵庫（潮音）　55
谷光　順晏　たにみつじゅんあん
千葉（かりん）　12
溪山　嬉恵　たにやまよしえ
山口（ポトナム）　213
玉城きみ子　たまききみこ
沖縄（花ゆうな）　13
玉田　央子　たまだてるこ
大分　133
田村　悦子　たむらえつこ
千葉（宇宙風の会）　175
田村智恵子　たむらちえこ
東京（青天）　243
俵　　祐二　たわらゆうじ
北海道（原始林）　152
俵田ミツル　たわらだみつる
山口（塔）　232
丹波　真人　たんばまさんど
埼玉（コスモス）　175

［ち］

近松　壮一　ちかまつそういち
岐阜（万象）　175
千々和久幸　ちぢわひさゆき
神奈川（香蘭）　152
千葉　勝征　ちばかつゆき
埼玉　152
千葉　喜惠　ちばきえ
岩手（コスモス）　196
千葉さく子　ちばさくこ
千葉（たんか央）　56
千葉　　實　ちばまこと
宮城　152

［つ］

塚越　孝広　つかごしたかひろ
栃木　252
塚越　房子　つかごしふさこ
千葉　101

塚田いせ子　つかだいせこ
岐阜（からたち）　101
塚田キヌエ　つかだきぬえ
神奈川（星雲）　133
塚田　哲夫　つかだてつお
栃木　56
塚田　美子　つかだよしこ
栃木　133
塚本　瑠子　つかもとりゅうこ
秋田（運河）　33
月岡　道晴　つきおかみちはる
北海道（國學院大学北海道短大部句歌会）　175
辻　桂子　つじけいこ
埼玉（曠野）　152
辻　武男　つじたけお
長崎（あすなろ）　252
辻岡　幸子　つじおかさちこ
岡山　56
辻田　悦子　つじたえつこ
三重（歩道）　175
土屋美恵子　つちやみえこ
神奈川（歩道）　176
筒井　淑子　つついとしこ
北海道（北土）　213
筒井由紀子　つついゆきこ
東京（歌と観照）　253
恒成美代子　つねなりみよこ
福岡（未来）　13
津野　律餘　つのりつよ
大分（朱竹）　68
釣　美根子　つりみねこ
東京（ぷりずむ）　191
鶴見　輝子　つるみてるこ
東京（新アララギ）　243

［て］

手島　隼人　てしまはやと
兵庫　69
寺島　弘子　てらしまひろこ
宮城（短歌人）　153
寺田　久恵　てらだひさえ
神奈川　176
寺田　善子　てらだよしこ
千葉（表現）　102
寺地　悟　てらちさとる
鹿児島（南船）　102
照井　夕草　てるいゆぐさ
神奈川（ポトナム）　33
照屋　敏子　てるやとしこ
沖縄（黄金花）　214
伝田　幸子　でんださちこ
長野（潮音）　56

［と］

藤　しおり　とうしおり
茨城（富士）　232
東條　貞子　とうじょうさだこ
群馬（地表）　56
當間　實光　とうまじっこう
沖縄（未来）　232
遠山　勝雄　とおやまかつお
宮城（かりん）　43
遠山　耕治　とおやまこうじ
愛知　176
遠山ようこ　とおやまようこ
千葉　176
栂　満智子　とがまちこ
石川（新雪）　233
冨樫榮太郎　とがしえいたろう
山形（塔）　33
土岐　邦成　どきくにしげ
千葉（群山）　102
戸口　愛策　とぐちあいさく
静岡（翔る）　233
戸田　佳子　とだよしこ
千葉（歩道）　56
戸張はつ子　とばりはつこ
神奈川（川崎歌話会）　102
飛田　正子　とびたまさこ
茨城（まひる野）　33
泊　勝哉　とまりかつや
鹿児島（華）　214
富岡　恵子　とみおかけいこ
北海道（新墾）　33

冨田　博一　とみたひろかず
三重（中部短歌）　23
富永美由紀　とみながみゆき
沖縄　24
冨野光太郎　とみのこうたろう
千葉（国際タンカ）　214
富安　秀子　とみやすひでこ
滋賀（覇王樹）　134
鳥山　順子　とりやまよりこ
広島（心の花）　233

［な］

内藤　和子　ないとうかずこ
北海道（水甕）　253
内藤　丈子　ないとうたけこ
福井（コスモス）　57
内藤二千六　ないとうふちむ
東京　197
仲井真理子　なかいまりこ
富山（原型富山）　24
永井　正子　ながいまさこ
石川（国民文学）　214
永石　季世　ながいしきせ
東京（潮音）　134
中尾　加代　なかおかよ
和歌山（水甕）　233
中尾真紀子　なかおまきこ
島根（音）　102
永岡ピロエル　ながおかぴろえる
宮城（短歌人）　243
長岡　弘子　ながおかひろこ
神奈川（長流）　24
中川　暁子　なかがわあきこ
富山（コスモス）　24
中川　晶子　なかがわあきこ
熊本（鹿本町短歌会）　214
中川佐和子　なかがわさわこ
神奈川（未来）　233
中川　玉代　なかがわたまよ
長崎（コスモス）　33
中川　親子　なかがわちかこ
富山（国民文学）　153
中川　弘子　なかがわひろこ
熊本（心の花）　134
永久保英敏　ながくぼひでとし
静岡（塔）　153
中畔きよ子　なかぐろきよこ
兵庫（水甕）　153
中込カヨ子　なかごめかよこ
神奈川（花實）　43
長﨑　厚子　ながさきあつこ
神奈川（音）　102
中里茉莉子　なかさとまりこ
青森（まひる野）　44
長澤　重代　ながさわしげよ
静岡（波濤）　57
長澤　ちづ　ながさわちづ
神奈川（ぷりずむ）　69
永汐　れい　ながしおれい
岩手　134
中下登喜子　なかしたときこ
沖縄（黄金花）　34
中島　雅子　なかじままさこ
長野（白夜）　214
中島由美子　なかじまゆみこ
神奈川（香蘭）　233
長嶋　浩子　ながしまひろこ
埼玉（歌と観照）　69
長島　洋子　ながしまようこ
長崎（やまなみ）　44
中霜　宮子　なかしもみやこ
大分（朱竹）　103
中田　慧子　なかたけいこ
北海道（原始林）　34
永田　和宏　ながたかずひろ
京都（塔）　176
永田賢之助　ながたけんのすけ
秋田（覇王樹）　234
永田　吉文　ながたよしふみ
東京（星座α）　247
永谷理一郎　ながたにりいちろう
東京（星雲）　247
中藤　久子　なかとうひさこ
石川（新雪）　234

中西　照子　なかにしてるこ
奈良（山の辺）　122
中西名菜子　なかにしななこ
石川　153
仲西　正子　なかにしまさこ
沖縄（地中海）　234
中根　　誠　なかねまこと
茨城（まひる野）　57
仲野　京子　なかのきょうこ
埼玉（覇王樹）　13
中野たみ子　なかのたみこ
岐阜（国民文学）　122
中野　寛人　なかのひろと
長野（中日歌人会）　103
中野美代子　なかのみよこ
群馬（香蘭）　103
長野　　晃　ながのあきら
大阪（短詩形文学）　215
永野　千尋　ながのちひろ
大阪（塔）　215
仲原　一葉　なかはらいちよう
東京（俳人協会）　103
仲間　節子　なかませつこ
沖縄（かりん）　215
永松　康男　ながまつやすお
大分（水甕）　77
中溝里栄子　なかみぞりえこ
大分（朱竹）　57
中村　和江　なかむらかずえ
埼玉（響）　253
中村　崇子　なかむらたかこ
埼玉（象）　13
中村　宣之　なかむらのぶゆき
滋賀（好日）　215
中村　規子　なかむらのりこ
神奈川（素馨）　191
中村　正興　なかむらまさおき
千葉（表現）　176
中村美代子　なかむらみよこ
東京　177
中村美代子　なかむらみよこ
埼玉（花實）　215
中村　陽子　なかむらようこ
東京（香蘭）　234
中村ヨリ子　なかむらよりこ
沖縄（ポトナム）　234
仲本　恵子　なかもとけいこ
沖縄（かりん）　177
中山　春美　なかやまはるみ
東京（りとむ）　244
中山　恭子　なかやまやすこ
高知（海風）　234
中山　善嗣　なかやまよしつぐ
徳島（徳島短歌）　177
永吉　京子　ながよしきょうこ
沖縄（未来）　215
梛野かおる　なぎのかおる
東京（emotional）　134
南雲ミサオ　なぐもみさお
埼玉（歩道）　77
夏埜けやき　なつのけやき
東京（五十鈴）　134
並木美知子　なみきみちこ
北海道（新墾）　135
奈良みどり　ならみどり
東京（潮音）　235
成田ヱツ子　なりたえつこ
神奈川（覇王樹）　177
成田すみ子　なりたすみこ
東京（覇王樹）　103
成吉　春恵　なるよしはるえ
福岡（ひのくに）　235

［に］

新井田美佐子　にいだみさこ
福島　103
西井　健治　にしいけんじ
北海道　191
西尾亜希子　にしおあきこ
岐阜（未来）　104
西尾　　正　にしおただし
福井　122
西川　正子　にしかわまさこ
東京　104

西久保征史　にしくぼまさひと
東京（青垣）　57
西澤　俊子　にしざわとしこ
千葉（ポトナム）　191
西田　陽子　にしだようこ
神奈川（短歌人）　69
西出　可俶　にしでかしゅく
石川（作風）　57
西橋　美保　にしはしみほ
兵庫（短歌人）　216
西山満里子　にしやままりこ
千葉（橄欖）　153
西山ミツヨ　にしやまみつよ
宮崎　104
二宮　　信　にのみやまこと
宮崎（南船）　216
仁和　優子　にわゆうこ
北海道　24

[ぬ]

温井　松代　ぬくいまつよ
神奈川（濤声）　135
布宮　雅昭　ぬのみやまさあき
山形（群山）　13
沼谷　香澄　ぬまたにかすみ
千葉（未来）　154

[ね]

根岸　桂子　ねぎしけいこ
京都（吻土）　104
根本千恵子　ねもとちえこ
千葉（歌と観照）　104

[の]

野口　晃伸　のぐちあきのぶ
福島　253
野﨑恵美子　のざきえみこ
京都（ポトナム）　24
野﨑　益子　のざきますこ
東京　253
野沢　久子　のざわひさこ
静岡（翔る）　104
野田恵美子　のだえみこ
愛知（国民文学）　58
野田　勝栄　のだかつえ
沖縄（黄金花）　13
野田　忠昭　のだただあき
千葉（表現）　235
野中　智子　のなかともこ
奈良（あけび歌会）　253
野原つむぎ　のはらつむぎ
福井（未来）　154
野村　喜義　のむらきよし
茨城（ぷりずむ）　216
野元堀順子　のもとぼりじゅんこ
埼玉（覇王樹）　105

[は]

袴田ひとみ　はかまだひとみ
静岡（国民文学）　77
萩原　　薫　はぎわらかおる
石川（新雪）　58
萩原　　卓　はぎわらたかし
神奈川　154
間　　瑞枝　はざまみずえ
宮崎（南船）　78
間　　ルリ　はざまるり
東京（短歌人）　105
橋爪あやこ　はしづめあやこ
大分（朱竹）　58
橋本　　忠　はしもとただし
石川（新雪）　44
橋本　久子　はしもとひさこ
埼玉（りとむ）　197
橋本まゆみ　はしもとまゆみ
福井　34
橋本みづえ　はしもとみづえ
埼玉（滄）　216
蓮川　康子　はすかわやすこ
京都（あるご）　254
長谷川綾子　はせがわあやこ
千葉　177
長谷川敬子　はせがわけいこ
北海道（花林）　244

長谷川と茂古　はせがわともこ
茨城（中部短歌）69
長谷川泰子　はせがわやすこ
茨城（茨城歌人）235
長谷川ゆり子　はせがわゆりこ
静岡（静岡県歌人協会）14
長谷部幸子　はせべさちこ
東京 69
秦　千依　はたちえ
神奈川（心の花）191
羽田野とみ　はだのとみ
大分（コスモス）197
畑谷　隆子　はたやたかこ
京都（好日）70
蜂谷　弘　はちやひろし
山形（天童短歌会）105
服部えい子　はっとりえいこ
埼玉（林間）197
服部　京子　はっとりきょうこ
大阪（まひる野）177
服部　崇　はっとりたかし
台湾（心の花）244
服部　英夫　はっとりひでお
東京（三井物産短歌会）78
初見　慎　はつみしん
茨城 105
花岡カヲル　はなおかかをる
長野（未来山脈）34
花岡　壽子　はなおかひさこ
長崎（やまなみ）34
花田規矩男　はなだきくを
山梨（歌苑）135
花輪　隆昭　はなわたかあき
東京（セブンカルチャークラブ）178
羽仁　和子　はにかずこ
山口（青南）216
埴渕　貴隆　はにぶちよしたか
兵庫（まひる野）58
浜口美知子　はまぐちみちこ
埼玉（響）254
浜﨑勢津子　はまさきせつこ
宮崎（かりん）216
濱田　棟人　はまだむねと
岡山（龍）197
浜野　和恵　はまのかずえ
群馬（星雲）105
濱本紀代子　はまもときよこ
大分（かりん）105
林　彰子　はやしあきこ
神奈川（星座α）135
林　和代　はやしかずよ
石川（新雪）106
林　静峰　はやしせいほう
神奈川（湖笛）154
林　朋子　はやしともこ
北海道（原始林）191
林　寿子　はやしひさこ
千葉（湖笛）154
林　祐子　はやしひろこ
愛知（醍醐）58
林　芙美子　はやしふみこ
山口（短歌人）217
林田　恒浩　はやしだつねひろ
東京（星雲）217
早瀬　麻梨　はやせまり
東京（笛）154
早田　千畝　はやたちうね
京都（国民文学）106
早田　洋子　はやたようこ
京都（国民文学）34
原　里美　はらさとみ
岡山（水甕）25
原　ナオ　はらなお
東京（心の花）135
原見　慶子　はらみよしこ
和歌山（水甕）35
春名　重信　はるなしげのぶ
大阪 14
坂野　弘子　ばんのひろこ
愛知（波濤）178

［ひ］

柊　明日香　ひいらぎあすか
北海道（短歌人）106

比嘉　道子　ひがみちこ
沖縄（黄金花）比嘉　254
檜垣美保子　ひがきみほこ
広島（地中海）　106
東　木の實　ひがしこのみ
広島（花季）　235
東野登美子　ひがしのとみこ
大阪（りとむ）　178
樋川　道子　ひかわみちこ
茨城（まひる野）　14
樋口　智子　ひぐちさとこ
北海道（りとむ）　235
樋口　繁子　ひぐちしげこ
大分（歌帖）　236
樋口　裕子　ひぐちひろこ
東京（水甕）　155
久富　利行　ひさとみとしゆき
京都（巻雲）　254
菱川　慈子　ひしかわよしこ
広島（新アララギ）　236
樋田　由美　ひだゆみ
三重（コスモス）　217
飛髙　敬　ひだかたかし
埼玉（曠野）　155
飛髙　時江　ひだかときえ
埼玉（曠野）　78
飛鷹　玲子　ひだかれいこ
神奈川　178
人見　邦子　ひとみくにこ
三重（短歌人）　35
日名田高治　ひなたたかはる
富山（海潮）　217
日向　勝　ひなたまさる
埼玉（短詩形文学）　236
日野　正美　ひのまさみ
大分（小徑）　58
日野口和子　ひのぐちかずこ
青森　106
日比野和美　ひびのかずみ
岐阜（中部短歌）　25
姫山　さち　ひめやまさち
福岡（未来）　59
日向　海砂　ひゅうがみさ
徳島（徳島短歌）　122
瓢子　朝子　ひょうごあさこ
北海道（コスモス）　59
兵頭なぎさ　ひょうどうなぎさ
香川（やまなみ）　254
平出サトコ　ひらいでさとこ
長野　44
平岡　和代　ひらおかかずよ
富山（弦）　135
平澤　良子　ひらさわよしこ
茨城（かりん）　155
平田　明子　ひらたあきこ
東京（りとむ）　35
平田　利栄　ひらたとしえ
福岡（滄）　178
平田　卿子　ひらたのりこ
福井（いずみ短歌会）　178
平野　隆子　ひらのたかこ
大阪　106
平林加代子　ひらばやしかよこ
長野（まひる野）　78
平本　浩巳　ひらもとひろみ
東京（あさかげ）　14
平山　勇　ひらやまいさむ
群馬（地表）　25
平山　公一　ひらやまこういち
千葉（潮音）　179
平山　繁美　ひらやましげみ
愛媛（かりん）　197
廣井　公明　ひろいひろあき
新潟（国民文学）　107
弘井　文子　ひろいふみこ
島根（短歌人）　217
廣實　正人　ひろざねまさひと
神奈川（まひる野）　217
廣澤益次郎　ひろさわますじろう
佐賀（ひのくに）　236
廣瀬　艶子　ひろせつやこ
徳島（水甕）　179
廣田　昭子　ひろたあきこ
宮崎（にしき江）　107

［ふ］

深井　雅子　ふかいまさこ
茨城（歌と観照）　70
深串　方彦　ふかくしまさひこ
神奈川（まひる野）　107
深沢千鶴子　ふかざわちづこ
東京（からたち）　179
福岡　勢子　ふくおかせいこ
秋田（好日）　218
福沢　節子　ふくざわせつこ
東京（水甕）　155
福島　伸子　ふくしまのぶこ
島根（湖笛）　14
福留佐久子　ふくどめさくこ
宮崎（石流）　107
福屋みゆき　ふくやみゆき
北海道　59
藤井　徳子　ふじいのりこ
東京（コスモス）　14
藤井　永子　ふじいのりこ
岩手（歩道）　70
藤井　正子　ふじいまさこ
岡山（龍）　179
藤生　　徹　ふじうとおる
埼玉（国民文学）　107
藤江　嘉子　ふじえよしこ
徳島（塔）　15
藤岡　武雄　ふじおかたけお
静岡（あるご）　218
藤川　弘子　ふじかわひろこ
奈良（水甕）　254
藤木倭文枝　ふじきしずえ
東京　155
藤倉　久男　ふじくらひさお
千葉　107
藤﨑　正彦　ふじさきまさひこ
兵庫　179
藤沢　和子　ふじさわかずこ
滋賀（好日）　155
藤沢　康子　ふじさわやすこ
東京（国民文学）　108
藤島　鉄俊　ふじしまてつとし
千葉（歩道）　108
藤田　幾江　ふじたいくえ
奈良（山の辺）　179
藤田　絹子　ふじたきぬこ
神奈川　35
藤田久美子　ふじたくみこ
青森（潮音）　218
藤田　直樹　ふじたなおき
秋田（新風覇王樹）　218
藤野　和子　ふじのかずこ
大分（朱竹）　108
藤原　澄子　ふじはらすみこ
千葉（歩道）　156
藤原　勇次　ふじはらゆうじ
広島（塔）　218
藤本喜久恵　ふじもときくえ
山口（短歌人）　108
藤本　征子　ふじもとせいこ
山口（りとむ）　108
藤本　典裕　ふじもとのりひろ
千葉（たんか央）　180
藤本　　寛　ふじもとひろし
山口（りとむ）　108
藤本　　都　ふじもとみやこ
栃木（浪漫派）　136
藤森　巳行　ふじもりみゆき
埼玉（地中海）　136
藤原みちゑ　ふじわらみちえ
鳥取（林間）　59
藤原龍一郎　ふじわらりゅういちろう
東京（短歌人）　218
普天間喜代子　ふてんまきよこ
沖縄（武都紀）　109
舟久保俊子　ふなくぼとしこ
山梨（富士）　122
古井冨貴子　ふるいふきこ
岐阜　180
古川　仁　ふるかわひとし
宮崎（心の花）　236
古澤りつ子　ふるさわりつこ
秋田（白路）　78

古島　重明　ふるしまじゅうめい
東京　109
古屋　　清　ふるやきよし
山梨（樹海）　109
古屋　正作　ふるやしょうさく
山梨（樹海）　109
古谷　智子　ふるやともこ
東京（中部短歌）　255
古谷　　円　ふるやまどか
神奈川（かりん）　70

［へ］

逸見　悦子　へんみえつこ
千葉（歌と観照）　236

［ほ］

星野　一英　ほしのかずひで
神奈川（ぷりずむ）　109
細貝　恵子　ほそかいけいこ
埼玉（歩道）　198
細河　信子　ほそかわのぶこ
千葉（表現）　59
穂積　　昇　ほづみのぼる
群馬（黄花）　123
堀井　弥生　ほりいやよい
愛知　25
堀内　道子　ほりうちみちこ
茨城（水郷短歌会）　237
堀内　善丸　ほりうちよしまる
東京（窓日）　109
堀江　正夫　ほりえまさお
宮城（長風）　219
堀河　和代　ほりかわかずよ
東京（表現）　110
本宮小夜子　ほんぐうさよこ
広島（心の花）　136
本田　　葵　ほんだあおい
東京（塔）　180
本田　一弘　ほんだかずひろ
福島（心の花）　156
本田　民子　ほんだたみこ
長崎（香蘭）　70
本多　俊子　ほんだとしこ
埼玉（花實）　156
本多　眞理　ほんだまり
埼玉（からたち）　219
本間　温子　ほんまはるこ
鳥取（塔）　15

［ま］

前川　久宜　まえかわひさよし
石川（新アララギ）　110
前澤　宮内　まえざわくない
千葉（新アララギ）　219
前田　　明　まえだあきら
神奈川（コスモス）　70
前田えみ子　まえだえみこ
千葉（たんか央）　156
前田多恵子　まえだたえこ
福岡（風）　110
前原　タキ　まえはらたき
鹿児島（南船）　110
真狩　浪子　まかりなみこ
北海道（短歌人）　78
牧野　　房　まきのふさ
山形（青南）　110
牧野　道子　まきのみちこ
東京（香蘭）　110
益子　　薫　ましこかをる
熊本　219
益子　威男　ましこたけお
茨城（星雲）　156
眞島　正臣　まじままさおみ
奈良（ポトナム）　111
増田　啓子　ますだひろこ
東京（かりん）　255
増田美恵子　ますだみえこ
東京（塔）　180
増田　律子　ますだりつこ
栃木（地上）　219
間瀬　　敬　ませたかし
東京　219
町田のり子　まちだのりこ
埼玉（歩道）　220

松井　純代　まついすみよ
奈良（朱竹）　156
松井　豊子　まついとよこ
奈良　111
松井　平三　まついへいぞう
静岡　157
松浦　曙美　まつうらあけみ
富山（白路）　255
松浦　彩美　まつうらさいみ
静岡（国民文学）　180
松江　繁樹　まつえしげき
東京（日本歌人クラブ）　180
松尾　邦代　まつおくによ
佐賀（ひのくに）　136
松尾みち子　まつおみちこ
長崎（あすなろ）　111
松岡　静子　まつおかしずこ
東京　15
松岡　尚子　まつおかなおこ
千葉　111
松﨑　信子　まつざきのぶこ
福岡（作風）　111
松田　和生　まつだかずお
千葉　15
松田　久恵　まつだひさえ
岩手（運河）　35
松田理恵子　まつだりえこ
佐賀（ひのくに）　79
松平多美子　まつだいらたみこ
北海道（かぎろひ）　157
松永　智子　まつながさとこ
広島（地中海）　111
松永　精子　まつながせいこ
新潟（鼓笛）　181
松野登喜子　まつのときこ
愛知　237
松林のり子　まつばやしのりこ
長野（朝霧）　198
松本いつ子　まつもといつこ
石川（まひる野）　35
松本　隆文　まつもとたかふみ
秋田（星雲）　112
松本ちゑこ　まつもとちえこ
埼玉（心の花）　36
松本千恵乃　まつもとちえの
福岡（未来）　59
松本トシ子　まつもととしこ
大分　136
松本　紀子　まつもとのりこ
埼玉（曠野）　136
松本　良子　まつもとよしこ
茨城（日本歌人クラブ）　181
松山　　馨　まつやまかおる
和歌山（和歌山短歌会）　15
松山　久恵　まつやまひさえ
岡山（まひる野）　112
眞部　孝司　まなべたかし
愛媛（りとむ）　220
真部満智子　まなべまちこ
香川（香川歌人）　79
間野　倉子　まのくらこ
埼玉（響）　71
丸　　陽子　まるようこ
島根　181
丸岡　里美　まるおかさとみ
福井（百日紅）　181
丸山　英子　まるやまえいこ
長野（短歌新潮）　181

［み］

三浦　　敬　みうらたかし
青森（歩道）　157
三浦　好博　みうらよしひろ
千葉（地中海）　237
三浦　　柳　みうらりゅう
東京（星座α）　25
三ケ尻　妙　みかじりたえ
埼玉　36
三上　智子　みかみともこ
埼玉（かりん）　220
三上眞知子　みかみまちこ
埼玉（覇王樹）　112
三川　　博　みかわひろし
青森（潮音）　123

三﨑ミチル　みさきみちる
香川（やまなみ）　181
三島誠以知　みしませいいち
愛媛（新アララギ）　237
三須　啓子　みすけいこ
石川（水甕）　15
水崎野里子　みずさきのりこ
千葉（湖笛）　220
水間　明美　みずまあけみ
北海道　198
水本　光　みずもとあきら
和歌山（心の花）　71
溝部　昭子　みぞべあきこ
埼玉（覇王樹）　112
三田　純子　みたじゅんこ
静岡（翔る）　44
三田村広隆　みたむらひろたか
岐阜（未来）　248
三井　ゆき　みついゆき
石川（短歌人）　220
三石　敏子　みついしとしこ
埼玉（音）　112
満木　好美　みつきよしみ
埼玉（香蘭）　112
光畑　敬子　みつはたけいこ
東京（水甕）　16
光本　恵子　みつもとけいこ
長野（未来山脈）　244
三友さよ子　みともさよこ
埼玉（花實）　71
御供　平信　みともへいきち
埼玉（国民文学）　237
水上　倷子　みなかみやすこ
千葉（宇宙風の会）　157
皆川　二郎　みなかわじろう
宮城（群山）　44
南　静子　みなみしずこ
大分（朱竹）　113
南　哲夫　みなみてつお
長野（水星）　182
箕浦　勤　みのうらつとむ
神奈川（地中海）　182
三原　香代　みはらかよ
三重（秋楡）　220
三原由起子　みはらゆきこ
東京　237
耳塚　信代　みみつかのぶよ
静岡（翔る）　36
宮川　桂子　みやかわけいこ
北海道（原始林）　45
三宅　桂子　みやけけいこ
兵庫（塔）　221
三宅　隆子　みやけたかこ
兵庫（象）　157
宮崎　真澄　みやざきますみ
東京（歌と観照）　79
宮里　勝子　みやざとかつこ
島根（中部短歌）　25
宮地　正志　みやじまさし
香川（コスモス）　255
宮下　俊博　みやしたとしひろ
神奈川（日本歌人）　255
宮田ゑつ子　みやたえつこ
埼玉（長流）　113
宮武千津子　みやたけちづこ
大分（朱竹）　221
宮地　岳至　みやちたけし
群馬（水甕）　113
宮野　恵基　みやのけいき
東京　198
宮原喜美子　みやはらきみこ
神奈川（太陽の舟）　221
宮原　史郎　みやはらしろう
島根（輪）　113
宮原　玲子　みやはられいこ
鳥取　113
宮原志津子　みやばらしづこ
長野（未来山脈）　182
宮邉　政城　みやべまさき
福岡（朱竹）　113
宮脇　瑞穂　みやわきみずほ
長野（波濤）　26
三好　春冥　みよししゅんめい
愛媛（未来山脈）　157

[む]

武藤　久美　むとうくみ
岐阜（新アララギ）　182
武藤　敏春　むとうとしはる
群馬（槇）　255
武藤ゆかり　むとうゆかり
茨城（短歌人）　198
村井佐枝子　むらいさえこ
岐阜（中部短歌）　79
村上　咲枝　むらかみさきえ
愛媛（青垣）　221
村上太伎子　むらかみたきこ
京都（好日）　221
村田　正則　むらたまさのり
北海道（原始林）　238
村田　泰子　むらたやすこ
京都（水甕）　114
村田　泰代　むらたやすよ
東京（まひる野）　114
村山　重俊　むらやましげとし
茨城　221
村山千栄子　むらやまちえこ
富山（短歌人）　60
村山　幹治　むらやまみきはる
北海道（新墾）　60
村寄　公子　むらよせきみこ
福井　114
室井　忠雄　むろいただお
栃木（短歌人）　114

[め]

銘苅　愛子　めかるあいこ
沖縄（黄金花）　79
銘苅　真弓　めかるまゆみ
沖縄（未来）　26

[も]

毛利さち子　もうりさちこ
京都（未来山脈）　137
望月　孝一　もちづきこういち
千葉（かりん）　238
望月　久子　もちづきひさこ
滋賀（覇王樹）　36
本木　　巧　もときたくみ
埼玉（長風）　114
森　　暁香　もりさとか
埼玉（まひる野）　16
森　ひなこ　もりひなこ
広島（真樹）　182
森　　弘子　もりひろこ
千葉（りとむ）　114
森　美恵子　もりみえこ
宮城（歌と観照）　182
森　みずえ　もりみずえ
千葉（晶）　222
森　　安子　もりやすこ
佐賀（麦の芽）　60
森　利恵子　もりりえこ
東京（新暦）　222
森　　玲子　もりれいこ
東京（鎌倉歌壇）　222
森川　和代　もりかわかずよ
埼玉（星雲）　183
森川多佳子　もりかわたかこ
神奈川（かりん）　36
森崎　理加　もりさきりか
東京（覇王樹）　137
森下　春水　もりしたはるみ
東京（歌と観照）　222
森島　章人　もりしまあきひと
長野　137
守田　法雲　もりたほううん
岐阜（こえ）　158
森谷　勝子　もりたにかつこ
東京（潮音）　60
森本　　平　もりもとたいら
東京（開耶）　158
森元　輝彦　もりもとてるひこ
山口　244
森山　晴美　もりやまはるみ
東京（新暦）　60
森脇　正基　もりわきまさき
東京（新暦）　222

門間　徹子　もんまてつこ
東京（まひる野）　115

［や］

八重嶋　勲　やえしまいさお
岩手（歩道）　222
矢尾板素子　やおいたもとこ
新潟（迯水短歌会）　183
八鍬　淳子　やくわあつこ
千葉（歩道）　158
矢島　満子　やじまみつこ
北海道（原始林）　115
安井　良子　やすいりょうこ
宮城（歌と観照）　158
保川　牧江　やすかわまきえ
千葉（太陽の舟）　60
安田　純生　やすだすみお
大阪（白珠）　256
保田　ひで　やすだひで
兵庫（波濤）　223
安富　康男　やすとみやすお
東京（歌と観照）　36
安廣　舜子　やすひろきよこ
東京　238
柳　重雄　やなぎしげお
埼玉　183
柳澤みゆき　やなぎさわみゆき
神奈川（玉ゆら）　61
柳田　かね　やなぎたかね
栃木（はしばみ）　61
矢野　和子　やのかずこ
愛媛（かりん）　115
矢端　桃園　やばたとうえん
群馬　256
矢花　彪二　やばなひょうじ
長野（白夜）　238
屋部　公子　やぶきみこ
沖縄（碧）　79
藪内眞由美　やぶうちまゆみ
香川（海市）　183
山井　章子　やまいあきこ
岩手（新風覇王樹）　61
山内　活良　やまうちかつよし
千葉（かりん）　238
山内三三子　やまうちみさこ
東京（あるご）　61
山内　頌子　やまうちようこ
東京（塔）　198
山内　義廣　やまうちよしひろ
岩手（かりん）　115
山川　澄子　やまかわすみこ
茨城（りとむ）　238
山岸　和子　やまぎしかずこ
東京（多摩歌話会）　61
山岸　金子　やまぎしかねこ
三重（国民文学）　115
山岸　哲夫　やまぎしてつお
埼玉（未来）　26
山北　悦子　やまきたえつこ
東京（覇王樹）　183
山口　桂子　やまぐちけいこ
富山（短歌時代）　158
山口　輝美　やまぐちてるみ
長崎（水甕）　183
山口美加代　やまぐちみかよ
大阪（覇王樹）　137
山口みさ子　やまぐちみさこ
埼玉（覇王樹）　115
山崎国枝子　やまざきくにえこ
石川（澪）　37
山崎美智子　やまざきみちこ
大分（歌帖）　80
山下　紘正　やましたこうせい
神奈川（香蘭）　256
山下　純子　やましたじゅんこ
大分（朱竹）　184
山下　勉　やましたつとむ
東京（しきなみ）　158
山田　義空　やまだぎくう
大分（朱竹）　256
山田　幸彦　やまださちひこ
茨城（茨城歌人）　116
山田　昌士　やまだしょうじ
鳥取（MOA 短歌）　37

山田　直堯　やまだなおたか
愛知　159
山田　　文　やまだふみ
兵庫（ポトナム）　223
山田みよこ　やまだみよこ
愛知（国民文学）　199
山田　吉郎　やまだよしろう
神奈川（ぷりずむ）　71
大和　照彦　やまとてるひこ
宮城（波濤）　116
山仲　紘子　やまなかひろこ
東京（笛）　116
山中美智子　やまなかみちこ
富山（未来）　137
山中　律雄　やまなかりつゆう
秋田（運河）　239
山野　吾郎　やまのごろう
千葉（ひのくに）　223
山原　淑恵　やまはらとしえ
広島（歌と人）　123
山本　真珠　やまもとしんじゅ
広島（真樹）　256
山本　　司　やまもとつかさ
北海道（新日本歌人）　239
山本登志枝　やまもととしえ
神奈川（晶）　223
山本　敏治　やまもととしはる
広島（潮音）　80
山本　秀子　やまもとひでこ
宮城（歌と観照）　192
山元　富貴　やまもとふき
大阪（地中海）　80
山本　文子　やまもとふみこ
千葉（宇宙風の会）　116
山本美保子　やまもとみほこ
石川（国民文学）　248
山本　　豊　やまもとゆたか
岩手（歩道）　45
山元りゆ子　やまもとりゆこ
大阪（水星）　16
山本和可子　やまもとわかこ
大分（歌帖）　80

［ゆ］

湯浅　純子　ゆあさじゅんこ
北海道（新墾）　71
結城　　文　ゆうきあや
東京（未来）　16
結城千賀子　ゆうきちかこ
神奈川（表現）　239
雪村　　佑　ゆきむらゆう
東京（覇王樹）　184
湯沢　千代　ゆざわちよ
埼玉（鮒）　116
豊　　宣光　ゆたかのぶみつ
東京　159
柚木まつ枝　ゆのきまつえ
東京（新暦）　16

［よ］

横手　直美　よこてなおみ
東京（歌と観照）　159
横山　岩男　よこやまいわお
栃木（国民文学）　184
横山　鈴子　よこやますずこ
千葉（月虹）　256
横山美保子　よこやまみほこ
岐阜（岐阜県歌人クラブ）　116
横山代枝乃　よこやまよしの
香川（心の花）　137
吉岡　恭子　よしおかきょうこ
神奈川（白珠）　71
吉岡　正孝　よしおかまさたか
長崎（ひのくに）　117
吉川　幸子　よしかわさちこ
愛知（早わらび）　123
吉田　信雄　よしだのぶお
福島（新アララギ）　223
吉田　史子　よしだふみこ
岩手（コスモス）　184
吉田　和代　よしだまさよ
埼玉（覇王樹）　117
吉田　雪美　よしだゆきみ
石川（新歌人）　257

吉田　陽子　よしだようこ
茨城（茨城歌人）184
吉田　理恵　よしだりえ
北海道（トワ・フルール）244
芳野基礎子　よしのきそこ
愛媛（吾妹子）223
吉濱みち子　よしはまみちこ
山梨（国民文学）16
吉弘　藤枝　よしひろふじえ
埼玉（コスモス）159
吉藤　純子　よしふじじゅんこ
石川（心の花）117
与那覇綾子　よなはあやこ
沖縄（黄金花）72
米田　憲三　よねだけんぞう
富山（原型富山）224
米山恵美子　よねやまえみこ
長野（潮音）37
依光　邦憲　よりみつくにのり
高知（温石）199
依光ゆかり　よりみつゆかり
高知（音）123

［り］

愛　　絆　りぼん
東京　257

［わ］

若尾　幸子　わかおゆきこ
愛知（白珠）199
若月　千晴　わかつきちはる
東京　117
若林　榮一　わかばやしえいいち
栃木（短歌21世紀）45
脇中　範生　わきなかのりお
和歌山（林間）239
和久井　香　わくいかおる
栃木　117
和嶋　勝利　わじまかつとし
東京（りとむ）257
和田　　操　わだみさお
岐阜（新アララギ）117
和田　羊子　わだようこ
山梨（香蘭）45
渡辺　君子　わたなべきみこ
山梨（香蘭）159
渡辺　茂子　わたなべしげこ
滋賀（覇王樹）45
渡辺志保子　わたなべしほこ
東京（NHK 文化センター）224
渡部　崇子　わたなべたかこ
秋田（短歌人）159
渡辺南央子　わたなべなおこ
茨城（コスモス）184
渡邊富紀子　わたなべふきこ
東京（覇王樹）199
渡辺　美恵　わたなべみえ
東京（マグマ）185
渡辺　泰徳　わたなべやすのり
東京（かりん）72
渡辺　良子　わたなべよしこ
山梨（富士）17
渡辺礼比子　わたなべれいこ
神奈川（香蘭）185
渡辺　礼子　わたなべれいこ
愛知（武都紀新城）224
綿貫　昭三　わたぬきしょうぞう
神奈川（かりん）123
綿引　揚子　わたひきようこ
茨城　17
渡部　洋児　わたべようじ
神奈川（短歌人）160
渡良瀬愛子　わたらせあいこ
千葉　118

あとがき

二〇二三年版の『現代万葉集』をお届け致します。二〇二一年、二〇二二年に設けた「新型コロナウイルス関連」という項目はなくなりました。ウイルスの弱毒化、病気としての日常化などがあり、行政上の扱いも変わりました。しかし、罹患者、発症者は減っていないようです。後遺症に苦しむ方々もいます。また、この三年余の間に廃業したお店、取り止めとなっている諸活動などを思うと、やはり、社会はまだ深い傷を負ったままと言えるでしょう。今後も社会・時事や生活などの項目に注意したいと思います。

二〇二三年版で注目されるのは、黒岩剛仁会長の「はじめに」にある通り、戦争です。二〇二二年二月二四日のウクライナへのロシアの侵攻がはじまって六百日以上が過ぎてしまいました。和平を祈るばかりです。

短歌が持っているほかの多様な分野にも目を向けたいと思います。家族、恋愛、一木一草、鳥獣、季節、風土、美と幻想などです。来年の二〇二四年版が日本歌人クラブのアンソロジーとして七十冊目になります。より多くの方々の作品によって、さらに豊かで多様な内容になることを祈りたいと思います。

本書刊行につきまして、作品をお寄せ頂いた一二九九人の歌人の皆様、そして周辺の方々に参加を呼びかけて下さった指導的な立場にある方々に感謝申し上げます。また、短歌研究社の國兼秀二社長、菊池洋美様、スタッフの皆様、デザイナーの岡孝治様、森繭様、ＤＴＰの津村朋子様、そのほか、校正、印刷、製本に携われた方々に感謝申し上げます。

令和五年　十月

日本歌人クラブ中央幹事　上條雅通

日本歌人クラブ『現代万葉集』編集委員会

竹内由枝、斎藤知子、釣美根子、樋口裕子

大西久美子、山内頌子、上條雅通

内容についての問い合わせ先

日本歌人クラブアンソロジー２０２３年版

『現代万葉集』

編者　日本歌人クラブ
代表　黒岩剛仁
住所　〒一四一—〇〇二二
東京都品川区東五反田一—一二—五
秀栄ビル二F
電話　〇三—三二八〇—二九八六
振替口座　〇〇一八〇—二—一三二二七四

日本歌人クラブアンソロジー２０２３年版

現代万葉集

二〇二三（令和五）年十一月三十日　第一刷発行

編　者　日本歌人クラブ
発行者　國兼秀二
発行所　短歌研究社
〒一一二—〇〇一三　東京都文京区音羽
一—一七—一四　音羽ＹＫビル
電話　〇三—三九四四—四八二二
ホームページ　http://www.tankakenkyu.co.jp
振替　〇〇一九〇—九—二四三七五

印刷・製本　大日本印刷株式会社

ISBN978-4-86272-756-5 C0092